A sabedoria
do Padre Brown

Tradutores e título original:

1. A ausência do seu Tassa (*The Absence of Mr. Glass*)
    Tradução de Rute Cunegatto Marques e Beatriz Viégas-Faria
2. O paraíso dos ladrões (*The Paradise of Thieves*)
    Tradução de Vítor Jochims Schneider e Beatriz Viégas-Faria
3. O duelo do dr. Hirsch (*The Duel of Dr. Hirsch*)
    Tradução de Dóris Goettems
4. O homem na passagem (*The Man in the Passage*)
    Tradução de Betina Mariante Cardoso
5. O equívoco da máquina (*The Mistake of the Machine*)
    Tradução de Vera Verissimo
6. A efígie de César (*The Head of Caesar*)
    Tradução de Josiane Perin Dallagnese
7. A peruca roxa (*The Purple Wig*)
    Tradução de Renata Peppl e Beatriz Viégas-Faria
8. O fim dos Pendragon (*The Perishing of the Pendragons*)
    Tradução de Luceane Novaes
9. O deus dos gongos (*The God of Gongs*)
    Tradução de Sílvia Guimarães e Vera Verissimo
10. A salada do Coronel Cray (*The Salad of Colonel Cray*)
    Tradução de Loar Chein Alonso
11. O estranho crime de John Boulnois (*The Strange Crime of John Boulnois)*
    Tradução de Denise de Azevedo Mariné
12. O conto de fadas de Padre Brown (*The Fairy-Tale of Father Brown*)
    Tradução de Beatriz Viégas-Faria

G.K. Chesterton

A sabedoria do Padre Brown

www.lpm.com.br

L&PM POCKET

Coleção **L&PM** POCKET, vol. 1366

Título original: *The Wisdom of Father Brown*
Texto de acordo com a nova ortografia

Capa: Ivan Pinheiro Machado
Tradução: grupo de tradução coordenado por Beatriz Viégas-Faria
Preparação: Tiago Martins
Revisão: Nanashara Behle

CIP-Brasil. Catalogação na publicação
Sindicato Nacional dos Editores de Livros, RJ

C45s

Chesterton, G. K. (Gilbert Keith), 1874-1936
    A sabedoria do Padre Brown / G. K. Chesterton; tradução Beatriz Viégas-Faria ... [et. al]. – 1. ed. – Porto Alegre [RS]: L&PM, 2024.
    272 p. ; 18 cm. (L&PM POCKET, v. 1366)

    Tradução de: *The Wisdom of Father Brown*
    Apêndice
    ISBN 978-65-5666-475-0

    1. Ficção inglesa. I. Viégas-Faria, Beatriz. II. Título. III. Série.

24-89130   CDD: 823
                          CDU: 82-3(410.1)

Gabriela Faray Ferreira Lopes - Bibliotecária - CRB-7/6643

© da tradução, L&PM Editores, 2024

Todos os direitos desta edição reservados a L&PM Editores
Rua Comendador Coruja, 314, loja 9 – Floresta – 90.220-180
Porto Alegre – RS – Brasil / Fone: 51.3225.5777

Pedidos & Depto. comercial: vendas@lpm.com.br
Fale conosco: info@lpm.com.br
www.lpm.com.br

Impresso no Brasil
Inverno de 2024

Sumário

1. A ausência do seu Tassa 7

2. O paraíso dos ladrões 28

3. O duelo do dr. Hirsch 52

4. O homem na passagem 73

5. O equívoco da máquina 97

6. A efígie de César 118

7. A peruca roxa 140

8. O fim dos Pendragon 162

9. O deus dos gongos 189

10. A salada do Coronel Cray 210

11. O estranho crime de John Boulnois 229

12. O conto de fadas de Padre Brown 251

1
A AUSÊNCIA DO SEU TASSA

O conjunto de salas do dr. Orion Hood, famoso criminologista e especialista em certos transtornos morais, ficava de frente para o mar em Scarborough e tinha uma série de imensas e bem iluminadas portas de vidro que mostravam o Mar do Norte como um infindável muro de mármore azul-esverdeado. Naquele ponto, o mar lembrava algo parecido com a monotonia de um papel de parede também azul-esverdeado; isso porque as próprias salas eram governadas por uma tirânica organização, não muito diferente da tirânica organização do mar. Não se deve presumir que os escritórios do dr. Hood fossem desprovidos de luxo ou mesmo de poesia. Essas duas coisas estavam lá, cada uma no seu lugar; mas sentia-se que não lhes era permitido estar fora do lugar. O luxo estava lá: oito ou dez caixas dos melhores charutos, em cima de uma mesa especial; arrumadas de acordo com um plano, de modo que os charutos mais fortes ficavam sempre perto da parede e os mais suaves, perto da janela. Um porta-garrafas requintado, contendo três tipos de bebida alcoólica – todas da mais alta qualidade –, estava sempre nessa mesa de artigos de luxo; mas as pessoas de maior imaginação têm afirmado que o uísque, o conhaque e o rum pareciam estar sempre no mesmo nível. A poesia estava lá: o canto esquerdo da sala era forrado com uma coleção completa dos clássicos ingleses, enquanto o da direita exibia os fisiologistas ingleses e estrangeiros. Mas se alguém tirasse um volume de Chaucer ou de Shelley da fileira de livros, sua ausência chamaria a atenção, como a falta de um dente da frente na boca de uma pessoa. Não se podia dizer que os livros nunca fossem lidos; provavelmente eram lidos, mas davam a impressão de estarem acorrentados aos seus lugares, como as bíblias nas igrejas antigas. O dr. Hood tratava sua biblioteca particular como se fosse uma biblioteca pública. E, se essa intangibilidade estrita e científica impregnava até mesmo as prateleiras abarrotadas de versos líricos e letras do cancioneiro e as mesas abarrotadas de bebida e tabaco, nem se precisa dizer que ainda mais dessa sacralidade pagã protegia as outras prateleiras que guardavam a biblioteca do especialista e as outras mesas onde estavam os frágeis e mesmo etéreos instrumentos de química e mecânica.

O dr. Orion Hood andava para lá e para cá na sua série de gabinetes, limitados – como diz a geografia das crianças – a leste pelo Mar do Norte e a oeste pelas prateleiras de sua biblioteca de sociologia e criminologia. Ele trajava um jaleco de pintor, de veludo, tipo bata, mas sem nada da negligência dos artistas; seu cabelo, bastante tisnado de branco, era espesso e saudável; seu rosto era magro, mas sanguíneo e vigilante. Tudo nele e no seu espaço indicava algo simultaneamente austero e agitado, como aquele grande mar setentrional em cuja orla – puramente por princípios de higiene – tinha construído sua casa.

Quis um capricho do destino abrir a porta e introduzir naquelas salas compridas, austeras e de frente para o mar, alguém que talvez fosse o extremo oposto daquele ambiente e de seu dono. Atendendo a uma convocação lacônica e abrupta, mas bem-educada, a porta abriu-se para dentro, e por ela entrou uma figura pequena e meio disforme, arrastando os pés num andar desajeitado, parecendo carregar o chapéu e o guarda-chuva como se fossem um amontoado de bagagem impossível de manusear. O guarda-chuva era um feixe preto e prosaico que fazia muito tempo não tinha mais conserto; o chapéu preto, de abas largas e curvas, era do tipo clerical, nada comum na Inglaterra; o homem era a própria encarnação de tudo que é sem graça e sem solução.

O doutor recebeu a visita com espanto mal-contido, não muito diferente do que ele poderia ter manifestado se alguma besta marinha, enorme porém inofensiva, tivesse se esgueirado para dentro de sua sala. A visita analisou o doutor com a mesma afabilidade radiante e sem fôlego que caracteriza uma faxineira gorda que acaba de conseguir lugar no ônibus: uma rica mistura de autocongratulação e desalinho na postura. Seu chapéu caiu no tapete, o guarda-chuva pesado escorregou-lhe por entre os joelhos e caiu no chão com um baque; ele estendeu o braço para pegar um e abaixou-se para pegar o outro, ao mesmo tempo em que falava com um sorriso sincero na cara redonda:

— Meu nome é Brown. Por favor, com licença. Vim para falar sobre o problema da família MacNab. Dizem que o senhor costuma ajudar pessoas em dificuldade. Me desculpe se estou enganado.

Àquela altura, escarrapachando-se, tinha recuperado o chapéu; inclinando-se de forma estranha e fazendo uma pequena reverência, como que colocando tudo na normalidade.

— Não consigo entender — respondeu o cientista com muita frieza. — Acho que o senhor bateu na porta errada. Eu sou o dr. Hood, e o meu trabalho é puramente literário e educacional. Na verdade, de vez em quando sou consultado pela polícia em casos especiais e relevantes, mas...

– Ah, este caso é da maior importância – interrompeu o baixinho chamado Brown. – Ora, se a mãe não permite o noivado dos dois! – disse ele, enquanto encostava-se na cadeira com esfuziante racionalidade.

As sobrancelhas do dr. Hood baixaram com sobriedade, mas agora seus olhos brilhavam com algo parecido com raiva ou, quem sabe, diversão.

– Ainda assim, não consigo entender – disse.

– Veja, eles querem se casar – explicou o homem com o chapéu de clérigo. – Maggie MacNab e o jovem Todhunter desejam se casar. Bem, o que pode ser mais importante que isso?

Os grandes triunfos científicos de Orion Hood tinham-no privado de muitas coisas – uns diziam que de sua saúde, outros diziam que de seu Deus –, mas não o tinham privado de seu senso do absurdo. Àquela última pergunta do ingênuo padre, uma gargalhada irrompeu de seu interior e ele se jogou em uma poltrona com a atitude irônica de um médico em consulta.

– Sr. Brown – disse ele, muito sério –, há uns catorze anos e meio me pediram pessoalmente para examinar um problema pessoal: o caso de uma tentativa de envenenar o presidente da França num banquete do prefeito de Londres. Desta vez, se bem estou entendendo, trata-se de saber se uma amiga sua, chamada Maggie, é a noiva adequada para um amigo dela, chamado Todhunter. Bem, Sr. Brown, tenho espírito esportivo. Vou aceitar o caso. Darei à família MacNab o melhor conselho possível; tão bom quanto o conselho que dei ao presidente da República Francesa e ao rei da Inglaterra; aliás, melhor: catorze anos melhor. Não tenho nada para fazer hoje à tarde. Conte-me a sua história.

O clérigo baixinho agradeceu com inequívoco entusiasmo, mas sempre com aquele esquisito ar de simplicidade. Era como se estivesse agradecendo a um estranho pelo incômodo de alcançar os fósforos numa sala de fumar, e não como se estivesse (e estava) fazendo algo como agradecer ao curador de Kew Gardens por acompanhá-lo até um enorme gramado para achar um trevo de quatro folhas. Com pausa menor do que a de um ponto e vírgula, depois de seus sinceros agradecimentos, o baixinho começou sua narrativa:

– Eu lhe disse que meu nome é Brown; bem, isso é fato, e sou o pároco de uma pequena igreja católica. Acredito que o senhor já a viu, para lá daquelas ruas dispersas, onde a cidade termina, no sentido norte. Na última daquelas ruas, a mais solitária de todas, que corre paralela ao mar como um paredão, mora uma viúva muito honesta, mas de temperamento um tanto forte, devota da minha paróquia, chamada MacNab. Ela tem uma filha e aluga quartos. Entre ela e sua filha e entre ela e seus inquilinos (eu me atrevo a comentar) existe muito a ser dito, tanto de um lado como do outro. Atualmente, ela tem só um inquilino, o jovem chamado Todhunter; mas ele tem trazido mais problemas do que todos os outros, porque quer se casar com a moça da casa.

– E a moça da casa – perguntou o dr. Hood, divertindo-se muito, mas em silêncio –, o que ela quer?

– Ora, ela quer se casar com ele – gritou o Padre Brown, sentando-se com impaciência –, e essa é a terrível complicação.

– É, na realidade, um enigma terrível – disse o dr. Hood.

– Esse jovem, James Todhunter – continuou o clérigo –, tanto quanto sei, é um homem muito decente, mas por outro lado ninguém sabe muita coisa sobre ele. É um sujeito baixinho, amorenado, brilhante, ágil como um macaco, bem barbeado como um ator e prestativo como um cortesão nato. Parece que tem os bolsos forrados de dinheiro, mas ninguém sabe qual é o ofício dele. A sra. MacNab, por ser muito pessimista, está quase certa de que é algo pavoroso, talvez algo relacionado com explosivos. A dinamite deve ser de um tipo manso e silencioso, porque o pobre sujeito só faz ficar trancado, por diversas horas do dia, estudando alguma coisa, a portas fechadas. Ele declara que sua privacidade é temporária e justificada e promete explicar tudo antes do casamento. Isso é tudo o que as pessoas sabem ao certo, mas a sra. MacNab conta muito mais do que ela mesma tem certeza. O senhor sabe que as histórias crescem como capim num mato de ignorância como esse. Existem histórias a respeito de duas vozes que teriam sido ouvidas no quarto dele; mas, quando a porta se abre, só Todhunter é encontrado. Existem histórias sobre um homem alto e misterioso de chapéu de seda, que certa vez saiu da bruma do mar e veio caminhando com passos suaves pela areia e pelo quintal, no crepúsculo, até que o ouviram falando com o hóspede na janela aberta. A conversa, pelo que parece, terminou em discussão. Todhunter apressou-se em fechar a janela com violência, e o homem de chapéu alto sumiu de novo na bruma do mar. Essa história é contada pela família com a mais frenética mistificação; mas, na verdade, penso que a sra. MacNab prefere sua própria versão da história, que foi a primeira de todas: que o Outro Homem (ou o que quer que seja) todas as noites sai rastejando da caixa grande que tem ali no canto e que fica chaveada o dia inteiro. O senhor vê, então, como essa porta lacrada do Todhunter é vista como uma porteira para todas as fantasias e monstruosidades de *As mil e uma noites*. Mas acontece que existe o sujeito baixinho, em seu respeitável casaco preto, tão pontual e inocente como um relógio de sala de estar. Ele paga o aluguel com extrema pontualidade, é praticamente um defensor da abstemia, é incansável em ser gentil com as crianças e sabe mantê-las entretidas durante horas a fio; e, por fim (e o mais importante de tudo), ele se fez também popular com a filha mais velha da viúva, que está disposta a ir até o altar com ele amanhã.

Um homem muito dedicado a grandes teorias científicas tem sempre o prazer de aplicá-las a qualquer trivialidade. O grande especialista, depois de se mostrar condescendente para com a simplicidade do padre, condescendeu em todos os aspectos. Acomodou-se descontraído na poltrona e começou a falar num tom de quem está ministrando uma aula enquanto tem a mente ocupada com outros assuntos:

– Mesmo num curto espaço de tempo, é melhor examinar primeiro as principais tendências da natureza. Uma flor em particular pode não estar morta no começo do inverno, mas as flores estão morrendo; um seixo em particular pode nunca ser molhado pela maré, mas a maré está enchendo. Ao olhar científico, toda a história do homem é uma série de movimentos coletivos, destruições e migrações, como o massacre das moscas no inverno ou a volta das aves migratórias na primavera. Mas o fato que está na raiz de toda a História é a raça. A raça produz a religião; a raça produz guerras legais e éticas. Não existe caso mais forte que o da linhagem rústica, decadente e selvagem dos celtas, da qual são espécimes as suas amigas, as MacNab. Pequenos, morenos, de natureza sonhadora e pusilânime, aceitam com facilidade explicações supersticiosas para qualquer incidente, do mesmo jeito que sempre aceitam (desculpe dizer) a explicação supersticiosa que o senhor e sua igreja representam para justificar todos os incidentes. Não é de surpreender que essas pessoas, com o mar gemendo atrás e a igreja (perdoe-me mais uma vez) sussurrando na frente, emprestem qualidades fantásticas a tudo o que provavelmente não passa de fatos corriqueiros. O senhor, com suas pequenas responsabilidades paroquiais, só vê essa sra. MacNab em particular, apavorada com essa história de duas vozes e de um homem alto saído do mar. Mas o homem de pensamento científico vê, por assim dizer, todos os clãs MacNab disseminados no mundo inteiro, e na média final tão uniformes como uma tribo de pássaros. Ele vê milhares de sras. MacNab, em milhares de casas, derramando sua gotinha de morbidez em cada xícara de chá de cada amigo que elas têm; ele vê...

Antes que o cientista pudesse concluir a frase, um chamado mais impaciente se fez ouvir do lado de fora da casa; alguém, com saias farfalhantes, era conduzida com toda a rapidez pelo corredor, e a porta abriu-se para uma jovem vestida de modo adequado, mas desarrumada e ruborizada pela pressa. Trazia os cabelos loiros revoltos pela brisa do mar e poderia ser considerada belíssima se suas bochechas não fossem, à maneira escocesa, um tanto quanto altas e salientes na forma e na cor. Seu pedido de desculpas foi quase tão abrupto como uma ordem.

– Desculpe por interrompê-lo, doutor – disse –, mas tive que vir atrás do Padre Brown o mais rápido que pude. É uma questão de vida ou morte.

Padre Brown começou a se levantar, desajeitado.

– Por quê? O que aconteceu, Maggie? – disse ele.

– James foi assassinado, pelo que pude deduzir – respondeu a garota, ainda ofegante pela pressa. – Aquele homem, seu Tassa, estava com ele de novo; pela porta, escutei bem claro os dois falando. Duas vozes distintas, porque o James fala baixo e rouco, e a outra voz era aguda e nervosa.

— Aquele seu Tassa? — repetiu o padre com certa perplexidade.

— Sei que o nome dele é Tassa — respondeu a moça, com grande impaciência. — Ouvi pela porta. Eles estavam discutindo (sobre dinheiro, eu acho), porque ouvi o James dizer várias vezes: "Foi, seu Tassa", ou então "Não foi, seu Tassa", e então ele disse, "Duas ou três, seu Tassa". Mas estamos falando demais, o senhor precisa vir de uma vez, pode ser que ainda dê tempo.

— Mas tempo para quê? — perguntou dr. Hood, que estivera estudando a moça com notável interesse. — O que tem esse seu Tassa e seus problemas monetários que implique em tanta urgência?

— Tentei arrombar a porta e não consegui — respondeu a garota com brevidade. — Então eu corri e dei a volta pelo quintal e consegui subir no beiral da janela que dá para o quarto. Estava tudo meio escuro, e o quarto parecia vazio, mas juro que vi o James, deitado num canto, todo amontoado, como se tivesse sido drogado ou estrangulado.

— Isso é muito sério — disse Padre Brown, pondo-se de pé, pegando seu guarda-chuva e seu chapéu errante. — Na verdade, eu estava agora mesmo expondo o seu caso para este cavalheiro, e o ponto de vista dele...

— Modificou-se bastante — disse o cientista com muita seriedade. — Não acho que essa jovem seja tão celta como eu tinha pensado. Como não tenho mais nada para fazer, vou pôr o meu chapéu e caminhar até a cidade com o senhor.

Em poucos minutos, todos os três estavam se aproximando do lúgubre fim da rua das MacNab. A moça, com as passadas largas e fortes e sem pausas para respirar, como um montanhês; o criminologista, com a elegância de um andar indolente (de uma certa agilidade, como de um leopardo); e o padre, com um trotar enérgico e totalmente desprovido de elegância. O aspecto daquela beiradinha da cidade mostrava que as observações do doutor, no que dizia respeito a ambientes e sentimentos de desolação, faziam sentido. As casas dispersas espaçavam-se cada vez mais numa faixa descontínua à beira-mar. A tarde ia se encerrando com um lusco-fusco prematuro e meio sombrio. O mar, de um colorido roxo escuro, murmurava agourento. No quintal fragmentado da casa das MacNab, que descia em direção à areia, duas árvores negras, desfolhadas por inteiro, erguiam-se como as mãos do demônio erguidas em espanto; e quando a sra. MacNab correu rua abaixo para encontrá-los, com suas mãos magras erguidas da mesma forma, o rosto arrogante na penumbra, ela própria parecia-se um pouco com o diabo. O doutor e o padre não deram muita atenção às suas esganiçadas reiterações da história da filha, à qual ela acrescentou outros detalhes perturbadores, inventados por ela mesma, de um desejo de vingança dividido entre seu Tassa por ter assassinado e Todhunter por ter se deixado assassinar, ou por este último ter se atrevido a querer casar com sua filha e por não ter vivido para fazê-lo. Passaram pelo estreito caminho da frente da casa até chegarem à porta do hóspede, nos fundos, e ali o dr. Hood, com a esperteza de um velho detetive, pôs o ombro de encontro à porta, com força e no ângulo certo, e a arrombou.

A porta abriu-se para uma cena de silenciosa catástrofe. Quem olhasse o quarto, mesmo que por um segundo, não colocaria em dúvida que ele fora palco de alguma briga terrível entre duas ou mesmo entre três pessoas. Cartas de baralho estavam jogadas na mesa e espalhadas pelo chão, como se um jogo tivesse sido interrompido. Havia duas taças numa mesa de canto, prontas para que alguém as enchesse de vinho, mas via--se uma terceira taça esmigalhada, transformada numa estrela de cristais sobre o tapete. Ali perto encontrava-se o que parecia ser uma longa faca ou uma espada curta, reta, de cabo ornamentado com uma pintura; a lâmina sem fio refletia uma centelha acinzentada da deprimente janela que havia atrás, por onde se viam as árvores negras contra a inexpressiva superfície do mar, cor de chumbo. Jogado no outro lado do quarto, o chapéu de um cavalheiro, copa alta, forrado de seda, dava a impressão de ter sido recém arrancado da cabeça; de tal modo que, na verdade, dava para imaginá-lo ainda rolando. E, no canto atrás do chapéu, atirado como uma saca de batatas e amarrado como um baú pronto para ser despachado de trem, encontrava-se o sr. James Todhunter, com um lenço vedando-lhe a boca e seis ou sete cordas amarradas ao redor dos cotovelos e tornozelos. Seus olhos castanhos estavam alertas e moviam-se com vivacidade.

O dr. Orion Hood parou no capacho por um instante e absorveu toda a cena, de uma violência muda. Então, atravessou rápido o tapete, pegou a cartola de seda e, muito sério, colocou-o sobre a cabeça do ainda amarrado Todhunter. O chapéu era tão grande para ele que quase lhe escorregou até os ombros.

– O chapéu do seu Tassa – disse o doutor, retornando à porta com ele e examinando seu interior com uma lente de bolso. – Como explicar a ausência do seu Tassa e a presença do chapéu do seu Tassa? Visto que seu Tassa não é um homem descuidado com sua roupa. Este é um chapéu de formato elegante, sempre escovado e polido, apesar de não ser muito novo. Um velho dândi, acho eu.

— Mas, pelo amor de Deus! — bradou a srta. Mac-Nab. — O senhor não vai desamarrar o homem primeiro?

— Digo "velho" de propósito, não que eu tenha certeza — continuou ele com sua explicação. — Minha razão para isso pode parecer um pouco rebuscada: o cabelo dos seres humanos cai nos mais variados graus, mas quase sempre cai um pouco, e, com a lente, consigo ver pequenos fios de cabelo num chapéu recém-usado. Neste aqui não tem nenhum, o que me leva a concluir que seu Tassa é careca. Agora, quando essa informação soma-se à voz aguda e queixosa descrita pela srta. MacNab com tanta vivacidade... (paciência, minha cara senhorita, paciência), quando juntamos a cabeça calva com o tom usual da raiva senil, acho que podemos deduzir que seu Tassa tem idade avançada. No entanto, ele provavelmente é homem de muito vigor físico e, quase com certeza, é um homem alto. Devo acreditar, até certo ponto, na história de sua aparição anterior na janela: um homem alto com um chapéu de seda. Mas acho que tenho uma indicação mais exata. Esta taça de vinho foi esmigalhada e tem cacos espalhados para todo lado, mas um dos cacos foi parar num dos apoios verticais do consolo da lareira. Nenhum fragmento poderia ter caído ali se a taça tivesse se esmigalhado na mão de uma pessoa relativamente baixa como o sr. Todhunter.

— Falando nele — disse padre Brown —, não seria melhor desamarrar o sr. Todhunter?

— Nossa lição sobre as taças de vinho não termina aqui — prosseguiu o especialista. — Posso falar de imediato sobre a possibilidade de o homem chamado Tassa ser careca e nervoso mais por intemperança do que pela idade. O sr. Todhunter, como já foi salientado, é um cavalheiro quieto, frugal, e mais: abstêmio. Estas cartas e taças não fazem parte de seus hábitos; vieram parar aqui à espera de uma visita em particular. Mas acontece que podemos ir mais longe. O sr. Todhunter pode ou não ser o dono destas taças de vinho, mas não existe nenhum indício de que ele seja dono de uma única garrafa de vinho. Então, que líquido deveriam conter estas taças? De imediato, eu poderia sugerir conhaque ou uísque, talvez de uma marca cara, saído de um frasco de bolso do seu Tassa. Temos, assim, algo que se aproxima de um retrato do homem, ou pelo menos de seu tipo: alto, idoso, elegante, mas um pouco desgastado, certamente apreciador de jogatina e de bebidas fortes, talvez *muito* apreciador. O seu Tassa deve ser um cavalheiro conhecido nas rodas que orbitam ao redor da alta sociedade.

– Olhe aqui – gritou a moça –, se não me deixarem passar para desamarrá-lo, vou correr até lá fora e gritar pela polícia.

– Devo lhe aconselhar, srta. MacNab – disse o dr. Hood, muito sério –, a não ter qualquer pressa para chamar a polícia. Padre Brown, peço que o senhor acalme o seu rebanho; para o bem deles, não por mim. Bem, já vimos alguma coisa sobre a pessoa e o caráter do seu Tassa. Agora, quais são os principais fatos conhecidos sobre o sr. Todhunter? São substancialmente três: é econômico, é mais ou menos rico e tem um segredo. Agora, vejam: é óbvio que esses são os três aspectos típicos do tipo de homem que é chantageado. E, com certeza, é também óbvio que a elegância desbotada, os hábitos extravagantes e a grande irritação do seu Tassa são indícios inequívocos do tipo de homem que chantageia. Temos aqui as duas figuras típicas de uma tragédia sobre dinheiro para silenciar alguém: de um lado, o homem respeitável com um mistério; do outro, um abutre com bom faro para mistérios. Esses dois homens se encontraram aqui hoje, e brigaram a socos e com uma arma desembainhada.

– Vocês vão tirar aquelas cordas? – perguntou a moça, obstinada.

O dr. Hodd colocou com cuidado o chapéu de seda de volta na mesinha de canto e foi até o rapaz amarrado. Estudou-o com atenção, até mesmo movendo-o um pouco, pegando-o pelos ombros e fazendo o rapaz girar para o outro lado, mas respondeu apenas:

– Não. Acho que estas cordas vão funcionar bem até que os seus amigos da polícia tragam as algemas.

Padre Brown, que estivera olhando de modo vago para o tapete, ergueu o rosto redondo e falou:

– O que está querendo dizer?

O homem da ciência havia recolhido a estranha adaga do tapete e examinava-a com atenção quando respondeu:

– Porque encontraram o sr. Todhunter amarrado – disse ele –, todos vocês concluem que o seu Tassa o amarrou e depois fugiu. Existem quatro objeções a isso. Primeiro, por que um cavalheiro tão bem-vestido como o seu amigo Tassa ia deixar seu chapéu para trás, já que foi embora por sua livre e espontânea vontade? Segundo – continuou, movendo-se em direção à janela –, esta é a única saída e está chaveada por dentro. Terceiro, esta lâmina aqui tem uma pequena mancha de sangue na ponta, mas não existe ferimento no sr. Todhunter. O seu Tassa levou esse ferimento consigo, vivo ou morto. Acrescente-se a tudo isso esta probabilidade primária: é muito mais plausível que a pessoa chantageada fosse tentar matar o seu pesadelo ambulante, e não que o chantagista fosse tentar matar a sua galinha dos ovos de ouro. Assim é que, penso eu, temos uma história completa.

– Mas e as cordas? – perguntou o padre, cujos olhos tinham permanecido bem abertos, com admiração distraída.

– Ah, as cordas – disse o especialista com uma entonação especial. – A srta. MacNab desejava muitíssimo saber por que não libertei o sr. Todhunter das cordas. Bem, agora eu respondo. Não fiz isso porque o sr. Todhunter pode se libertar delas quando bem entender.

– O quê? – gritou a plateia, com diferentes tons de espanto.

– Examinei todos os nós do sr. Todhunter – reiterou Hood calmamente. – Acontece que sei alguma coisa sobre nós, pois eles são uma área importante da ciência criminal. Ele mesmo fez cada um desses nós e sabe como se soltar. Nenhum desses nós teria sido feito por um inimigo com a real intenção de manietá-lo. Toda essa questão das cordas é uma farsa esperta para nos fazer pensar que ele é a vítima da luta, em vez do desafortunado Tassa, que pode muito bem estar morto, o corpo escondido no jardim ou enfiado na chaminé.

Houve um silêncio um tanto deprimente. O quarto estava escurecendo, os galhos das árvores do jardim, crestados pela maresia, pareciam mais esqueléticos e escuros do que nunca e, contudo, pareciam estar mais próximos da janela. Quase se poderia imaginar que eram monstros marinhos, como serpentes ou crustáceos enormes enroscando seus pólipos, que emergiram do mar para ver o fim desta tragédia, como se *ele*, vilão e vítima, o tenebroso homem da cartola, tivesse também emergido do mar. Porque toda a atmosfera sufocava com a morbidez da chantagem, a mais mórbida das coisas humanas, porque é um crime ocultando outro crime; um curativo escabroso em cima de um ferimento ainda mais escabroso.

O rosto do pequenino padre católico, em geral complacente e até mesmo cômico, de repente franziu a testa numa expressão curiosa. Não era a vaga curiosidade de sua inocência inicial. Era, em vez disso, aquela curiosidade criativa que surge quando uma pessoa começa a conceber o princípio de uma ideia.

– Diga isso de novo – disse ele, de maneira simples e incomodada. – Quer dizer que Todhunter pode se amarrar sozinho e se desamarrar sozinho, sem ajuda de ninguém?

– Foi exatamente o que eu quis dizer.

– Por Jerusalém! – exclamou Brown. – Não imagino como isso seria possível.

Atravessou a sala, em pulinhos rápidos, assim como um coelho, e examinou, com uma impulsividade que não lhe era peculiar, o rosto meio encoberto do rapaz amarrado. Então, com a face incrédula, voltou-se aos outros que ali estavam.

– Sim, é isso! – gritou agitado. – Não podem ver no rosto dele? Ora, é só olhar bem os olhos dele!

O professor doutor e a moça seguiram a direção do seu olhar. E, muito embora o grande lenço preto cobrisse a metade inferior do rosto de Todhunter, deram-se conta de um aspecto de esforço intenso na parte superior.

– Os olhos dele parecem estranhos – gritou a jovem, muitíssimo tocada. – Seus brutos. Acho que isso está machucando o sr. Todhunter!

– Acho que não – disse o dr. Hood. – Os olhos têm com certeza uma expressão peculiar. Mas devo interpretar essas rugas transversais como expressando, em vez disso, uma leve anormalidade psicológica...

– Que besteira! – bradou Padre Brown. – Não conseguem ver que ele está rindo?

— Rindo? — repetiu o doutor. — Mas do que, afinal, ele pode estar rindo?

— Bem — respondeu o reverendo Brown, meio que se desculpando —, não querendo ser detalhista, penso que ele está rindo do senhor. E, para dizer a verdade, estou inclinado a rir de mim também, agora que eu sei o que é.

— Sabe o que é o quê? — perguntou Hood, já um pouco exasperado.

— Agora que eu sei — respondeu o padre — qual a profissão do sr. Todhunter.

Padre Brown andou pela sala, olhando para cada objeto, um de cada vez, com o que parecia ser um olhar vago, sempre caindo na gargalhada, esta também vaga, num processo altamente irritante para aqueles que tinham de ficar olhando. Riu muito olhando o chapéu e riu mais ainda quando olhou as taças quebradas, mas o sangue na ponta da espada o levou a violentas convulsões de pura diversão. Então, voltou-se para o especialista, que estava furioso.

— Dr. Hood — gritou com entusiasmo —, o senhor é um grande poeta! Fez surgir do nada uma criatura que ainda não existe. Foi muito mais divino do que se o senhor tivesse apenas deslindado os meros fatos! Na verdade, os meros fatos são em comparação bastante prosaicos e mesmo cômicos.

— Não faço a menor ideia do que o senhor está falando — disse o dr. Hood com um pouco de desdém. — Meus fatos são todos inegáveis, embora sejam necessariamente incompletos. Deve ser dado espaço à intuição, talvez (ou poesia, se preferir este termo); mas só porque os respectivos detalhes ainda não puderam ser determinados com precisão. Na ausência de seu Tassa...

— É isso! É isso! — disse o padre baixinho, animado, inclinando a cabeça em confirmação. — Esta é a primeira ideia a ser firmada, a ausência de seu Tassa. Ele está ausente ao extremo. Suponho – acrescentou, refletindo – que nunca existiu ninguém tão ausente como o sr. Tassa.

– O senhor quer dizer ausente da cidade? – inquiriu o doutor.

– Quero dizer ausente de todo lugar – respondeu Padre Brown. – Está ausente da natureza das coisas, por assim dizer.

– O senhor quer dizer – falou o especialista com um sorriso – que tal pessoa não existe?

O padre fez um sinal afirmativo.

– O que parece uma pena – disse ele.

Orion Hood rompeu numa desdenhosa gargalhada.

– Bem – disse ele –, antes de irmos adiante, examinando as outras cento e uma evidências, vamos pegar a primeira prova que encontramos. O primeiro fato com que nos deparamos ao entrar neste quarto. Se não existe um sr. Tassa, de quem é este chapéu?

– É do sr. Todhunter – respondeu Padre Brown.

– Mas não serve nele – bradou Hood, impaciente. – Ele não podia de forma alguma usá-lo.

Padre Brown balançou a cabeça com inefável mansidão.

– Nunca disse que ele pudesse usá-lo – respondeu. – Eu disse que o chapéu é dele. Ou, se o senhor insiste em uma tênue diferença, *um* chapéu que é dele.

– E qual é a tênue diferença? – perguntou o criminologista com um leve sorrisinho de sarcasmo.

– Meu bom senhor – falou o homem baixinho e sereno, com sua primeira atitude inclinada à impaciência –, se o senhor caminhar rua abaixo até a loja de chapéus mais próxima, verá que existe uma diferença (no uso normal da língua que falamos) entre o chapéu de um homem e os chapéus que ele possui.

– Mas um chapeleiro – protestou Hood – pode tirar dinheiro do seu estoque de chapéus novos. O que poderia Todhunter tirar deste chapéu velho?

– Coelhos – respondeu Padre Brown de pronto.

– *O quê?* – bradou dr. Hood.

– Coelhos, fitas, doces, peixinhos dourados, rolos de papel colorido – disse o reverendo com rapidez. – Não viu tudo quando descobriu a falsidade do nó das cordas? É a mesma coisa com a espada. O sr. Todhunter não sofreu nenhum corte externo, como o senhor imagina, mas teve um pequeno corte interno, se é que o senhor me entende.

– O senhor quer dizer dentro das roupas do sr. Todhunter? – inquiriu a sra. MacNab com severidade.

– Não, não quero dizer dentro das roupas do sr. Todhunter – disse Padre Brown. – Quero dizer dentro do Sr. Todhunter.

– Mas, afinal, por Belém, o que o senhor quer dizer com isso?

– O sr. Todhunter – explicou Padre Brown com placidez – está aprendendo a ser mágico profissional, bem como malabarista, ventríloquo e especialista em truques com cordas. A mágica explica o chapéu que está sem sinais de cabelo; não porque tenha sido usado pelo sr. Tassa, com careca prematura, mas porque ele nunca foi usado por ninguém. O malabarismo explica as três taças, e com elas Todhunter ensinava a si mesmo, jogando-as para cima e pegando-as em movimento rotativo. Mas, em estágio de treinamento, ele esmigalhou uma taça contra o teto. E o malabarismo também explica a espada, sendo seu dever e orgulho profissional engoli-la. Porém, novamente, no estágio de aprendizado e prática, ele arranhou de leve a parte interna da garganta com a arma. Por isso ele tem um ferimento que, tenho certeza (pela expressão dele), não é nada sério. Ele também praticava um truque de se livrar das cordas, como os Irmãos Davenport, e estava prestes a se livrar delas quando arrombamos a porta do quarto. As cartas, com certeza, são para os truques com baralho e estão todas espalhadas no chão porque ele tinha recém praticado um daqueles truques de passar todas as cartas de uma mão para a outra. Ele manteve em segredo seu negócio, pois tinha de manter seus truques em segredo, como qualquer outro mágico. Mas o simples fato de um passante de cartola ter olhado uma vez pela janela dos fundos para dentro do quarto e ter sido mandado embora pelo sr. Todhunter, por sinal muito indignado, foi o suficiente para nos colocar a todos numa pista errada cheia de fantástica imaginação e para nos fazer imaginar toda a vida do sr. Todhunter obscurecida pelo espectro de um certo seu Tassa com chapéu de seda.

— Mas e como se explicam as duas vozes? — perguntou Maggie, estupefata.

— Nunca ouviu falar de ventríloquos? — perguntou padre Brown. — Não sabe que eles falam primeiro no seu tom normal de voz e então respondem para si mesmos naquela voz estridente, aguda e artificial que você ouviu?

Houve um longo silêncio, e o dr. Hood olhou com um sorriso e com atenção redobrada para o homem baixinho que acabara de falar.

— O senhor é com certeza uma pessoa muito engenhosa — disse. — Essa história não estaria melhor nem mesmo num livro. Mas existe uma parte do seu Tassa que o senhor não conseguiu explicar: o nome dele. A srta. MacNab ouviu distintamente ele ser chamado assim pelo sr. Todhunter.

O reverendo sr. Brown soltou uma risadinha quase infantil.

– Bem, isso – disse –, essa é a parte mais boba de toda esta história boba. Sempre que o nosso amigo prestidigitador aqui jogava as três taças para cima, uma de cada vez, contava alto e, à medida que as pegava, também; e também falava alto quando não conseguia pegá-las. O que na realidade ele estava dizendo era o seguinte: "Um, dois, três... foi-se a taça"; "Um, dois... foi-se a taça", e assim por diante, cada vez que deixava cair uma taça.

Houve um momento de silêncio no recinto, e então todos estouraram numa só gargalhada. Enquanto riam, o figurão no canto, muito satisfeito, desamarrou todas as cordas do seu corpo e as deixou cair com um floreio. A seguir, dirigindo-se para o meio da sala, com uma reverência, tirou do bolso um cartaz, impresso em azul e vermelho, onde se anunciava que Zaladin, o maior mágico do mundo, contorcionista, ventríloquo e canguru humano, estaria pronto para se apresentar, com uma série completamente nova de truques, no Pavilhão Empire, em Scarborough, na próxima segunda-feira, às oito horas em ponto.

2
O PARAÍSO DOS LADRÕES

O grande Muscari, o mais original dos jovens poetas da Toscana, entrou depressa em seu restaurante favorito: com vista para o Mediterrâneo, coberto por um toldo e cercado por pequenos pés de laranjeira e limoeiros. Os garçons, em seus aventais brancos, já dispunham nas mesas também brancas os prenúncios de um elegante e antecipado almoço; e isso parecia aumentar em Muscari uma satisfação que já alcançava o topo da arrogância. Muscari tinha um nariz aquilino, como Dante; o cabelo e o lenço no pescoço eram negros e ondulavam ao vento. Andava com capa preta e podia até mesmo andar com uma máscara negra, tal o seu ar de melodrama veneziano. Comportava-se como se um trovador exercesse uma função social definida, tanto quanto, por exemplo, um bispo. Até o ponto em que seu século permitia, fazia suas andanças pelo mundo literalmente como Don Juan, com florete e violão.

Pois ele nunca viajava sem o seu estojo de espadas, com as quais combatera em numerosos e brilhantes duelos, tampouco sem o estojo do seu bandolim, com o qual fizera uma serenata para a srta. Ethel Harrogate, a filha bastante convencional de um banqueiro de Yorkshire em férias. Não era um charlatão nem era uma criança; era, isso sim, um latino racional e ardente que, quando gostava de certa coisa, personificava-a. Sua poesia era tão direta como a prosa de qualquer outra pessoa. Desejava fama, ou vinho, ou a beleza das mulheres de uma maneira tórrida e direta, inconcebível para os ideais nebulosos e os nebulosos acordos dos povos setentrionais; para raças mais indefinidas, sua intensidade cheirava a perigo ou mesmo a crime. Assim como o fogo e o mar, Muscari era demasiado simples para merecer confiança.

O banqueiro e sua bela filha inglesa estavam hospedados no hotel ao lado do restaurante em que se encontrava Muscari; exatamente por isso aquele restaurante era o seu favorito. Porém, bastou um rápido olhar pelo salão para perceber que os ingleses ainda não haviam descido. O restaurante reluzia, mas ainda estava bastante vazio. Dois padres conversavam numa mesa ao canto, mas Muscari (católico fervoroso) não lhes deu mais atenção do que se dá a um par de corvos. Porém, de um assento mais distante, um tanto oculto atrás de uma laranjeira anã carregada de frutos dourados, levantou-se e avançou em direção ao poeta uma pessoa cujo traje era agressivamente o extremo oposto do seu.

Aquela figura apareceu vestida com um terno de tweed malhado, gravata rosa e colarinho alto; nos pés, botas amarelas, chamativas. Conseguia, seguindo a melhor tradição de Margate, parecer chamativo e, ao mesmo tempo, uma pessoa comum. Mas, à medida que a aparição *cockney* se aproximava, Muscari surpreendeu-se ao observar que aquela cabeça era bastante diferente do restante do corpo. Uma cabeça italiana – cabeluda, escura e muito vivaz – saía abruptamente de uma gravata rosa e de um colarinho tão alto e tão engomado que parecia de papelão. Na verdade, ele já conhecia aquela cabeça. Reconheceu, sob o horror do traje de inglês em férias, o rosto de um velho amigo do qual nem mais se lembrava, chamado Ezza. Aquele jovem havia sido um prodígio na universidade;

mal completara quinze anos e já lhe vaticinavam fama por toda a Europa; mas, quando saiu da vida de estudante para o mundo, fracassou. Primeiro na vida profissional, como dramaturgo e demagogo, e depois, na vida privada, por anos sem fim como ator, viajante, corretor de apostas de turfe e jornalista. Pelas últimas notícias que tivera dele, Muscari entendeu que atuava nos bastidores dos palcos; era tão sintonizado com a profissão que se pensava que fora engolido por uma calamidade moral.

– Ezza! – exclamou o poeta, levantando e trocando um aperto de mãos que demonstrava ser agradável aquela surpresa. – Bem, eu já vi você usando várias fantasias nos camarins, mas nunca esperava vê-lo fantasiado de britânico.

– Isso não é um traje de britânico – respondeu Ezza, sério –, mas sim de um italiano do futuro.

– Nesse caso – respondeu Muscari –, confesso que prefiro o italiano do passado.

– Esse é um velho erro seu, Muscari – disse o homem de terno de tweed, balançando a cabeça –, e o erro da Itália. No século XVI, nós, toscanos, fizemos o amanhecer. Tínhamos o melhor aço, a mais avançada marcenaria, a mais avançada química. Por que não devemos ter as mais avançadas fábricas, os mais avançados motores, as mais avançadas finanças e as mais avançadas roupas?

– Porque não vale a pena ter isso tudo – respondeu Muscari. – Você não pode fazer dos italianos um povo progressista de verdade: são muito inteligentes. Homens que percebem atalhos para uma vida prazerosa nunca se embrenham em estradas novas e complexas.

– Bem, para mim, Marconi e D'Annunzio são as estrelas da Itália – disse o outro. – Por isso me tornei um futurista e um *courier*.

– Um *courier*? Um guia de viagens de aristocratas? – gritou Muscari rindo. – É a última na sua lista de profissões? E para quem você está trabalhando?

– Ah, para um tal de Harrogate; e para a família dele, acho eu.

– Não seria o banqueiro que está neste hotel? – perguntou o poeta com curiosidade.

– Esse mesmo – respondeu o *courier*.

– E ele paga bem? – perguntou o trovador de modo inocente.

– Vale a pena – disse Ezza com um sorriso bastante enigmático –, mas eu sou um tipo curioso de *courier*. – Como se estivesse mudando de assunto, disse abrupto: – Ele tem uma filha; e um filho.

– A filha é divina – afirmou Muscari –, o pai e o filho são humanos, suponho eu. Mas, apesar das características inofensivas, não acha que esse banqueiro é um surpreendente e esplêndido exemplo da minha teoria? Harrogate tem milhões em seus bancos; eu tenho um rombo no meu bolso. Mas você não ousaria dizer, nem teria como dizer, que ele é mais esperto que eu, ou mais ousado que eu, ou até mesmo mais enérgico. Ele não é esperto: os olhos são dois botões azuis. Não tem muita energia: vai de uma cadeira para outra como um paralítico. Tem um bom coração: é um velho agradável e medíocre. Mas tem dinheiro apenas porque coleciona dinheiro, assim como um menino coleciona selos. Você é um livre pensador, Ezza, inteligente demais para se dedicar aos negócios. Você nunca irá adiante. Para ser esperto o bastante para conseguir acumular tanto dinheiro, é preciso ser estúpido o bastante para querê-lo.

– Eu sou estúpido o bastante para isso – disse Ezza com um ar triste –, mas sugiro que suspenda sua crítica ao banqueiro, pois aí vem ele.

O sr. Harrogate, o grande financista, entrou na sala, mas ninguém olhou para ele. Era um velho corpulento, com olhos azuis e um bigode grisalho desbotado, mas, pela postura ereta como um pilar, podia ter sido um coronel. Trazia consigo várias cartas, ainda fechadas. Seu filho Frank era um rapazote bonito e vigoroso, de cabelo encaracolado, pele corada pelo sol, mas para ele também ninguém olhava. Todos os olhares, como de costume, estavam fixos, pelo menos naquele momento, em Ethel Harrogate, cuja cabeça grega dourada e a cor do amanhecer pareciam postas de propósito sobre o mar de safira, como se fosse ela uma deusa. O poeta Muscari suspirou fundo, como se estivesse bebendo alguma coisa; e na realidade, ele estava. Estava bebendo dos clássicos, uma obra de seus antepassados. Ezza estudava-a com um olhar intenso e muito mais desconcertado.

A srta. Harrogate, naquela ocasião, estava especialmente radiante e disposta a conversar; e sua família já havia se acostumado ao hábito continental, permitindo ao desconhecido Muscari e mesmo ao *courier* Ezza compartilhar a mesa e a conversa. Em Ethel Harrogate, o convencional coroava-se com perfeição e esplendor próprios. Orgulhosa da prosperidade do pai, indulgente com os prazeres da moda, filha amorosa, mas notória namoradeira: era todas essas coisas com uma espécie de naturalidade, o que tornava simpático o seu orgulho e fazia de sua respeitabilidade mundana uma coisa sincera e espontânea.

Estavam em grande entusiasmo por causa de um suposto perigo na trilha da montanha que tentariam subir naquela semana. O perigo não era causado por pedras ou avalanches, mas por algo bem mais romântico. Ethel recebera informação de fonte segura de que bandoleiros, autênticos degoladores de modernas lendas, ainda assombravam a cordilheira e vigiavam a passagem para os Apeninos.

— Dizem — exclamou ela com entusiasmo de colegial — que o país não é governado pelo rei da Itália, mas pelo Rei dos Ladrões. Quem é esse Rei dos Ladrões?

— Um grande homem — disse Muscari —, comparável com o seu Robin Hood, *signorina*. Há uns dez anos se ouviu falar pela primeira vez que Montano, o Rei dos Ladrões, estava nas montanhas quando se acreditava que os bandoleiros estavam extintos. Mas a sua terrível autoridade se espalhou com a rapidez de uma revolução silenciosa. Encontravam suas proclamações ferozes pregadas em postes e portas de todos os vilarejos das montanhas; seus sentinelas, arma na mão, em cada ravina. Seis vezes o governo italiano tentou expulsá-lo e foi derrotado em seis batalhas campais, como se Montano fosse Napoleão.

— Ora, esse tipo de coisa jamais seria permitida na Inglaterra — observou o banqueiro, muito sério —, e talvez fosse melhor escolhermos uma outra rota. Mas o *courier* acha-a perfeitamente segura.

— É perfeitamente segura — disse o *courier* com desdém. — Já passei por lá vinte vezes. Pode ter havido algum ladrãozinho chamado Rei no tempo das nossas avós, mas isso agora pertence à história, ou, melhor ainda, às fábulas. Esse tipo de banditismo foi definitivamente eliminado.

— Isso nunca estará extinto — retrucou Muscari —, pois a revolta armada é uma reação natural dos homens do sul. Nossos camponeses são como nossas montanhas: ricas em graça e em alegria silvestre, porém sob tudo isso há fogo. Existe um ponto do desespero humano em que os pobres homens do norte pegam em copos, e os nossos pobres pegam em armas.

– Como o poeta é um homem privilegiado – replicou Ezza, depreciativo. – Se o *signor* Muscari fosse inglês, ainda estaria procurando salteadores em Wandsworth. Acredite-me, a chance de ser capturado na Itália é a mesma de ser escalpelado em Boston.

– Então você sugere que tentemos? – perguntou o sr. Harrogate, franzindo o cenho.

– Ah, me parece assustador! – exclamou a moça, voltando seus olhos gloriosos para Muscari. –Você acha mesmo que o caminho é perigoso?

Muscari jogou para trás a cabeleira negra.

– Sei que é perigoso – disse ele. – Vou pegar essa trilha amanhã.

O jovem Harrogate foi deixado para trás por um momento, esvaziando uma taça de vinho branco e acendendo um cigarro, enquanto a bela retirava-se com o banqueiro, o *courier* e o poeta, distribuindo risinhos de uma ironia prateada. Quase no mesmo instante, os dois padres sentados no canto levantaram-se – o mais alto, um italiano de cabelo branco, despediu-se; o mais baixo caminhou em direção ao filho do banqueiro. Este ficou surpreso ao ver que, embora católico, aquele era um padre inglês. Lembrou-se de tê-lo encontrado nas festas de alguns de seus amigos católicos. O homem, porém, falou antes que suas lembranças pudessem se organizar.

– Sr. Frank Harrogate, acho que já fomos apresentados – disse ele. – Mas não tenho certeza. O que vou lhe dizer é estranho, e o melhor é que você escute isso de um desconhecido. Sr. Harrogate, digo apenas uma coisa e vou-me embora: cuide de sua irmã na grande aflição dela.

Mesmo com a veemente indiferença fraternal de Frank, ao perceber que a alegria e os riscos de sua irmã ainda pareciam ressoar ao seu redor, pois podia ouvir como ela ria no jardim do hotel, o jovem Harrogate ficou perplexo, encarando o sóbrio conselheiro.

– O senhor se refere aos bandoleiros? – perguntou. E então, lembrando-se de um vago medo seu: – Ou estamos pensando em Muscari?

– Nunca estamos pensando na aflição real – disse o estranho padre. – Pode-se apenas oferecer um ombro amigo quando ela chega. – E saiu apressado da sala, deixando o outro boquiaberto.

Um ou dois dias depois, uma carruagem transportava o grupo e se arrastava com dificuldade pelos caminhos da ameaçadora montanha. Entre a alegre negação do perigo por parte de Ezza e a atitude desafiante e intrépida de Muscari, a família de financistas permaneceu firme em seu propósito inicial; e Muscari fizera com que sua viagem coincidisse com a deles. Surpresa maior foi quando apareceu na estação do vilarejo o padre do restaurante; alegou ter um compromisso que o obrigava a atravessar a montanha. O jovem Harrogate, porém, não pôde evitar estabelecer uma relação entre a presença do padre e os medos místicos e advertências do dia anterior.

A carruagem era uma espécie de vagoneta cômoda, inventada pelo talento modernista do *courier*, que dominava a expedição com rigor científico e alegre presença de espírito. A teoria do perigo dos ladrões estava banida do pensamento e das conversas; mas algumas medidas de precaução haviam sido tomadas. O *courier* e o jovem banqueiro levavam revólveres carregados, e Muscari (com gratificação pueril) escondia em sua capa preta uma espécie de adaga.

Com um salto, ele se posicionara ao lado da adorável inglesa; ela ficou entre ele e o padre, que se chamava Brown e, por sorte, era um homem calado; o *courier* estava com o banqueiro e seu filho no banco de trás. Muscari estava nas nuvens; ele acreditava seriamente no perigo, e, pela sua conversa e seu entusiasmo, Ethel poderia julgá-lo um desvairado. Mas havia algo na louca e espetacular subida, em meio a agudas pontas de penhascos que lembravam picos cobertos de bosques e se pareciam com pomares, capaz de aumentar o entusiasmo dela junto com o dele rumo a grotescos paraísos de cor púrpura e sóis giratórios. O caminho branco subia como um gato branco; ligava os topos de escuros precipícios como uma corda bamba; e essa corda fora atirada ao redor de terras distantes como se fosse um laço.

Entretanto, por mais que subissem, o deserto ainda desabrochava como uma rosa. Os campos mostravam-se lustrosos de sol e de vento, com as cores do martim-pescador, do papagaio e do colibri, nos tons de centenas de flores abertas em pleno viço. Não há campinas nem bosques mais adoráveis que os da Inglaterra, nem picos ou abismos mais nobres que os de Snowdown e Glencoe. Mas Ethel Harrogate nunca vira os parques do sul inclinados sobre as ásperas encostas dos picos do norte; as gargantas de Glencoe carregadas dos frutos da região de Kent. Ali não havia nada do frio e da desolação que na Grã-Bretanha se associa às paisagens naturais da serra. Era mais como um palácio de mosaicos rasgado por terremotos; ou como um jardim holandês de tulipas que explodira, com dinamite, até as estrelas.

– Parece Kent Gardens em Beachy Head – disse Ethel.

– É o nosso segredo – respondeu ele –, o segredo do vulcão. Esse é também o segredo da revolução: uma coisa pode ser violenta e ao mesmo tempo frutífera.

– Você mesmo é bastante violento – e sorriu para ele.

– E ao mesmo tempo bastante infrutífero – admitiu. – Se eu morrer esta noite, morro solteiro e tolo.

– Não é minha culpa você ter vindo – disse ela após um silêncio difícil.

– A culpa nunca é sua – respondeu Muscari. – Você não é culpada pela queda de Troia.

Enquanto ele falava, a carruagem passava sob penhascos impressionantes, que se abriam como asas em cima de uma curva especialmente perigosa. Assustados com a enorme sombra da saliência do rochedo, os cavalos agitaram-se, indecisos. O cocheiro saltou ao solo para segurar suas cabeças, mas os animais ficaram incontroláveis. Um dos cavalos empinou-se sobre as patas traseiras até alcançar sua altura máxima – a terrível e titânica altura que o cavalo alcança ao converter-se em um bípede. Bastou isso para alterar o equilíbrio. A carruagem balançou como um barco e chocou-se contra os arbustos que contornavam o precipício. Muscari, com um braço, enlaçou Ethel, que se grudou a ele e soltou um grito. Era para momentos como esse que ele vivia.

No momento em que as belíssimas muralhas da montanha giravam ao redor da cabeça do poeta como um moinho de vento púrpura, ocorreu algo aparentemente muito mais assombroso. O velho e letárgico banqueiro pôs-se de pé na carruagem e pulou no precipício, antes que o veículo pendido o tragasse lá para baixo. À primeira vista pareceu algo tão desesperado quanto um suicídio, mas, à segunda vista, foi tão sensato quanto um investimento seguro. O homem de Yorkshire com certeza tinha mais iniciativa e sagacidade do que Muscari havia imaginado, pois aterrissou em um pedaço de terra que parecia ter sido acolchoado com grama e trevos só para recebê-lo. Enquanto isso acontecia, o restante do grupo também havia tido a mesma sorte, a não ser pelo modo de ejeção nada digno. Logo abaixo dessa curva abrupta, havia um vale florido e coberto de grama, como uma pradaria submersa, uma espécie de bolso verde aveludado nos trajes compridos, verdes e rastejantes das colinas. Naquele gramado todos caíram ou rolaram com poucos danos, a não ser pelo incômodo de ver sua bagagem, e mesmo o conteúdo de seus bolsos, espalhados ao redor de si, na grama. A carruagem acidentada ainda se encontrava suspensa lá em cima, enredada nos densos arbustos, e os cavalos mergulharam tristemente ladeira abaixo, e ali ficaram suspensos. O primeiro a sentar foi o padre, que coçou a cabeça com uma cara de tolo assombro. Frank Harrogate ouviu-o dizer a si mesmo:

– Por que será que viemos cair justo aqui?

Piscou os olhos várias vezes diante da bagunça à sua volta e dali recuperou seu desajeitado guarda-chuva. Mais adiante estava o largo sombreiro que caíra da cabeça de Muscari e, ao lado do sombreiro, uma carta comercial selada. Após uma olhadela no endereço, Padre Brown devolveu-a ao velho Harrogate. Do outro lado de onde estava o padre, a grama ocultava parcialmente a sombrinha da srta. Ethel; logo adiante, um diminuto e curioso frasco de cristal, de apenas cinco centímetros, se tanto. O padre pegou-o e, de maneira rápida e discreta, desarrolhou o frasco e aspirou o conteúdo. Seu rosto sério adquiriu uma cor de barro.

– Que os céus nos ajudem! – murmurou. – Isto não pode ser dela! A dor já se abateu sobre essa mulher? – Ele deslizou o frasco para dentro do bolso superior interno do seu colete. – Acho que estou justificado a fazer isso – disse ele –, até que eu possa saber um pouco mais.

Olhou dolorosamente para a jovem, naquele momento sendo retirada do meio das flores por Muscari, que dizia:

– Caímos no paraíso, e isto é um sinal. Os mortais sobem e caem; só deuses e deusas conseguem cair para cima.

E, de fato, ela emergiu tão bela e feliz daquele mar de cores que o padre se sentiu vacilante em sua suspeita. "Afinal", pensou ele, "é possível que o veneno não seja dela; talvez seja um dos truques melodramáticos de Muscari."

Muscari colocou a dama de pé, com leveza, fez-lhe uma reverência demasiada teatral e então, sacando sua adaga, cortou com dificuldade as rédeas retesadas, de modo que os cavalos conseguiram aprumar-se nas quatro patas e ficaram na grama, tremendo. Quando fez isso, algo surpreendente ocorreu. Um homem muito silencioso, muito malvestido e bastante bronzeado saiu do meio dos arbustos e segurou os cavalos pela cabeça. Tinha uma faca de formato peculiar, de lâmina larga e curvada, presa ao cinto da calça; nada mais havia que chamasse a atenção nele, exceto sua aparição repentina e silenciosa. O poeta perguntou-lhe quem era, e ele não respondeu.

Ao olhar ao seu redor, para o grupo assustado e confuso na ravina, Muscari percebeu que um outro homem, queimado de sol e maltrapilho, com uma escopeta debaixo do braço, observava-os de uma laje mais abaixo, apoiando os cotovelos na borda do gramado. Então, olhando para cima, para a estrada de onde haviam caído, Muscari viu, apontados na direção deles, os canos de quatro carabinas e mais quatro rostos morenos de olhos brilhantes e imóveis.

– Os bandoleiros! – exclamou Muscari, com uma espécie de monstruosa alegria. – Foi uma emboscada. Ezza, se me fizer a gentileza de começar atirando no cocheiro, ainda podemos sair desta. São só seis deles.

– O cocheiro? – disse Ezza, em pé, o rosto sombrio e as mãos no bolso. – Acontece que o cocheiro é um criado do sr. Harrogate.

– Mais um motivo para atirar nele – disse o poeta, impaciente. – Foi subornado para trair o patrão. Ponha a dama no centro, e rompemos a linha naquele ponto. Depressa.

E, passando pelo capim alto e pelas flores, Muscari avançou destemido contra as quatro carabinas. Mas, ao constatar que ninguém o seguia, à exceção do jovem Harrogate, virou-se, levantando a adaga para animar os outros a avançarem. Percebeu que o *courier* continuava no mesmo ponto, pernas bem abertas no meio do ringue de grama, mãos nos bolsos. Seu rosto italiano, delgado e irônico parecia ficar cada vez mais comprido sob a luz vespertina.

– Você pensava, Muscari, que eu era um fracasso entre os nossos colegas do colégio – disse ele – e pensava que você era o sucesso. Mas eu tive mais sucesso que você e vou ocupar espaço maior na história. Eu tenho vivido épicos, enquanto você apenas os escreve.

– Vamos, estou lhe dizendo – trovejou Muscari de cima. – Vai ficar aí quieto dizendo essas bobagens sobre si próprio quando tem uma dama para salvar e três homens fortes para ajudá-lo? Você quer ser chamado de covarde?

– Eu me chamo Montano – exclamou o estranho *courier* com uma voz igualmente poderosa. – Sou o Rei dos Ladrões. Sejam bem-vindos ao meu palácio de veraneio.

E, antes de terminar de falar, mais cinco homens silenciosos, armas engatilhadas nas mãos, saíram de pronto do meio dos arbustos, atentos a ele, esperando ordens. Um deles trazia uma enorme folha de papel.

– Este pequeno ninho onde estamos todos nos divertindo – prosseguiu o *courier*-bandoleiro com o mesmo sorriso complacente, porém sinistro –, juntamente com algumas cavernas aqui embaixo, é conhecido pelo nome de Paraíso dos Ladrões. É minha principal fortaleza nestas colinas, pois (como sem dúvida todos vocês já devem ter notado) este ninho de águias é invisível, tanto da estrada acima quanto do vale abaixo. É melhor que inexpugnável: é imperceptível. Aqui passo a maior parte do tempo e com certeza é aqui que vou morrer, se os guardas algum dia seguirem minhas pegadas até aqui. Não sou da classe de criminosos que planeja sua defesa; sou de um tipo melhor: o tipo que planeja sua última bala.

Atônitos, todos olhavam para ele em silêncio, exceto Padre Brown, que lançou um profundo suspiro de alívio e apalpou o pequeno frasco em seu bolso.

– Graças a Deus – murmurou ele –, isso agora é muito mais provável. O veneno pertence ao chefe dos bandidos, claro. Ele o carrega consigo para nunca se deixar capturar, como fazia Catão.

O Rei dos Ladrões, no entanto, continuava seu discurso com a mesma perigosa cortesia.

– Só me resta explicar para os meus hóspedes as condições sociais nas quais vou ter o prazer de entretê-los. Não preciso falar sobre o antiquado ritual de resgate que sou incumbido de preservar; e, mesmo assim, isso só cabe a uma parte do grupo. Ao amanhecer, vou libertar o reverendo Padre Brown e o famoso *signor* Muscari e escoltá-los até meus postos avançados. Os poetas e os sacerdotes, se permitem a simplicidade da minha fala, nunca têm dinheiro, e assim (não sendo possível pegar nada deles), aproveitamos a oportunidade de demonstrar nossa admiração pela literatura clássica e nossa reverência pela Santa Madre Igreja.

Fez uma pausa com um sorriso desagradável. Padre Brown piscou repetidas vezes diante dele e, de repente, pareceu estar começando a escutá-lo com muita atenção. O bandoleiro capitão tomou uma grande folha de papel das mãos do bandoleiro atendente e, depois de dar uma olhada no escrito, continuou:

– Minhas outras intenções estão claramente dispostas neste documento público que vou fazer circular entre os senhores dentro de instantes e que depois será afixado numa árvore em cada vilarejo do vale e em cada cruzamento nas colinas. Não vou cansar os senhores com o fraseado do texto, já que vão poder conferi-lo. O essencial da minha proclamação é o seguinte: primeiro, anuncio que sequestrei um milionário inglês, o colosso das finanças, sr. Samuel Harrogate. Em seguida, anuncio que encontrei, com ele, dinheiro e bônus que somam o valor de duas mil libras, e que esse valor me foi dado. Pois bem, já que seria imoral anunciar publicamente uma coisa dessas para o povo crédulo, sem isso ter de fato acontecido, sugiro que aconteça sem mais delongas. Sugiro que o sr. Harrogate me passe agora mesmo as duas mil libras que estão em seu bolso.

O banqueiro olhou-o, franzindo as sobrancelhas, com o rosto vermelho e mal-humorado, mas parecendo estar assustado. O pulo que dera da carruagem parecia ter esgotado sua última dose de virilidade. Contivera-se, cheio de vergonha e culpa, quando o filho e Muscari haviam feito um movimento corajoso no sentido de escapar da cilada dos bandoleiros. E agora, sua mão vermelha, temerosa e relutante moveu-se até o bolso superior de seu casaco e dali tirou um maço de papéis e envelopes que ele estendeu para o bandido.

– Excelente! – exclamou alegre o fora da lei. – Até agora tudo vai indo que é uma maravilha. Retomo os pontos da minha proclamação a ser publicada, o mais rápido possível, em toda a Itália. O terceiro ponto é o do resgate. Estou pedindo dos amigos da família Harrogate um resgate de três mil libras, o que, estou certo, é quase insultante para essa família, por ser uma estimativa tão moderada do seu valor. Quem não pagaria o triplo dessa soma para reunir-se mais um dia com um círculo doméstico desse calibre? Não vou ocultar de vocês que o documento fecha com algumas frases jurídicas acerca das coisas desagradáveis que podem ocorrer se o resgate não for pago. Mas, enquanto isso, minha dama e meus cavalheiros, deixem-me assegurar-lhes que estou preparado para alojá-los com toda comodidade, com vinhos e charutos, e por ora dou-lhes as boas-vindas ao luxo do Paraíso dos Ladrões, no melhor espírito esportivo.

Durante todo o tempo em que Montano falava, os homens de aspecto dúbio, armados de carabinas e portando chapéus sujos, iam se reunindo em silêncio; e era tal a superioridade numérica deles que inclusive Muscari se viu obrigado a reconhecer que sua investida com a adaga teria sido inútil. Olhou ao redor, mas a jovem já havia se afastado para acalmar e consolar o pai, pois o afeto natural que nutria por ele era tão ou mais forte do que o orgulho um tanto esnobe que sentia pelo seu sucesso. Muscari, com a falta de lógica que aflige os apaixonados, admirou essa devoção filial e ao mesmo tempo aquilo o deixou irritado. Pôs a espada de volta na bainha e jogou-se, levemente mal-humorado, numa das encostas verdes. O padre sentou-se a um ou dois metros dali, e Muscari apontou o nariz aquilino para ele, numa irritação instantânea.

– Bem – disse o poeta, amargurado –, ainda acham que sou romântico demais? Existem ou não bandoleiros nas montanhas?

– Pode ser que sim – disse Padre Brown, com um pouco de ceticismo.

– O que o senhor quer dizer com isso? – perguntou o outro, com a voz cortante.

– Quero dizer que estou perplexo – respondeu o padre. Estou perplexo com Ezza, ou Montano, ou qualquer que seja seu nome. Ele me parece ainda mais inexplicável como bandoleiro do que já era como *courier*.

– Mas em que sentido? – persistiu seu companheiro. – Santa Maria! Pensei que ser bandoleiro era coisa simples.

– Encontro três dificuldades curiosas – disse o padre com uma voz tranquila. – Gostaria que desse sua opinião sobre elas. Primeiro, preciso dizer que eu estava almoçando naquele restaurante em frente ao mar. Então, vocês quatro abandonaram a sala... você e a srta. Harrogate primeiro, conversando muito e rindo; o banqueiro e o *courier* um pouco depois, conversando pouco, em voz baixa. Porém, não pude deixar de ouvir Ezza pronunciando estas palavras: "Bem, deixe que ela se divirta um pouco; o senhor sabe que ela pode sofrer um ataque a qualquer minuto". O sr. Harrogate nada respondeu a isso; logo, as palavras devem ter algum significado. Seguindo um impulso momentâneo, adverti o irmão de que ela poderia estar em perigo, mas não disse que espécie de perigo, porque isso eu também não sabia. Mas, se isso significava um sequestro nas montanhas, a coisa toda é absurda. Por que o *courier*-bandido teria alertado o patrão, nem que fosse por um indício, quando seu propósito era fazer com que ele caísse nesta ratoeira aqui nas montanhas? Não podia estar se referindo a isso. Mas, se não é isso, qual é o desastre, conhecido do banqueiro e do *courier*, que paira sobre a cabeça da srta. Harrogate?

– Desastre com a srta. Harrogate! – exclamou o poeta, sentando-se com alguma ferocidade. – Explique-se! Continue!

– Todos os meus enigmas, no entanto, gravitam em torno do nosso chefe dos bandoleiros – continuou o padre com atitude reflexiva. – E aqui está o segundo deles: por que enfatizou tanto em seu pedido de resgate o fato de haver tomado duas mil libras de sua vítima no momento do sequestro? Isso não tem efeito nenhum sobre o resgate, ao contrário. Seria bem mais provável que os amigos de Harrogate temessem um desenlace fatal se pensassem que os ladrões estavam sem dinheiro e desesperados. E ainda mais: a espoliação foi enfatizada e posta em primeiro lugar. Por que Ezza Montano ia querer dizer a toda a Europa que havia limpado os bolsos do sr. Harrogate antes de pôr as mãos no dinheiro da chantagem?

– Não faço ideia – disse Muscari, coçando a cabeleira negra, pela primeira vez com um gesto natural, sem afetação. – O senhor pode pensar que está me esclarecendo, mas, pelo contrário, está me deixando ainda mais no escuro. Qual seria a terceira objeção ao Rei dos Ladrões?

– A terceira objeção – disse Padre Brown, ainda meditando – é este declive em que estamos sentados. Por que o nosso *courier*-bandoleiro chamaria este lugar de sua fortaleza principal e de Paraíso dos Ladrões? Certo, é um lugar macio onde cair e um lugar agradável aos olhos. Também é verdade, como ele diz, que este ponto é invisível do vale e dos picos e, portanto, é um bom esconderijo, mas não é uma fortaleza. Jamais poderia ser uma fortaleza. Penso que seria a pior fortaleza do mundo, pois, na verdade, pode ser controlada, de cima, pela estrada que atravessa as montanhas... o mesmíssimo lugar por onde a polícia provavelmente passa. Ora, cinco escopetas mixurucas nos mantiveram aqui indefesos faz uma meia hora. Um quarto de uma companhia de soldados de qualquer tipo podia ter nos jogado precipício abaixo. Qualquer que seja o significado deste estranho pedacinho de grama e de flores, isto aqui não é um lugar para trincheiras. É algo mais, tem algum outro estranho tipo de importância, um valor que eu ainda não consegui entender. É mais como um teatro acidental, ou como uma estufa natural; é como o cenário de uma comédia romântica, como...

Enquanto as palavras do padre se alongavam e se perdiam em uma sinceridade sonhadora e entediante, Muscari, cujos instintos animais estavam alertas e impacientes, ouviu um novo ruído nas montanhas. Mesmo para ele, o som era muito baixo e leve, mas podia ter jurado que a brisa da tarde se misturava com algo parecido ao pulsar de cascos de cavalos, algo que lembrava um chamado distante.

Naquele mesmo momento, e bem antes que a vibração pudesse ter chegado aos ouvidos menos experientes dos ingleses, Montano, o bandoleiro, subiu a encosta correndo e então se deteve lá em cima, entre os arbustos quebrados, equilibrando-se em uma árvore e observando a estrada abaixo. Era uma figura estranhíssima, parada ali em cima, pois havia posto um fantástico chapéu de aba larga e um cinturão que balançava ao peso de sua adaga. Ele na condição de chefe dos bandoleiros, mas o tweed chamativo e prosaico do *courier* aparecia aqui e ali, o que se podia ver através dos arbustos.

No momento seguinte, virou seu rosto moreno e debochado e fez um gesto com a mão. Ao sinal, os bandoleiros dispersaram-se sem qualquer confusão, com o que parecia ser um tipo de disciplina guerrilheira. Em vez de ocuparem a estrada ao longo de sua parte mais elevada, espalharam-se atrás das árvores e dos arbustos, como se estivessem ocultos, observando o inimigo. O ruído aumentava, agora fazendo vibrar a estrada da montanha, e pôde-se ouvir claramente uma voz, em alto e bom tom, dando ordens. Os bandoleiros vacilaram e juntaram-se, dizendo palavrões e sussurrando entre si, e o ar do entardecer encheu-se de pequenos ruídos metálicos ao engatilharam suas armas, sacarem suas facas e posicionarem suas adagas sobre as pedras. Pouco depois, os ruídos dos dois lados pareceram estar se encontrando na estrada acima. Galhos se quebraram, cavalos relincharam, homens gritaram.

– Vieram nos resgatar! – gritou Muscari, levantando-se com um pulo e balançando o chapéu. – Os guardas estão em cima deles! Pela liberdade e contra os tiranos! Sejamos rebeldes contra os ladrões! Vamos, não podemos deixar tudo para a polícia; seria horrível, e moderno demais. Temos de cair sobre a retaguarda desses rufiões. Os guardas estão nos resgatando, amigos; vamos resgatar os guardas!

E, atirando o chapéu por cima das árvores, sacou mais uma vez de sua adaga e começou a subir a encosta até a estrada. Frank Harrogate pulou e correu para ajudá-lo, revólver na mão, mas foi pego de surpresa quando ouviu o chamado imperativo da voz dura de seu pai, que parecia bastante agitado.

– Não vou aceitar isso – disse o banqueiro, com voz engasgada. – Estou mandando você não interferir.

– Mas, pai – disse Frank entusiasmado –, um cavalheiro italiano está liderando o ataque; o senhor não vai querer que digam que os ingleses ficaram para trás.

– É inútil – disse o homem mais velho, que tremia com força –, é inútil. Temos que nos submeter à nossa sorte.

Padre Brown olhou para o banqueiro; então levou instintivamente a mão ao coração, embora na realidade colocasse a mão sobre o frasco de veneno; e uma grande luz avivou-lhe o rosto, como a luz de uma revelação de morte.

Muscari, enquanto isso, sem esperar apoio, havia escalado o terreno até a estrada e golpeado, com força, o ombro do bandoleiro-rei, que então cambaleou e rodopiou. Montano também estava com a adaga desembainhada, e Muscari, sem mais palavras, desferiu um golpe em sua cabeça, obrigando Montano a aparar o golpe e a se esquivar. Porém, quando as duas armas brancas se cruzaram e bateram, o Rei dos Ladrões deliberadamente entregou os pontos e riu.

– Para que continuar, meu velho? – disse ele em boa gíria italiana. – Essa maldita farsa vai acabar logo, logo.

– O que é que está dizendo, seu covarde? – ofegou o poeta engolidor de fogo. – Por acaso sua coragem é tão fajuta quanto a sua honestidade?

– Tudo em mim é fajuto – respondeu o ex-*courier* com perfeito bom humor. – Sou ator e, se alguma vez fui minha própria personagem, já me esqueci. Sou um genuíno bandoleiro tanto quanto sou um genuíno *courier*. Sou só um punhado de máscaras, e você não tem como disputar um duelo com isso...

E riu-se com prazer infantil, voltando à sua antiga pose, de pé, com as pernas bem abertas, e dando as costas à confusão que acontecia na estrada acima.

A escuridão aumentava, nas paredes dos precipícios da montanha, e não era fácil discernir o desenrolar da luta, salvo que homens altos faziam avançar os focinhos de seus cavalos no meio de um grupo coeso de bandoleiros que pareciam mais inclinados a estorvar e pressionar os invasores do que a matá-los. Era mais a multidão de uma cidade impedindo a passagem da polícia do que qualquer outra coisa que o poeta imaginara ser o último e condenado reduto de homens de carne e osso que eram foras da lei de verdade. Bem quando estava movendo seus olhos com incredulidade, sentiu um toque no cotovelo e deparou-se com o padre estranho e baixinho ao seu lado, um pequeno Noé com um grande chapéu e a intenção de trocar com ele umas palavrinhas:

– Signor Muscari – disse o clérigo –, nesta estranha crise, certas pessoas podem ser perdoadas. Eu lhe digo, sem querer ofender, como você pode ser de mais auxílio sem ser ajudando os guardas, que vão resolver a questão mais cedo ou mais tarde. Se me permite a impertinência da intimidade: você gosta dessa moça? Refiro-me a gostar dela o suficiente para casar e ser um bom marido.

– Sim – disse o poeta com simplicidade.

– E ela lhe quer bem?

– Acho que sim – respondeu ele, com seriedade.

– Então vá até ela e diga isso – falou o padre –, ofereça a ela tudo que você puder, ofereça o céu e a terra, se você os tem. O tempo é curto.

– Por quê? – perguntou atônito o homem das letras.

– Porque ela está condenada a um fim trágico – disse Padre Brown –, e ele está chegando pela estrada.

– Não está chegando nada pela estrada – arguiu Muscari –, exceto o resgate.

– Bem, vá até lá – disse o conselheiro – e esteja pronto para resgatá-la do resgate.

Quando terminou de falar, os arbustos ao longo da beirada da estrada acima quebraram com a correria dos bandoleiros em fuga. Eles mergulharam no meio da grama densa e do matagal, como homens derrotados e perseguidos; e os chapéus de três pontas da guarda montada podiam ser vistos passando por cima dos arbustos quebrados. Outra ordem foi dada, e ouviu-se o barulho da guarda apeando de seus cavalos; um oficial alto, com chapéu de três pontas, de cavanhaque grisalho e com um papel na mão, apareceu na fresta que era a porta de entrada para o Paraíso dos Ladrões. Houve um silêncio momentâneo, logo depois quebrado de maneira extraordinária pelo banqueiro a gritar com uma voz estrangulada:

– Fui roubado! Eu fui assaltado! Levaram o meu dinheiro!

– Mas já faz horas que lhe roubaram as duas mil libras – disse o filho, espantado.

– Não, não as duas mil libras – disse o financista com uma abrupta e terrível atitude. – Me roubaram uma garrafinha.

O oficial do cavanhaque grisalho estava atravessando o gramado em passadas largas. Encontrando o Rei dos Ladrões em seu caminho, deu-lhe afetuosos e também vigorosos tapinhas no ombro e logo depois um empurrão que o fez afastar-se cambaleando.

– Você também vai estar em sérios apuros se continuar com esses seus truques – disse ele.

Uma vez mais, ao olhar artístico de Muscari, aquilo pouco se parecia com a captura de um grande criminoso foragido. Passando adiante, o policial deteve-se em frente ao grupo de Harrogate e disse:

– Samuel Harrogate, o senhor está preso em nome da lei por apropriação indébita de fundos do Banco Hull & Huddersfield.

O grande banqueiro assentiu com a cabeça, com um estranho e ausente ar de negociante; pareceu pensar por um momento e, antes que alguém pudesse impedir, deu meia-volta e também um passo que o levou para a borda da laje gramada onde estavam. Em seguida, jogando as mãos para a frente, pulou no vazio, exatamente como havia pulado da carruagem. Desta vez, porém, não caiu na grama macia logo abaixo: caiu e continuou caindo por mais de trezentos metros de altura, para se transformar num amontoado de ossos no fundo do vale.

A ira do policial italiano, expressa com eloquência perante Padre Brown, misturava-se em grande parte com admiração.

– Bem característico dele, conseguir escapar até o fim – disse. – Pode-se dizer que foi um grande bandoleiro. Creio que esse último truque que empregou não tem precedentes. Fugiu com o dinheiro da companhia para a Itália e se fez sequestrar por falsos bandidos, pagos por ele mesmo, o que explicaria não só o desaparecimento do dinheiro mas também o seu próprio desaparecimento. O pedido de resgate foi de fato levado a sério pela maioria dos policiais. Mas havia anos que ele vinha fazendo coisas desse tipo, tão bem-feitas como essa. A morte dele vai ser uma grande perda para a família.

Muscari estava afastando dali a infeliz moça, que se agarrou com força nele, coisa que continuaria fazendo por muitos anos a fio. Porém, mesmo em meio àquela tragédia, o poeta não pôde deixar de sorrir e estender a mão para o indefensável Ezza Montano, num gesto que tinha um pouco de zombaria e um pouco de amizade.

– E para onde você vai agora? – perguntou-lhe, por cima do ombro.

– Birmingham – respondeu o ator acendendo um cigarro. – Não lhe disse que eu era um futurista? Se é que acredito em alguma coisa, acredito de verdade nestas coisas: agitação, mudanças e novidades todos os dias. Vou para Manchester, Liverpool, Leeds, Hull, Huddersfield, Glasgow, Chicago… em suma, para a sociedade civilizada, cheia de energia, esclarecida.

– Em suma, para o verdadeiro Paraíso dos Ladrões – disse Muscari.

3
O DUELO DO DR. HIRSCH

Monsieur Maurice Brun e Monsieur Armand Armagnac atravessavam a ensolarada Champs Elysées com uma espécie de vivaz respeitabilidade. Os dois eram baixinhos, ágeis e audaciosos. Ambos possuíam barbas pretas que não pareciam pertencer aos seus rostos, devido à estranha moda francesa que fazia o cabelo natural parecer artificial. Monsieur Brun tinha uma barbicha preta em forma de cunha, aparentemente presa sob o lábio inferior. Monsieur Armagnac, para variar, tinha duas, cada uma projetando-se de cada lado do enfático queixo. Os dois eram jovens. Os dois eram ateus, com deprimente rigidez de pontos de vista, mas grande facilidade de expressão. Os dois eram discípulos do grande dr. Hirsch, cientista, publicista e moralista.

Monsieur Brun tornou-se conhecido por ter proposto que a expressão comum "Adieu" fosse apagada de todos os clássicos franceses, e uma leve multa imposta pelo seu uso na vida privada. "Assim", dizia ele, "o próprio nome do seu suposto Deus terá ecoado pela última vez no ouvido humano." Monsieur Armagnac, por sua vez, especializou-se em uma espécie de resistência ao militarismo e desejava que a letra da *Marseillaise* fosse alterada de "*Aux armes, citoyens*" para "*Aux grèves, citoyens*". Mas seu antimilitarismo era de um tipo singular e gaulês. Um rico e eminente *quaker* da Inglaterra, que tinha vindo encontrá-lo para tratar do desarmamento global, ficou bastante aflito com a proposta de Armagnac, segundo a qual, para começo de conversa, os soldados deveriam atirar nos seus oficiais.

E, de fato, era nesse aspecto que os dois mais se diferenciavam do seu líder e mestre em filosofia. O dr. Hirsch, embora nascido na França e revestido das mais triunfantes láureas da educação francesa, tinha outro tipo de temperamento – meigo, sonhador, humano; apesar de seu sistema cético, não era destituído de transcendentalismo. Em suma, mais parecia um alemão do que um francês; por mais que o admirassem, alguma coisa no subconsciente desses gauleses se irritava com a forma tão pacífica com que ele pleiteava a paz. Para seus partidários espalhados pela Europa, no entanto, Paul Hirsch era uma sumidade da ciência. Suas teorias cósmicas, liberais e ousadas propagaram seu modo de vida austero e sua moralidade inocente, quando não um tanto fria; mantinha uma posição mista, um pouco de Darwin e um pouco de Tolstói, mas não era anarquista nem antipatriota. Suas opiniões sobre o desarmamento eram moderadas e evolucionistas – o governo republicano tinha bastante confiança nele, por conta de vários progressos na área da química. Ele havia até mesmo descoberto, recentemente, um explosivo silencioso, cujo segredo estava sendo guardado a sete chaves pelo governo.

Sua casa situava-se numa bonita rua perto do Eliseu – uma rua que, naquele tórrido verão, parecia quase tão coberta de verde quanto o próprio parque. Uma fileira de castanheiros filtrava a luz do sol e era interrompida apenas em um ponto, onde um grande café desembocava na rua. Quase em frente a ele, ficavam as venezianas verdes e brancas da casa do grande cientista; um balcão de ferro, também pintado de verde, estendia-se ao longo das janelas do primeiro andar. Embaixo dele ficava a entrada para uma espécie de pátio, alegrado por ladrilhos e arbustos, por onde passaram os dois franceses em animada conversa.

Quem lhes abriu a porta foi o velho criado do doutor, Simon, que bem poderia ter passado ele mesmo por um doutor, com o correto traje preto, óculos, cabelos grisalhos e maneiras discretas. De fato, era bem mais apresentável como homem de ciência que seu patrão, dr. Hirsch, cidadão que mais parecia um rabanete bifurcado, com um bulbo na cabeça apenas o suficiente para tornar seu corpo insignificante. Com toda a gravidade de um grande médico manuseando uma receita, Simon entregou uma carta a Monsieur Armagnac. Este cavalheiro rompeu o lacre com a típica impaciência francesa e, num instante, leu o seguinte:

> Não posso descer para falar com vocês. Há um homem nesta casa que me recuso a receber. É um oficial chauvinista, Dubosc. Está sentado na escada, mas esteve remexendo nos móveis de todas as peças; tranquei-me em meu estúdio em frente ao café. Se vocês têm afeto por mim, vão até o café e sentem-se em uma das mesas da calçada. Vou tentar mandá-lo até vocês; quero que o atendam e que lidem com ele. Não posso confrontá-lo eu mesmo; não posso e não vou. Isto está se tornando outro caso Dreyfus.*
>
> P. Hirsch.

---

* Caso que mobilizou a França no final do século XIX, em que o oficial francês de origem judaica, Alfred Dreyfus, foi condenado por espionagem sem provas concludentes. (N.T.)

Monsieur Armagnac olhou para Monsieur Brun. Monsieur Brun tomou a carta, leu-a e olhou para Monsieur Armagnac. Então os dois se dirigiram a toda pressa para uma das mesinhas embaixo dos castanheiros, no outro lado da rua; ali pediram dois copos altos de um horrível absinto verde, que conseguiam beber, pelo visto, em qualquer clima e a qualquer hora. Quanto ao resto, o lugar parecia vazio, exceto por um soldado que tomava café sentado a uma das mesas; em outra, um grandalhão bebia um pequeno refresco, acompanhado de um padre que não estava bebendo nada.

Maurice Brun pigarreou e disse:

– Claro que devemos ajudar o mestre de todas as maneiras, mas...

Houve um silêncio repentino, e Armagnac disse:

– Ele pode ter ótimas razões para não querer encontrar o homem, mas...

Antes que qualquer um dos dois pudesse completar uma frase, ficou evidente que o invasor tinha sido expulso da casa em frente. Os arbustos embaixo do arco da entrada balançaram e se abriram, enquanto o indesejado hóspede era atirado para longe, feito uma bala de canhão.

Era uma figura robusta, com um pequeno chapéu tirolês de feltro inclinado na cabeça, uma figura que, de fato, possuía algo de tirolês. Tinha ombros grandes e largos, mas as pernas eram finas e ágeis, vestidas com calças largas até os joelhos e meias de malha. Seu rosto era marrom como uma noz, com olhos castanhos muito brilhantes e inquietos. O cabelo preto fora penteado à escovinha e cortado rente atrás, delineando uma cabeça quadrada e poderosa; usava um enorme bigode preto, que mais parecia os chifres de um bisão. É comum que uma cabeça tão substancial se assente sobre um pescoço de touro, mas o pescoço estava escondido sob um enorme cachecol enrolado ao redor das orelhas e, na frente, caindo por dentro do paletó como uma espécie de falso colete. Era um cachecol de cores fortes e opacas: vermelho escuro, ouro antigo e púrpura, provavelmente de fabricação oriental. Tudo considerado, o homem tinha um ar meio bárbaro, mais parecia um escudeiro húngaro do que um oficial francês comum. Seu francês, no entanto, era com certeza o de um nativo, e seu patriotismo francês tão impulsivo que chegava a ser um pouco absurdo. Sua primeira atitude, quando irrompeu arcada afora, foi gritar numa voz clara em direção à rua:

– Há algum francês aqui? – como se estivesse chamando por cristãos em Meca.

Armagnac e Brun se levantaram de pronto, mas era tarde demais. Já havia homens chegando correndo das esquinas, e uma pequena mas compacta multidão se formara. Com o sempre-pronto instinto francês para a política de rua, o homem do bigode preto já tinha corrido para um canto do café, saltado em cima de uma mesa e, agarrando um galho de castanheiro para se equilibrar, gritou como Camille Desmoulins fizera uma vez, quando espalhou as folhas de carvalho entre o populacho.

– Franceses! – disparou ele. – Estou impedido de falar! Conto com a ajuda de Deus, é por isso que falo! Os camaradas, em suas sórdidas tribunas, aprendem a falar tanto quanto a calar... calar como esse espião encolhido na casa em frente. Calado ele ficou quando bati à porta do seu quarto. Calado está agora, enquanto ouve minha voz através da rua e treme onde está sentado. Ah, eles podem calar de forma eloquente, os políticos! Mas é chegada a hora em que nós, que não podemos falar, *devemos* falar. Vocês foram entregues para os prussianos. Entregues neste momento, num ato de traição. Foram traídos por esse homem. Eu sou Jules Dubosc, coronel da artilharia de Belfort. Ontem pegamos um espião alemão nos Vosges, e um bilhete foi encontrado com ele; um bilhete que seguro em minha mão. Ah, eles tentaram acobertar, mas eu o levei direto ao homem que o escreveu: o homem nesta casa! Tem a letra dele. Foi assinado com as iniciais dele. São instruções para encontrar o segredo dessa nova Pólvora Silenciosa. Hirsch a inventou. Hirsch escreveu esse bilhete sobre ela. Esse bilhete está em alemão e foi encontrado no bolso de um alemão. "Digam ao homem que a fórmula para a pólvora está em um envelope cinza, em letra vermelha, na primeira gaveta à direita da escrivaninha do secretário, no Ministério da Guerra. Ele deve ser cuidadoso. PH."

Ele matraqueava frases curtas como uma metralhadora, mas era claro que se tratava do tipo de homem que ou estava louco ou estava certo. A maior parte da multidão era nacionalista e já iniciava um tumulto ameaçador; e a minoria de intelectuais, também irados, liderada por Armagnac e Brun, só tornava a maioria mais beligerante.

– Se é um segredo militar – gritou Brun –, por que o está contando para todo mundo em plena rua?

– Vou lhe dizer por quê! – rugiu Dubosc mais alto que o brado da multidão. – Eu fui até esse homem de forma correta e civilizada. Se ele tivesse alguma explicação, podia ter me passado a explicação de forma estritamente confidencial. Ele se recusa a explicar. Ele me enviou para dois estranhos em um café como se envia alguém para dois lacaios. Me expulsou da casa, mas estou voltando para lá, com o povo de Paris me apoiando!

Um berro pareceu sacudir a própria fachada das mansões, e duas pedras voaram; uma delas quebrou uma janela acima do balcão. O coronel, indignado, mergulhou outra vez sob o arco da entrada, e ouviram-no gritando e esbravejando lá dentro. O mar humano crescia a cada instante e avançou de encontro à cerca e aos degraus da casa do traidor. Já era certo que o lugar seria invadido como a Bastilha, quando a porta de vidro atingida pela pedra se abriu, e o dr. Hirsch saiu para o balcão. Por um instante, a fúria meio que se transformou em riso, dado o absurdo de sua figura em tamanha cena. Seu longo pescoço descoberto e os ombros caídos tinham a forma de uma garrafa de champagne, mas essa era a única coisa festiva nele. Seu casaco pendia do corpo como de um cabide, e o cabelo cor de cenoura era longo e desgrenhado. Suas faces e o queixo eram emoldurados por completo com uma dessas irritantes barbas que crescem longe da boca. Estava muito pálido e usava óculos de lentes azuis.

Mesmo lívido como estava, falou com uma espécie de decisão cerimoniosa, de modo que a turba fez silêncio no meio de sua terceira frase.

– ...só duas coisas para lhes dizer. A primeira é para os meus inimigos, a segunda para os meus amigos. Aos meus inimigos eu digo: é verdade que não vou receber o sr. Dubosc, apesar de ele estar esbravejando do lado de fora desta sala. É verdade que pedi a dois outros homens para confrontá-lo em meu lugar. E vou lhes dizer por quê! Porque vê-lo seria contra todos os princípios da dignidade e da honra. Por isso não devo e não irei vê-lo. Antes que eu seja inocentado de modo triunfante perante um tribunal, tem outro arbitramento que esse cavalheiro me deve, na qualidade de cavalheiro, e, enviando-o aos meus assessores, estou com absoluto rigor...

Armagnac e Brun agitavam seus chapéus com grande animação, e mesmo os inimigos do doutor aplaudiam com estrondo esse inesperado desafio. Uma vez mais, algumas frases se perderam, mas conseguiram ouvi-lo dizer:

– ...aos meus amigos, eu de minha parte preferiria sempre usar armas puramente intelectuais, e uma humanidade evoluída com certeza se limitará a essas. Mas nossa verdade mais preciosa é a força fundamental da matéria e da hereditariedade. Meus livros fazem sucesso, minhas teorias são irrefutáveis, mas eu sofro, na arena política, de um preconceito quase físico entre os franceses. Não posso falar como Clemenceau e Déroulède, porque suas palavras são como os ecos de suas pistolas. Os franceses anseiam por um duelista assim como os ingleses anseiam por um atleta. Bem, eu ofereço minhas provas: pagarei esta cruel propina, e então retorno à sensatez para o resto da minha vida.

Imediatamente foram encontrados dois homens na própria multidão para apadrinhar o coronel Dubosc, que saiu logo, satisfeito. Um era o soldado comum que tomava café, que disse apenas:

– Eu vou ser seu padrinho, senhor. Sou o Duc de Valognes.

O outro era o grandalhão a quem o padre, seu amigo, tentou a princípio dissuadir; depois foi embora sozinho.

Ao cair a noite, foi servido um jantar leve nos fundos do Café Charlemagne. Apesar de não haver teto de espécie alguma, nem de vidro nem de reboco, os clientes se encontravam quase todos sob uma delicada e irregular cobertura de folhagens, pois as árvores ornamentais formavam uma densa vegetação ao redor e entre as mesas, dando a impressão de um pequeno, difuso e estonteante pomar. Um padre pequeno e robusto ocupava uma das mesas centrais, em completa solidão, e se dedicava a uma pilha de pequenos arenques com uma espécie de contentamento muito sério. Sendo sua rotina muito simples, tinha um gosto singular por luxos repentinos e esporádicos: era um gastrônomo abstêmio. Não levantou os olhos de seu prato (ao redor do qual pimenta vermelha, limões, pão preto, manteiga etc. estavam dispostos em rígida ordem) até que uma grande sombra encobriu a mesa e seu amigo Flambeau sentou-se à sua frente. Flambeau estava desanimado.

– Acho que é melhor você desistir desse negócio – disse ele com gravidade. – Sou totalmente favorável aos soldados franceses, como Dubosc, e totalmente contra os ateus franceses, como Hirsch. Mas me parece que cometemos um erro neste caso. O duque e eu achamos melhor investigar a acusação, e devo dizer que estou feliz que fizemos isso.

– O bilhete é falso, então? – perguntou o padre.

– Isso que é estranho – respondeu Flambeau. – A letra é exatamente igual à de Hirsch, e ninguém consegue encontrar erro algum. Mas não foi escrito por Hirsch. Se ele é um francês patriota, não escreveu o bilhete, porque fornece informações à Alemanha. E, se ele é um espião alemão, não o escreveu... bem... porque não fornece informações à Alemanha.

– Quer dizer que a informação está errada? – perguntou Padre Brown.

– Errada – replicou o outro –, e errada exatamente onde o dr. Hirsch teria acertado: sobre o esconderijo de sua própria fórmula secreta em seu próprio gabinete de uma repartição pública. Por concessão de Hirsch e das autoridades, o duque e eu tivemos, de fato, permissão para examinar a gaveta secreta no Ministério da Guerra onde é mantida a fórmula de Hirsch. Somos as únicas pessoas que já tiveram acesso a ela, exceto o próprio inventor e o ministro da Guerra, mas o ministro permitiu nosso acesso para evitar o duelo de Hirsch. Depois disso, nós, na verdade, não podemos apoiar Dubosc se a denúncia dele é uma armação.

– E é? – perguntou Padre Brown.

– É – disse seu amigo com desalento. – É uma fabricação grosseira de alguém que não sabia nada sobre o verdadeiro esconderijo. Diz que o papel está no armário à direita da escrivaninha do secretário. Na verdade, o armário com a gaveta secreta está um pouco à esquerda da mesa. Diz que o envelope cinza contém um extenso documento escrito em tinta vermelha. Não está escrito em tinta vermelha, mas em tinta preta comum. É um gritante absurdo afirmar que Hirsch possa ter cometido um erro sobre um documento que ninguém conhecia, exceto ele mesmo; ou que possa ter tentado ajudar um ladrão estrangeiro dizendo-lhe para remexer a gaveta errada. Acho que precisamos deixar esse negócio de lado e nos desculpar com o velho cenoura.

Padre Brown parecia meditar; levantou um pequeno arenque com o garfo:

– Você tem certeza que o envelope cinza estava no armário da esquerda? – perguntou.

– Absoluta – respondeu Flambeau. – O envelope cinza... era um envelope branco, na verdade... estava...

Padre Brown largou o pequeno peixe prateado e o garfo e encarou o amigo:

– O quê? – perguntou em voz alterada.

– Bem, o quê? – repetiu Flambeau, comendo com grande apetite.

– Não era *cinza* – disse o padre. – Flambeau, você me dá medo.

– Com mil demônios, o que lhe dá medo?

– Tenho medo de um envelope branco – disse o outro, sério. – Se ao menos fosse simplesmente cinza! Considerando tudo, ele bem que podia ser cinza. Mas, se era branco, a situação é preta. O doutor andou patinhando em um pouco do velho enxofre, afinal de contas.

– Mas estou dizendo que ele não podia ter escrito o tal bilhete! – exclamou Flambeau. – O bilhete está completamente errado sobre os fatos. E, inocente ou culpado, o dr. Hirsch sabia tudo sobre os fatos.

– O homem que escreveu o bilhete sabia tudo sobre os fatos – disse com sensatez seu amigo clérigo. – Ele nunca conseguiria fazê-lo tão errado sem saber tudo sobre o assunto. Você tem que ter um tremendo conhecimento para errar em cada detalhe... como o diabo.

– O senhor quer dizer...?

– O que estou dizendo é que um homem contando mentiras ao acaso deixaria escapar um pouco da verdade – disse seu amigo com firmeza. – Suponhamos que alguém lhe mande procurar uma casa de porta verde e venezianas azuis, com jardim na frente mas não nos fundos, com um cachorro e sem gato, e onde bebessem café mas não chá. Você diria, se não achasse tal casa, que foi tudo inventado. Mas eu digo que não. Digo que, se você achasse uma casa com a porta azul e as venezianas verdes, onde houvesse um jardim nos fundos mas não na frente, onde os gatos fossem usuais e os cachorros inexistentes, onde o chá fosse bebido aos litros e o café proibido, então você saberia que achou a casa. A pessoa devia ter conhecido essa casa em particular, para ser tão precisamente imprecisa.

– Mas o que isso poderia significar? – perguntou o comensal em frente.

– Não consigo imaginar – disse Brown. – Não entendo este caso Hirsch, afinal. Enquanto era apenas a gaveta esquerda em vez da direita e a tinta vermelha em vez da preta, pensei que deviam ser os erros crassos casuais de um falsificador, como se diz. Mas três é um número místico, ele é finalizador de coisas; e finaliza isso. Que a localização da gaveta, a cor da tinta, a cor do envelope, que *nenhuma* delas estivesse certa, nem por acaso, *não pode* ser uma coincidência. E não é.

– O que foi isso então? Traição? – perguntou Flambeau, retomando seu jantar.

– Também não sei – respondeu Brown, com uma expressão de absoluta perplexidade. – A única coisa em que posso pensar... Bem, nunca entendi esse caso Dreyfus. Sempre consigo compreender a evidência moral com mais facilidade que as outras. Guio-me pelos olhos e pela voz de um homem, entende? Se sua família parece feliz, quais os assuntos que ele escolhe... e quais ele evita. Bem, no caso Dreyfus eu estava desorientado. Não pelas coisas horríveis de que foram acusados os dois lados. Eu sei (apesar de não ser moderno dizer isto) que o ser humano, nos mais altos postos, é ainda capaz de agir como os Cenci ou os Borgia. Não, o que me desorientou foi a *sinceridade* de ambas as facções. Não digo as facções políticas; os soldados são sempre honestos de um jeito rude, e muitas vezes até ingênuos. Refiro-me aos atores da peça. Refiro-me aos conspiradores, se é que eram mesmo conspiradores. Refiro-me ao traidor, se é que era mesmo traidor. Refiro-me aos homens que *deviam* ter sabido da verdade. Agora, Dreyfus seguiu em frente como um homem que *sabia* que era um homem injustiçado. E, no entanto, os soldados e estadistas franceses seguiram em frente como se *soubessem* que ele não era um homem injustiçado... era apenas um sujeito equivocado. Não digo que agiram bem; estou dizendo que agiram como se tivessem uma certeza. Não consigo descrever essas coisas, mas sei o que quero dizer.

– Quem dera eu soubesse – disse seu amigo. – E o que isso tem a ver com o velho Hirsch?

– Suponha que alguém numa posição de confiança – continuou o padre – começasse a passar informações ao inimigo porque eram informações falsas. Suponha que ele tenha até mesmo pensado que estava salvando seu país ao confundir o estrangeiro. Suponha que isso o tenha levado aos círculos da espionagem, onde lhe fizeram pequenos favores e lhe prepararam pequenas armadilhas. Suponha que ele tenha mantido sua contraditória posição de modo confuso, nunca dizendo a verdade aos espiões estrangeiros, mas deixando que ela fosse, pouco a pouco, descoberta. A parte boa do seu caráter (ou o que restou dela) ainda poderia dizer: "eu não ajudei o inimigo, eu disse que era a gaveta esquerda". E a sua parte má já estaria dizendo: "mas eles devem ter o bom senso de saber que isso significa a direita". Penso que é psicologicamente possível... numa época esclarecida, se é que me entende.

– É psicologicamente possível – respondeu Flambeau –, e com certeza explica por que Dreyfus estava certo de que foi caluniado e por que seus juízes estavam certos de que ele era culpado. Mas isso não muda a história, porque o documento de Dreyfus (se era de fato dele) estava correto ao pé da letra.

– Eu não estava pensando em Dreyfus – disse o Padre Brown.

As mesas ao redor tinham se esvaziado, e o silêncio tomou conta do lugar. Era quase noite, apesar da luz do sol ainda se agarrar a tudo, como se houvesse se enredado nas árvores por descuido. No silêncio, Flambeau moveu sua cadeira com rapidez (fazendo um barulho isolado e ressoante) e largou o braço sobre o encosto.

– Bem – disse de modo um tanto áspero –, se Hirsch não é mais que um tímido traficante de segredos...

– Você não deve ser tão duro com eles – disse o Padre Brown com suavidade. – Não é totalmente sua culpa, mas eles não têm instintos. Eu falo daquilo que faz uma mulher recusar-se a dançar com um homem, ou faz um homem mexer num investimento. Eles foram ensinados a considerar tudo uma questão de ponto de vista.

– De qualquer modo – gritou Flambeau com impaciência –, ele não se compara com o meu contendor; e vou levar isso adiante. O velho Dubosc pode ser um pouquinho maluco, mas é uma espécie de patriota, apesar de tudo.

Padre Brown continuou a comer os pequenos arenques.

Alguma coisa na maneira impassível com que fez aquilo levou Flambeau a pousar outra vez os penetrantes olhos negros sobre o seu amigo.

– Qual é o problema com o senhor? – perguntou. – Dubosc é correto nesse sentido. O senhor duvida dele?

– Meu amigo – disse o pequenino padre, largando o garfo e a faca com uma fria desesperança –, duvido de tudo. De tudo que aconteceu hoje, bem entendido. Duvido da história toda, apesar de ter acontecido na minha frente. Duvido de todos os indícios que meus olhos viram, desde essa manhã. Há algo nesse negócio bem diferente dos mistérios policiais comuns, nos quais um homem está mais ou menos mentindo e outro mais ou menos dizendo a verdade. Nesse caso, os dois homens... Bem! Eu lhe contei a única teoria que, imagino, possa satisfazer qualquer um. A mim não satisfaz.

– Nem a mim – replicou Flambeau carrancudo, enquanto o outro continuava comendo peixe com ar de completa resignação. – Se tudo que o senhor sugere é essa ideia de uma mensagem comunicada por opostos, eu chamo isso de esperteza, de um tipo singular, mas... como o senhor chamaria isso?

— Eu chamaria de frágil — disse o padre de imediato. — Chamaria de fragilidade de um tipo singular. Mas isso que é esquisito nesse negócio todo. O erro é igual ao de um garoto de escola. Há apenas três versões, a de Dubosc, a de Hirsch e esta minha versão fantasiosa. Ou o bilhete foi escrito por um oficial francês para desonrar um funcionário francês; ou foi escrito pelo funcionário francês para ajudar os oficiais alemães; ou foi escrito pelo funcionário francês para enganar os oficiais alemães. Muito bem. Seria de se esperar que um papel secreto, passando entre tais pessoas, funcionários e oficiais, fosse bastante diferente. Seria de se esperar, provavelmente, uma escrita cifrada, com certeza abreviações; com mais certeza ainda, termos científicos e de rigor profissional. Mas essa coisa é de uma simplicidade cuidadosa, como um livro barato de histórias policiais: "Na gruta púrpura você encontrará o escrínio dourado". É como se... como se fosse de propósito para ser logo descoberta.

Antes que pudessem estudar o caso com mais cuidado, uma figurinha de uniforme francês dirigiu-se à mesa deles como um pé-de-vento, e sentou-se com uma espécie de baque.

— Tenho notícias extraordinárias — disse o Duc de Valognes. — Acabo de encontrar o nosso coronel. Ele está fazendo as malas para deixar o país e nos pede para apresentar suas desculpas *sur le terrain*.

— O quê? — gritou Flambeau, com incredulidade bastante espantosa. — *Desculpar-se?*

— Sim — disse o duque com rispidez —, na hora e no local, na frente de todos, quando as espadas forem desembainhadas. E você e eu temos que fazê-lo enquanto ele deixa o país.

— Mas o que *pode* significar isso? — exclamou Flambeau. — Ele não pode estar com medo desse pequeno

Hirsch! Maldição! – E gritou com um tipo racional de raiva: – Ninguém *poderia* ter medo de Hirsch!

– Eu acho que é alguma conspiração! – disse Valognes, com aspereza. – Alguma conspiração de judeus e maçons, com a intenção de trazer glória para Hirsch.

O rosto do Padre Brown tinha uma expressão comum, mas parecia contente de um jeito curioso; podia se iluminar tanto com a ignorância quanto com o conhecimento. Mas havia sempre um clarão, quando a máscara de bobo caía e a máscara de sábio se ajustava em seu lugar; e Flambeau, que conhecia o amigo, viu que de repente ele havia compreendido. Brown não disse nada, apenas terminou seu prato de peixe.

– Onde você viu por último o nosso precioso coronel? – perguntou Flambeau com irritação.

– Ele está aqui perto, no Hotel Saint Louis, no Eliseu, onde estivemos com ele. Fazendo as malas, estou lhes dizendo.

– Você acha que ele ainda vai estar lá? – perguntou Flambeau, franzindo a testa para a mesa.

– Eu acho que ele ainda não pôde fugir – replicou o duque. – Está fazendo as malas para partir numa longa viagem...

– Não – disse Padre Brown com simplicidade, mas levantando-se de repente. – Para uma viagem muito curta. Uma das mais curtas, na verdade. Mas pode ser que ainda tenhamos tempo de apanhá-lo, se formos até lá de táxi.

Nada mais pôde ser arrancado dele até que o táxi dobrou a esquina do Hôtel Saint Louis, onde eles desceram, e ele conduziu o grupo, subindo por uma ruela lateral, já completamente escura com o cair da noite. A certa altura, quando o duque perguntou com impaciência se Hirsch era ou não culpado de traição, ele respondeu, com ar um tanto ausente:

– Não, só de ambição... como César. – E então acrescentou, de modo um pouco distraído: – Ele vive uma vida muito solitária. Teve que fazer tudo por si mesmo.

– Bem, se ele é ambicioso, deve estar satisfeito – disse Flambeau, um tanto amargo. – Toda Paris vai ovacioná-lo agora que o nosso amaldiçoado coronel deu para trás.

– Não fale tão alto – disse Padre Brown, baixando a voz. – O seu amaldiçoado coronel está bem em frente.

Os outros dois recuaram e se esconderam mais para trás, na sombra do muro, pois a robusta figura do seu fugitivo podia de fato ser vista esgueirando-se à distância, na penumbra em frente, uma valise em cada mão. Parecia o mesmo de quando o viram pela primeira vez, exceto que havia trocado suas pitorescas calças de montanhismo largas até o joelho, por uma calça convencional. Era evidente que estava fugindo do hotel.

A ruela pela qual o seguiram era uma daquelas que dava a impressão de estar atrás das coisas, e parecia o lado errado do cenário num teatro. De um lado da ruela, estendia-se um muro contínuo e desbotado, interrompido de quando em quando por portas de matiz escuro manchadas pela intempérie, todas aferrolhadas e sem sinais marcantes, exceto pelas garatujas a giz de algum *gamin* de passagem. As copas das árvores, a maioria coníferas e um tanto depressivas, apareciam a intervalos por cima do muro, e além delas, no cinza e púrpura do crepúsculo, podia-se ver os fundos de alguns grandes terraços das ricas casas parisienses, até bastante próximas, mas de alguma forma parecendo tão inacessíveis quanto uma cadeia de montanhas marmorizadas. Do outro lado da ruela corria a cerca dourada de um parque envolto em sombras.

Flambeau olhava à sua volta de modo um tanto estranho.

– Você sabe – disse ele –, há algo nesse lugar que...

– Ei! – chamou o duque bruscamente. – O camarada desapareceu. Evaporou, como um maldito duende.

– Ele tem uma chave – explicou seu amigo clérigo. – Ele apenas entrou por uma dessas portas de jardim. – Enquanto ele falava, ouviram uma das sombrias portas de madeira em frente a eles fechar-se com um clique.

Flambeau avançou em direção à porta (que quase bateu na cara dele) e ficou defronte a ela por um momento, mordendo o bigode preto em um frenesi de curiosidade. Então levantou os longos braços, mergulhou no ar como um macaco e pulou em cima do muro, a enorme silhueta negra contra o céu púrpura, assim como a copa negra das árvores.

O duque olhou para o padre.

– A fuga de Dubosc é mais elaborada do que pensamos – disse ele –, mas suponho que ele esteja fugindo da França.

– Ele está fugindo de toda parte – respondeu Padre Brown.

Os olhos de Valognes brilharam, mas sua voz baixou de tom.

– O senhor quer dizer suicídio? – ele perguntou.

– Você não vai achar seu corpo – respondeu o outro.

Uma espécie de grito veio de Flambeau, no alto do muro.

– Meu Deus – exclamou ele em francês –, agora eu sei que lugar é esse! Pois são os fundos da rua onde o velho Hirsch mora. Eu sabia que podia reconhecer uma casa pelos fundos tão bem como reconheço um homem pelas costas.

– E Dubosc entrou nela! – gritou o duque, batendo no quadril. – Então eles vão se encontrar, afinal!

Com súbita vivacidade gaulesa, escalou a parede ao lado de Flambeau e sentou-se ali confiantemente, balançando as pernas com excitação. Apenas o padre permaneceu embaixo, apoiado contra o muro, de costas para o teatro dos eventos, e olhando pensativo à sua frente, para as paliçadas do parque e as árvores que cintilavam sob a luz do crepúsculo.

O duque, apesar de animado, tinha os instintos de um aristocrata e preferia ficar encarando a casa a espionar dentro dela; mas Flambeau, que tinha os instintos de um ladrão (e detetive), já havia se atirado do muro para a forquilha de uma árvore solitária, de onde podia rastejar até bem perto da única janela iluminada nos fundos da casa alta e escura. Uma persiana vermelha fora baixada para ocultar a luz, mas de maneira torta, deixando assim uma brecha em um dos cantos. Arriscando o pescoço em cima de um galho que parecia tão traiçoeiro quanto um graveto, Flambeau pôde apenas ver o coronel Dubosc perambulando em um dormitório luxuoso e brilhantemente iluminado. Mas, apesar de estar perto da casa, Flambeau ouviu as palavras de seus companheiros junto ao muro e repetiu-as em voz baixa.

– Sim, eles vão se enfrentar agora, afinal de contas.

– Eles nunca vão se enfrentar – disse Padre Brown. – Hirsch estava certo quando disse que, num caso desses, os duelistas não devem se encontrar. Você já leu uma estranha história psicológica de Henry James, sobre duas pessoas que por acaso deixam de se encontrar, e aquilo termina ocorrendo com tanta frequência que elas começam a sentir um tremendo medo uma da outra e começam a achar que era obra do destino? Isso é algo do tipo, porém mais curioso.

– Há pessoas em Paris que vão curá-los de tais fantasias mórbidas – disse Valognes de forma vingativa. – Eles com toda certeza terão que se enfrentar, se forem capturados e forçados a lutar.

– Eles não vão se enfrentar nem no Juízo Final – disse o padre. – Mesmo que Deus Todo Poderoso segurasse a clava da disputa, e São Miguel tocasse o clarim para as espadas se cruzarem, mesmo então, se um deles estivesse pronto, o outro não viria.

– Ah, o que significa todo esse misticismo? – gritou o Duc de Valognes com impaciência. – Por que cargas d'água eles não podem se enfrentar, como todo mundo?

– Eles são o oposto um do outro – disse o Padre Brown, com um sorriso estranho. – Eles contradizem um ao outro. Eles se anulam, por assim dizer.

Ele continuou a fitar as escuras árvores em frente, mas Valognes virou sua cabeça bruscamente ao ouvir uma exclamação sufocada de Flambeau. Esse investigador, espiando o quarto iluminado, acabava de ver o coronel, depois de dar um ou dois passos, começando a tirar seu casaco. O primeiro pensamento de Flambeau foi de que isso, na verdade, era o prenúncio de uma luta; mas logo mudou de ideia. A solidez e a forma quadrada dos ombros e do peito de Dubosc era só um eficiente forro acolchoado que desabou junto com o casaco. Apenas de calças e camisa ele era, por comparação, um magro cavalheiro que caminhava entre o banheiro e o quarto, sem nenhum propósito mais belicoso que o de lavar-se. Inclinou-se sobre uma bacia, secou, com uma toalha, as mãos e o rosto que pingavam e voltou-se, de modo que a luz forte recaiu sobre o seu rosto. Sua tez morena se fora, bem como seu grande bigode preto; estava recém barbeado e bastante pálido. Nada lembrava o coronel, apenas os castanhos e brilhantes olhos de águia. Abaixo do muro, o Padre Brown entrava em profunda meditação, como perdido em si mesmo.

– Tudo isso é justo como eu dizia a Flambeau. Esses opostos não combinam. Eles não funcionam. Não lutam. Se for branco em vez de preto, sólido em vez de líquido e assim por diante em toda linha... Então tem algo errado, monsieur, tem algo errado. Um desses homens é puro e o outro perverso, um corpulento e o outro magro, um forte e o outro fraco. Um tem bigode e não tem barba, assim não se pode ver sua boca; o outro tem barba e não tem bigode, assim não se pode ver seu queixo. Um tem cabelo cortado rente ao crânio, mas um cachecol para esconder seu pescoço; o outro tem camisas de colarinho aberto, mas o cabelo para esconder seu crânio. É tudo muito arrumado e correto, monsieur, e há algo errado. Coisas feitas de forma tão oposta são coisas que não conseguem brigar. Onde quer que uma surja a outra desaparece. Como um rosto e uma máscara, uma fechadura e uma chave...

Flambeau espiava o interior da casa com o semblante branco como um lençol. O ocupante do quarto estava sentado de costas para ele, mas de frente para o espelho, e já tinha ajustado à volta do rosto uma espécie de peruca de espessos cabelos vermelhos, caindo em desordem do alto da cabeça e ajeitando-se ao redor dos maxilares e do queixo, enquanto a boca escarninha ficava descoberta. Visto assim no espelho, o rosto branco parecia o rosto de Judas rindo de maneira horrível, rodeado pelas bruxuleantes chamas do inferno. Por um momento, Flambeau viu os selvagens olhos castanho-avermelhados dançarem, e então serem cobertos com um par de óculos de lentes azuis. Enfiando-se em um folgado casaco preto, a figura desapareceu em direção à frente da casa. Momentos depois, um estrondo de aplauso popular vindo do outro lado da rua anunciou que o dr. Hirsch, uma vez mais, aparecera no balcão.

4
O HOMEM NA PASSAGEM

Dois homens apareceram ao mesmo tempo nos dois extremos de uma espécie de passagem ao longo da lateral do teatro Apollo em Adelphi. A luz do crepúsculo nas ruas era ampla e luminosa, opalescente e vazia. A passagem era um tanto comprida e escura, então cada um dos homens enxergava o outro como mera silhueta preta na outra ponta. Não obstante, cada um conhecia o outro, mesmo naquele vulto de breu; afinal, os dois eram homens de aparência impressionante e os dois se odiavam.

A passagem coberta abria-se em um extremo para uma das ruas íngremes em Adelphi e no outro para um terraço com vista para o rio colorido pelo pôr do sol. Num dos lados da passagem ficava uma parede cega, pois o prédio sustentado por ela era um antigo e malsucedido restaurante do teatro, agora fechado. O outro lado da passagem continha duas portas, uma em cada ponta. Nenhuma era o que, em geral, se chamaria de porta do palco; eram portas especiais e privadas do teatro, utilizadas por artistas muito especiais. Nesse caso, pelo ator ou pela atriz principal na apresentação shakespeariana do dia. Pessoas daquela eminência em geral preferem essas entradas e saídas particulares para encontrar ou evitar amigos.

Os dois homens em questão eram com certeza amigos desse tipo, homens que evidentemente conheciam essas entradas e saídas e contavam que elas se abrissem, pois cada um deles se aproximou da porta na extremidade superior com a mesma frieza e confiança. Entretanto, não com a mesma velocidade; o homem que caminhava mais rápido era o que estava no outro extremo do túnel, de modo que os dois chegaram frente à porta secreta do teatro no mesmo instante. Saudaram-se com civilidade e esperaram por um momento até que um deles, o caminhante mais veloz, que parecia ter menos paciência, batesse à porta.

Nisso e em tudo o mais cada um era o oposto do outro e nenhum poderia ser considerado inferior. No âmbito privado, cada um era bonito, competente e popular. Como pessoas públicas, os dois eram tidos na mais alta conta. No entanto, tudo em relação a eles, desde suas glórias até sua boa aparência, era de um tipo diferente e incomparável. Sir Wilson Seymour era o tipo de homem cuja importância é notória por todos os que sabem. Quanto mais você se envolvesse no círculo de poder de algum governo ou de alguma profissão, maior a frequência com que encontraria Sir Wilson Seymour. Ele era o único homem brilhante em vinte comitês sem brilho – em cada espécie de assunto, desde a reforma da Academia Real até o projeto de bimetalismo para uma Grã-Bretanha melhor. Nas artes, em especial, ele era onipotente. Era tão inigualável que ninguém poderia nem mesmo concluir se era um grande aristocrata que aderira às artes ou um grande artista a quem os aristocratas aliciaram. Mas você não poderia encontrá-lo por cinco minutos sem ter a sensação de que foi governado por ele toda a vida.

Sua aparência era "distinta" exatamente no mesmo sentido: de um só tempo convencional e inigualável. A moda não poderia encontrar qualquer defeito em seu chapéu de seda de copa alta: era também diferente do chapéu de qualquer outro – um bocado mais alto, talvez, realçando a altura natural do usuário. Sua figura alta e esguia tinha uma leve curvatura, embora parecesse o inverso da fragilidade. Seu cabelo prateado não lhe dava a aparência de um velho; era usado mais longo do que o comum, mas não parecia efeminado e embora tivesse caracóis, não parecia encaracolado. Sua esmerada barba pontuda tornava-o mais viril e belicoso do que se não a usasse, a exemplo daqueles velhos almirantes de Velásquez, cujos retratos sombrios forravam as paredes de sua casa. Suas luvas cinzentas eram de um cinza mais intenso e sua bengala nodosa de punho de prata era mais comprida em comparação a dezenas de outras luvas e bengalas que, como aquelas, eram balançadas e brandidas em teatros e restaurantes.

O outro homem não era tão alto, mas não daria a ninguém a impressão de baixo, era apenas forte e bonito. Seu cabelo também era crespo, mas era claro e rente a uma cabeça forte e maciça – o tipo de cabeça com que se quebra a porta, como Chaucer falou sobre a de Miller. Seu bigode militar e o porte dos ombros faziam dele um soldado, mas ele tinha um par daqueles olhos azuis ostensivos e penetrantes, mais comuns nos marinheiros. O rosto era algo quadrado, a mandíbula era quadrada, os ombros eram quadrados e até mesmo seu casaco era quadrado. De fato, na extravagante escola de caricatura da época, o sr. Max Beerbohm representou-o como uma proposição no quarto livro de Euclides.

Pois ele era também um homem público, embora com um tipo de sucesso bem diferente. Você não precisaria estar na alta sociedade para ter ouvido falar do Capitão Cutler, do cerco a Hong Kong e da grande marcha através da China. Você não estaria livre de ouvir sobre ele onde quer que estivesse; o retrato dele estava estampado em metade dos cartões postais; dia sim, dia não, seus mapas e suas batalhas recebiam destaque em artigos ilustrados; canções eram entoadas em homenagem a ele em metade dos números dos cafés-concerto e em metade das caixas de realejo. Sua fama, ainda que provavelmente mais temporária, era dez vezes mais ampla, popular e espontânea do que a do outro homem. Em milhares de lares ingleses, ele aparecia colossal sobre a Inglaterra, como o Almirante Nelson. Entretanto, seu poder era infinitamente menor na Inglaterra do que o de Sir William Seymour.

A porta foi aberta para eles por um empregado ou "camareiro" envelhecido, cujo rosto em más condições e o terno preto surrado contrastavam de modo esquisito com o interior cintilante do camarim da atriz principal. Esse era construído e forrado de espelhos em cada ângulo de refração, de modo que eles pareciam a centena de facetas de um enorme diamante – se alguém pudesse entrar num diamante. Outras características do luxo do camarim (umas poucas flores, umas poucas almofadas coloridas, uns poucos retalhos de roupas de teatro) eram multiplicadas por todos os espelhos para dentro da loucura das *Mil e uma noites* e dançavam e mudavam de lugar de modo perpétuo, à medida que o atendente de passos arrastados levasse um espelho para fora ou virasse outro contra a parede.

Os dois se dirigiram ao alquebrado camareiro pelo nome, chamando-o de Parkinson, e perguntando pela lady como srta. Aurora Rome. Parkinson disse que ela estava na outra sala, mas iria até lá falar com ela. Uma sombra anuviou a fisionomia dos dois, já que a outra sala era a sala privada do ator principal com quem

Aurora estava contracenando, e ela era o tipo que não inspira admiração sem inspirar ciúme. Meio minuto depois, entretanto, a porta interna abriu-se e ela entrou como sempre fazia, mesmo em sua intimidade, como se o próprio silêncio parecesse uma bem merecida salva de palmas. Ela vestia um traje algo estranho de cetins azul-pavão e verde-pavão, que cintilavam como metais azuis e verdes, de modo a encantar crianças e estetas, e seu cabelo farto, castanho-avermelhado, emoldurava um daqueles rostos mágicos que causa perigo a todos os homens, em especial a adolescentes ou aos que já começam a ficar grisalhos. Em companhia de seu colega, o grande ator americano Isidore Bruno, ela estava produzindo uma interpretação singularmente poética e fantástica de *Sonho de uma noite de verão*, em que era dada a proeminência artística a Oberon e Titânia, ou, em outras palavras, para Bruno e para ela mesma. Com um cenário bonito e onírico e embalado por místicas danças, o figurino verde, como as asas brilhantes de um besouro, expressava toda a individualidade esquiva de uma princesa-dos-elfos. Mas, quando se encontrasse em plena luz do dia, um homem olharia apenas para o rosto da mulher.

Ela cumprimentou os dois com o radiante e desconcertante sorriso que mantinha tantos homens à mesma distância perigosa. Aceitou flores de Cutler, tão tropicais e caras como suas vitórias; e outra espécie de presente de Sir Wilson Seymour, oferecidas mais tarde e com ar mais despreocupado pelo cavalheiro. Era contra seus princípios demonstrar avidez e contra sua convencional não convencionalidade dar algo tão óbvio como flores. Escolheu uma ninharia, ele disse, antes uma curiosidade: uma velha adaga grega da Época Miceniana, que bem poderia ter sido usada no tempo de Teseu e Hipólito. Feita de bronze como todas as armas heroicas, mas, estranhamente, ainda afiada o bastante para furar alguém. O que realmente havia lhe atraído nela fora o formato de folha; era tão perfeita como um vaso grego. Se fosse do interesse de srta. Rome e pudesse ser utilizado em alguma cena da peça, ele desejava que ela o usasse...

A porta interna abriu-se num estouro e uma figura grande apareceu, ainda mais contrastante com o explanatório Seymour do que o Capitão Cutler. Com quase 1 metro e 95 de altura e vigor e músculos não apenas teatrais, Isidore Bruno, na graciosa pele de leopardo com complementos em marrom dourado do figurino de Oberon, parecia um deus bárbaro. Inclinou uma espécie de lança de caça, que no palco parecia uma batuta prateada sem importância, mas que naquele aposento pequeno e comparativamente lotado era uma arma bem mais chamativa – e ameaçadora. Seus olhos negros vívidos moviam-se de maneira vulcânica; o rosto bronzeado, apesar de bonito, mostrava naquele momento uma combinação de grandes ossos com dentes brancos que evocava certas conjeturas americanas de suas origens nas plantações do Sudeste.

– Aurora – começou ele, naquela voz profunda como um tambor de paixões que já movera tantas audiências –, você...

Calou-se, indeciso, porque uma sexta personagem apresentou-se de súbito no vão da porta – uma personagem tão incongruente na cena que poderia ser mesmo cômica. Um pequenino homem de uniforme preto secular romano, parecendo (em especial na presença de Bruno e Aurora) um Noé de madeira recém saído da arca. Ele, entretanto, não se demonstrou consciente de qualquer contraste, mas disse com monótona polidez:

– Acredito que a srta. Rome mandou me chamar.

Um observador astuto poderia ter salientado que a temperatura emocional aumentou com aquela interrupção tão pouco emocional. O distanciamento de um celibatário profissional pareceu revelar aos outros que eles rodeavam a mulher como um anel de rivais amorosos, assim como um estranho chegando com neve na capa revelaria que uma sala é como uma fornalha. A presença daquele único homem que não se importava com ela aumentou a sensação de srta. Rome de que todos os outros estavam apaixonados por ela, cada qual de um modo um tanto perigoso: o ator, com todo o apetite de um selvagem e de uma criança mimada; o militar, com todo o egoísmo simplório de um homem cuja vontade é superior ao intelecto; Sir Wilson, com aquela esnobe concentração rotineira com a qual antigos hedonistas se dedicam a um hobby; e nem mesmo o servil Parkinson, que a conhecera antes de seus triunfos e a seguia pela sala com olhos e pés, e com a estúpida fascinação de um cachorro.

Uma pessoa sagaz também poderia ter notado uma coisa ainda mais estranha. O homem semelhante a um negro Noé em madeira (que não era de todo isento de astúcia) notou isso com considerável, mas contido divertimento. Era evidente que a grande Aurora, ainda que de nenhum modo indiferente à admiração do outro sexo, queria naquele instante livrar-se de todos os homens que a admiravam e ser deixada sozinha com o homem que não a admirava – pelo menos não nesse sentido, já que o pequenino padre de fato a admirava, e de fato gostava da firme diplomacia feminina com que ela enfrentou a tarefa. A srta. Aurora Rome entendia, talvez, de só uma coisa, e essa coisa era a metade da humanidade – a outra metade. O pequeno padre observou, como quem observa uma batalha napoleônica, a rápida precisão de sua estratégia de expelir todos sem expulsar nenhum. Bruno, o grande ator, era tão infantil que era fácil colocá-lo para fora com movimentos brutos, batendo a porta. Cutler, o oficial britânico, era paquidérmico quanto às ideias, mas meticuloso quanto ao comportamento. Ignoraria qualquer dica, mas preferiria morrer a ignorar a solicitação de uma lady. Quanto ao velho Seymour, ele tinha de ser tratado de modo diferente, tinha de ser deixado por último. A única forma de tirá-lo dali era apelar à confiança dele, como a um velho amigo, e deixá-lo no segredo da claridade. O padre admirou de verdade o modo como a srta. Rome conseguiu esses três objetivos numa sequência calculada.

Ela cruzou o camarim até o Capitão Cutler e lhe disse do jeito mais doce que pôde:

– Vou apreciar todas estas flores, porque elas devem ser suas flores favoritas. Mas sabe, elas só vão ficar completas com a *minha* flor favorita. *Vá* até aquela loja na esquina e me traga alguns lírios do campo! Isso sim será *adorável*.

O primeiro objetivo de sua diplomacia, a saída do enraivecido Bruno, fora atingido de imediato. Ele já entregara a lança com estilo altivo, como se fosse um cetro, para o camareiro, digno de piedade, e estava pronto para assumir um dos assentos acolchoados como quem assume um trono. Porém, mediante esse apelo aberto ao seu rival, brilhou com intensidade em seus globos oculares de opala toda a sensível insolência dos escravos; ele cerrou os gigantescos punhos marrons por um instante e, abrindo a porta de supetão, desapareceu rumo ao seu próprio camarim. Enquanto isso, a tentativa de srta. Rome em mobilizar o exército britânico não obteve sucesso de forma tão simples como parecia provável.

Cutler de fato erguera-se teso, de modo repentino, e caminhara até a porta, sem chapéu, como se estivesse sob voz de comando. No entanto, talvez algo ostensivamente elegante na lânguida figura de Seymour encostado em um dos espelhos o fizera parar na saída, girando sua cabeça para lá e para cá como um buldogue atordoado.

– Preciso mostrar a esse homem estúpido aonde ir – disse Aurora em um sussurro para Seymour e apressou-se até o limiar da porta para despachar o convidado que partia.

Seymour parecia estar escutando, elegante e inconsciente como era sua postura, e pareceu aliviado quando ouviu a lady dando algumas últimas instruções ao Capitão Cutler; ela então virou-se de modo brusco e correu, rindo, até o outro extremo, o extremo onde ficava o terraço sobre o Tâmisa. Ainda um ou dois segundos após, o semblante de Seymour obscureceu outra vez. Um homem em sua posição tem muitos rivais, e ele lembrou-se de que no outro extremo da passagem ficava a entrada correspondente ao camarim privado de Bruno. Ele não perdeu a dignidade, disse algumas palavras educadas para Padre Brown sobre o renascimento da arquitetura bizantina na Catedral de Westminster, e então, muito naturalmente, caminhou rumo ao extremo superior da passagem. Padre Brown e Parkinson foram deixados a sós, e nenhum deles gostava de conversas supérfluas. O camareiro andou pela sala puxando e empurrando espelhos, as calças e o casaco encardidos parecendo ainda mais horríveis, já que ele ainda carregava a festiva lança da fantasia do Rei Oberon. Cada vez que empurrava a moldura de um novo espelho, uma nova imagem negra do Padre Brown aparecia; o absurdo aposento de espelhos estava pleno de Padres Browns, para cima e para baixo no ar, como anjos, fazendo saltos mortais como acrobatas, dando as costas para todos como pessoas muito grosseiras.

Padre Brown não pareceu se dar conta dessa nuvem de testemunhas, mas seguiu Parkinson com um olhar preguiçosamente atento até ele se retirar junto com sua lança absurda rumo à sala de Bruno. Então se entregou às meditações abstratas que sempre o entretinham: calcular os ângulos dos espelhos, os ângulos de cada refração, o ângulo em que cada um deve fixar-se à parede... quando escutou um grito forte, mas reprimido.

Levantou-se de um salto e parou, rígido para escutar. No mesmo instante, Sir Wilson Seymour irrompeu na sala, branco como marfim.

– Quem é o homem na passagem? – esbravejou. – Cadê a minha adaga?

Antes que Padre Brown pudesse girar em suas pesadas botinas, Seymour estava mergulhado na sala procurando a arma. E antes que ele pudesse encontrar aquela arma ou qualquer outra, uma enérgica correria de pés irrompeu na calçada, e o rosto quadrado de Cutler emoldurou-se no vão da porta. Carregava grotescamente um buquê de lírios-do-vale.

– O que é isso? – bradou. – Quem é aquela criatura na passagem? Isso é algum de seus truques?

– Meus truques! – sibilou o pálido rival, dando um passo largo em sua direção.

No instante em que tudo isso aconteceu, o Padre Brown caminhou para fora até o topo da passagem, olhou para baixo, e, de imediato, caminhou com energia na direção do que via. Nisso, os outros dois homens interromperam sua discussão e chisparam atrás dele, e Cutler falou:

– O que está fazendo? Quem é você?

– Meu nome é Brown – disse o padre de modo triste, fez um gesto como se benzesse algo e endireitou-se outra vez. Srta. Rome pediu para me chamar, e vim tão rápido quanto pude. Cheguei muito tarde.

Os três homens olharam para baixo, e, em pelo menos um deles, a vida morreu naquela tardia luz do entardecer. A luz iluminava a passagem, fazendo-a parecer um caminho de ouro, e no meio dela a srta. Aurora Rome jazia, brilhante em seu robe verde e dourado, com o rosto morto voltado para cima. Seu vestido fora arrancado como em uma briga, deixando o ombro direito nu, mas a ferida por onde o sangue jorrava era do outro lado. A adaga de bronze brilhava no chão à distância aproximada de um metro.

Houve uma quietude vazia por um tempo mensurável, tanto que puderam ouvir ao longe a risada de uma florista lá em Charing Cross e alguém chamando furioso um táxi numa das ruas para as bandas do Strand. Então, o Capitão Cutler, num movimento tão repentino que poderia ter sido paixão ou atuação teatral, pegou Sir Wilson Seymour pela garganta.

Seymour olhou para ele com firmeza, sem esboçar reação.

– Não precisa me matar – disse numa voz fria. – Eu mesmo vou fazê-lo.

A mão do capitão hesitou e caiu, e o outro adicionou, com a mesma candura gélida:

– Se eu descobrir que não tenho coragem de fazer isso com aquela adaga, posso fazê-lo em um mês com a bebida.

– A bebida não é boa o suficiente para mim – retrucou Cutler –, mas antes de morrer vou vingar essa morte com sangue. Não o seu, mas acho que sei de quem.

E, antes que os outros pudessem avaliar sua intenção, ele agarrou a adaga, saltou para a porta na extremidade inferior da passagem, abriu-a com violência, arrebentando a tranca, e confrontou Bruno em sua sala. Ao fazê-lo, o velho Parkinson cambaleou em seu passo oscilante para fora da porta e viu o cadáver deitado na passagem. Moveu-se trêmulo em direção ao corpo, olhou para ele sem energia, com um rosto de trabalhador; então retornou cambaleante ao camarote e deixou-se cair numa das cadeiras acolchoadas. Padre Brown, em um instante, correu em direção a ele, sem dar importância a Cutler nem ao colossal ator, embora o camarim já rangesse com suas pancadas e eles começassem a lutar pela adaga. Seymour, que manteve algum senso prático, estava assobiando para a polícia no extremo da passagem.

Quando a polícia chegou, foi para separar os dois homens de uma luta corpo a corpo, feito dois macacos, e, após algumas poucas perguntas, para prender Isidore Bruno sob acusação de assassinato, apresentada contra ele por seu furioso opositor. A ideia de que o grande herói nacional do momento prendera o malfeitor com suas próprias mãos sem dúvida tinha seu peso para os policiais, que também têm um quê de jornalistas. Trataram Cutler com certa atenção solene e notaram que estava com um leve corte na mão. Quando Cutler o pressionava atrás da cadeira e da mesa viradas, Bruno conseguiu virar a lâmina da adaga e o ferir perto do pulso. O ferimento era, com efeito, superficial, mas até ser removido da sala, o prisioneiro olhava para o sangue correndo com um sorriso fixo.

– O camarada parece uma espécie de canibal, não parece? – confidenciou o policial para Cutler.

Cutler não respondeu, mas disse bruscamente logo depois:

– É preciso cuidar da... pessoa morta – e sua voz perdeu a articulação.

– Das duas pessoas mortas – emendou a voz do padre da parte mais afastada da sala. – Este pobre coitado estava morto quando me aproximei – e ficou olhando para o velho Parkinson, que sentou num amontoado negro na charmosa cadeira. Também pagara seu tributo, não sem eloquência, para a mulher que havia morrido.

O silêncio foi quebrado pela primeira vez por Cutler, que pareceu tocado por uma ternura rude:

– Queria estar no lugar dele – disse roucamente. – Lembro que ele costumava olhar para ela onde quer que ela fosse, mais do que para... qualquer outra pessoa. Ela era o ar que ele respirava, e ele está enrugado e murcho. Morreu há pouco.

– Estamos todos mortos – falou Seymour numa voz estranha, olhando a rua.

Despediram-se de Padre Brown na esquina da rua, com algumas casuais desculpas pela rudeza que possam ter demonstrado. Os rostos de ambos eram trágicos, mas também enigmáticos.

A mente do pequenino padre era sempre um viveiro de coelhos, superpovoado de pensamentos selvagens, que pulavam depressa demais para que ele pudesse pegá-los. Como o rabo branco de um coelho, ele teve o fugidio pensamento de que estava certo da dor daqueles homens, mas não tão certo de sua inocência.

– É melhor todos nós irmos andando – disse Seymour de modo pesado. – Fizemos tudo o que podíamos para ajudar.

– O senhor compreenderia meus motivos – disse Padre Brown em voz baixa – se eu dissesse que os senhores fizeram tudo o que podiam para ferir?

Ambos se sobressaltaram com se fossem culpados, e Cutler disse de maneira brusca:

– Ferir quem?

– Para ferir os senhores mesmos – respondeu o padre. – Não iria contribuir com seus problemas se não fosse a bem da justiça preveni-los. Os senhores fizeram quase tudo o que poderiam para enforcar a si mesmos, se esse ator for absolvido. Eles com certeza vão me intimar a depor. Serei obrigado a dizer que, após o grito ser ouvido, cada um dos senhores correu para a sala em desespero e começaram a discutir sobre uma adaga. Até onde posso declarar sob juramento, qualquer um dos senhores poderia ter feito isso. Feriram-se com isso, e, então, o Capitão Cutler deve ter ferido a si mesmo com a adaga.

– Ferir a mim mesmo! – exclamou o capitão, com desdém. – Um arranhãozinho de nada.

– Que derramou sangue – respondeu o padre, balançando a cabeça afirmativamente. – Sabemos que há sangue no metal agora, e então nunca poderemos saber se havia sangue nele antes.

Houve um silêncio, e então Seymour disse, com uma ênfase muito diversa de seu sotaque rotineiro:

– Mas eu vi um homem na passagem.

– Eu sei que o senhor viu – respondeu o clérigo Brown, sem pestanejar. – E o Capitão Cutler também viu. Isso é o que soa tão improvável.

Antes que um dos dois pudesse entender o comentário, Padre Brown já se desculpara com polidez e se afastara pela rua em seu andar atarracado com seu velho e atarracado guarda-chuva.

Nos jornais modernos, as notícias mais modernas e importantes são as policiais. Se é verdade que no século XX mais espaço é dado ao assassinato do que à política, é pela excelente razão de que o assassinato é um assunto mais sério. No entanto, mesmo isso pouco explicaria a gigantesca onipresença e o detalhamento com ampla distribuição do "Caso Bruno" ou "O Mistério da Passagem" na imprensa de Londres e das províncias.

O alvoroço foi tão vasto que por algumas semanas a imprensa realmente contou a verdade, e os relatos dos interrogatórios e dos interrogatórios cruzados, embora intermináveis e às vezes intoleráveis, ao menos eram fidedignos. A verdadeira razão, com certeza, era a coincidência de pessoas. A vítima era uma atriz popular, o acusado era um ator popular, e o acusado foi pego em flagrante pelo militar mais famoso da época. Naquelas circunstâncias extraordinárias, a imprensa estava paralisada pela probidade e pela exatidão. E o resto desse negócio singular poderia, de fato, ser registrado a partir de relatos do julgamento de Bruno.

O julgamento foi presidido pelo sr. Justice Monkhouse, um daqueles juízes zombado como jocoso, mas em geral muito mais sério que os juízes sérios; sua leviandade surge da nítida impaciência com a solenidade profissional, enquanto um juiz sério é mesmo repleto de frivolidade, pois é repleto de vaidade. Sendo todos os atores principais de importância mundial, os advogados estavam bem distribuídos; o promotor público para a Coroa era Sir Walter Cowdray, um advogado pesadão, mas de influência não menos pesada, do tipo que sabe como parecer britânico e confiável, além de parecer retórico com relutância. O réu, em prisão preventiva, foi defendido pelo sr. Patrick Butler, K.C.,* confundido com um mero *flâneur* por aqueles que não compreendiam o caráter irlandês – e por aqueles que não haviam sido interrogados por ele. As provas médicas não envolveram contradições, tendo o doutor, a quem Seymour convocou na hora do crime, concordado com o eminente médico,

---

* Posição mais elevada de um defensor público para casos de tribunal na Grã-Bretanha. O termo K.C. (King's Counsel, ou seja, jurisconsulto do rei) é usado quando existe um rei e Q.C. (Queen's Counsel) quando existe uma rainha. (N.T.)

que, em ocasião posterior, examinou o corpo. Aurora Rome fora apunhalada com algum instrumento pontiagudo como uma faca ou adaga; um instrumento, ao menos, de lâmina curta. O golpe acertou o coração, e ela morreu na hora. Quando o doutor a viu pela primeira vez, ela estava morta há não mais de vinte minutos. Então, quando Padre Brown a encontrou, ela estava morta há no máximo três.

Seguiram-se algumas provas da investigação, em particular relacionadas à presença ou à ausência de alguma evidência de luta; a única sugestão disso seria o rasgo do vestido no ombro, e esse não parecia ajustar-se bem com a direção e com a finalidade do golpe. Quando esses detalhes foram fornecidos, ainda que não explicados, a primeira das testemunhas relevantes foi chamada.

Sir Wilson Seymour prestou depoimento como tudo mais que ele fazia – de modo não apenas bom, mas perfeito. Embora fosse um homem mais público do que o juiz, ele transmitiu o exato e fino tom da modéstia diante da justiça do rei, e ainda que todos olhassem para ele como olhariam para o primeiro-ministro ou para o arcebispo de Canterbury, não diriam nada sobre sua participação no caso, exceto de que fora a de um cavalheiro reservado, com ênfase no cavalheiro. Ele também foi de uma lucidez brilhante, como era nos comitês. Visitara a srta. Rome no teatro; encontrara o Capitão Cutler lá; estiveram por pouco tempo com o acusado, que então retornou ao seu camarim; estivera com eles um padre católico romano, que perguntou pela falecida *lady* e disse que seu nome era Brown. Então a srta. Rome saíra do teatro, na entrada da passagem, para indicar ao Capitão Cutler uma floricultura onde ele iria comprar flores para ela, e a testemunha permanecera no camarim, trocando umas palavras com o padre. Ele então ouvira com clareza a falecida, depois de enviar o capitão em sua incumbência, dar meia-volta rindo e correr na direção do outro extremo da passagem, onde era o camarim do acusado. Numa curiosidade vã pelos movimentos rápidos de seus companheiros, ele perambulou sozinho até o extremo da passagem e olhou na direção da porta do réu em prisão preventiva. Ele viu algo na passagem? Sim, ele viu algo na passagem.

Sir Walter Cowdray fez uma pausa considerável, durante a qual a testemunha olhou para baixo, e na calma usual de sua fisionomia parecia haver mais palidez do que a usual. Então o promotor disse, em voz baixa, algo que pareceu ao mesmo tempo compreensivo e insinuante:

– O senhor viu isso de forma nítida?

Sir Wilson Seymour, por mais comovido que estivesse, tinha um cérebro excelente e em perfeito funcionamento.

– Muito nítido quanto ao contorno; na verdade, não de todo nítido quanto aos detalhes dentro do contorno. A passagem é tão comprida que qualquer um no meio dela aparece muito escuro contra a luz, no outro extremo.

A testemunha baixou seus olhos fixos mais uma vez e adicionou:

– Percebi o fato antes, quando o Capitão Cutler entrou na passagem pela primeira vez.

Houve outro silêncio, e o juiz inclinou-se para frente e fez uma anotação.

– Bem – disse Sir Walter pacientemente –, com o que se parecia o contorno? Parecia, por exemplo, a silhueta da mulher assassinada?

– Nem um pouco – respondeu Seymour em voz baixa.

– Com o que se parecia?

— Parecia — respondeu a testemunha — um homem alto.

Todos na Corte seguiam o olhar dele, quer ele estivesse concentrado em sua caneta, no cabo de seu guarda-chuva, em seu livro, em suas botas ou em qualquer coisa para a qual ele estivesse olhando. Eles pareciam estar mantendo seus olhos para longe do acusado à viva força; mas perceberam sua figura no banco dos réus e a perceberam gigantesca. Bruno chamava a atenção pela altura, mas parecia aumentar de tamanho quando os olhares tentavam se esquivar dele.

Cowdray voltou a sentar-se com o rosto solene, alisando a toga de seda preta e as sedosas suíças brancas. Sir Wilson estava deixando o reservado das testemunhas, depois de alguns poucos detalhes finais para os quais havia muitas outras testemunhas, quando o advogado de defesa levantou-se de repente e o deteve:

— Vou detê-lo só um momento — disse o sr. Butler, cidadão de aspecto rústico, com sobrancelhas avermelhadas e expressão sonolenta. — O senhor pode dizer a seu Meritíssimo como sabia que era um homem?

Um sorriso discreto, refinado, pareceu surgir nas feições de Seymour:

— Acho que foi por causa da calça — ele disse. — Quando vi a luz do dia entre as longas pernas tive certeza de que era um homem, afinal.

Os olhos sonolentos de Butler abriram-se de súbito como alguma explosão silenciosa.

— Afinal! — repetiu devagar. — Então, primeiro, o senhor de fato pensou que fosse uma mulher?

Seymour pareceu perturbado pela primeira vez:

— Isso é pouco provável. Mas se o seu Meritíssimo quiser que eu diga minha impressão, com certeza direi. Havia algo na figura que não era exatamente feminino e ainda não era bem masculino; de algum modo as curvas eram diferentes. E havia algo que parecia uma comprida cabeleira.

– Obrigado – disse o sr. Butler, K.C., e sentou-se rápido, como quem havia conseguido o que queria.

O Capitão Cutler foi uma testemunha muito menos plausível e tranquila do que Sir Wilson, mas seu relato acerca dos acontecimentos iniciais era tão sólido como o dele. Depois de descrever o retorno de Bruno ao camarim, o capitão mencionou a sua ida para comprar o buquê de lírios-do-vale, o seu retorno à extremidade superior da passagem, a coisa que ele viu na passagem, a suspeita em relação a Seymour e a luta com Bruno. Mas poderia dar pouca contribuição artística sobre o vulto escuro que ele e Seymour haviam visto. Indagado sobre o contorno, disse que não era crítico de arte, com um sorriso de escárnio meio óbvio para Seymour. Indagado se o vulto era de homem ou mulher, disse que se parecia mais com uma fera, com um rosnado bastante óbvio para o prisioneiro. No entanto, ele estava claramente entristecido e tocado por uma raiva sincera, e Cowdray, sem demora, liberou-o de confirmar fatos já bastante claros.

O advogado de defesa foi outra vez conciso em sua inquirição, mas (como era seu costume) mesmo conciso, pareceu demorar-se um longo tempo nisso:

– O senhor usou uma expressão bastante fora do comum – disse ele, olhando sonolento para Cutler. – O que o senhor quis dizer ao afirmar que o vulto se parecia mais com uma fera do que com homem ou mulher?

Cutler pareceu seriamente agitado:

– Talvez eu não devesse ter dito isso – retorquiu ele –, mas quando o bruto tem enormes ombros arqueados como um chimpanzé e cerdas saltando da cabeça como um porco...

O sr. Butler cortou ao meio seu curioso e paciente comentário:

– Não importa se o cabelo do vulto parecia o de um porco – ponderou ele. – Parecia cabelo de mulher?

– De mulher! – gritou o militar. – Minha nossa, não!

– A última testemunha disse que era – comentou a Defesa, com sutileza inescrupulosa.

– E a silhueta tinha alguma dessas curvas semifemininas e serpentinas às quais se fez eloquente alusão? Não é mesmo? Não tinha curvas femininas? O vulto, se eu entendo o senhor, era mais pesado e quadrado do que de qualquer outra coisa?

– Ele talvez estivesse se curvando para frente – disse Cutler, numa voz rouca e fraca.

– Ou, novamente, talvez não – disse o sr. Butler, sentando-se de repente pela segunda vez.

A terceira testemunha chamada por Sir Walter Cowdray era um pequeno pastor católico, tão pequeno, comparado aos outros, que sua cabeça mal alcançava o limite superior do reservado, de modo que era como interrogar uma criança. Mas infelizmente Sir Walter tinha de algum modo enfiado na cabeça (em particular devido a certos ramos da religião de sua família) que o Padre Brown estava do lado do réu, porque o acusado era cruel, estrangeiro e até meio pardo. Então Sir Cowdray interrompia de modo brusco cada vez que o orgulhoso pontífice tentava explicar alguma coisa e lhe dizia para responder sim ou não, contar os fatos sem rodeios nem qualquer jesuitismo. Quando Padre Brown começou, em sua simplicidade, a dizer quem ele pensava que era o homem na passagem, o promotor disse-lhe que não desejava ouvir suas teorias.

– Uma forma negra foi vista na passagem, e o senhor diz que viu a forma. Bem, que forma era essa?

Padre Brown pestanejou como se estivesse sendo repreendido, mas há muito conhecia a natureza literal da obediência.

– A forma – disse ele – era baixa e espessa, mas tinha duas projeções lancinantes e negras para cima em cada lado da cabeça ou do topo, mais como cornos e...

– Ah! O diabo com cornos, sem dúvida! – gritou Cowdray de modo veemente, sentando-se com triunfante jocosidade. – Era o diabo vindo comer os protestantes!

– Não – disse o padre com serenidade. – Eu sei quem era.

Todos na Corte ficaram perturbados pela percepção irracional, mas real de alguma monstruosidade. Esqueceram a figura no banco dos réus e pensaram apenas na figura na passagem. E a figura na passagem, descrita pelos três homens competentes e respeitáveis que a viram, era um pesadelo em movimento: um chamou-o de mulher, outro de fera e outro de diabo...

O juiz estava olhando para o Padre Brown com olhos fixos e penetrantes.

– O senhor é uma testemunha muito esquisita – afirmou ele –, mas tem algo no senhor que me faz pensar que está tentando dizer a verdade. Bem, quem era o homem que viu na passagem?

– Ele era eu mesmo – disse Padre Brown.

Butler, K.C., levantou-se de um salto numa extraordinária tranquilidade e disse com muita calma:

– O Meritíssimo me permite interrogá-lo?

E então, sem esperar resposta, lançou a Brown uma pergunta que parecia desconexa:

– O senhor ouviu falar dessa adaga; o senhor sabe que os peritos dizem que o crime foi cometido com uma pequena lâmina?

— Uma pequena lâmina — concordou Brown, balançando solenemente a cabeça como as corujas — de cabo longo.

Antes que a audiência pudesse rejeitar a ideia de que o padre tivesse de fato visto a si mesmo cometendo assassinato com uma pequena adaga de cabo longo (o que parecia de algum modo tornar o fato ainda mais horrível), ele apressou-se em explicar:

— Quero dizer que adagas não são as únicas coisas com lâminas curtas. Lanças têm lâminas curtas. E lanças são conectadas à ponta do aço como adagas, se forem daquele tipo de lanças de fantasia que existem nos teatros, como a lança com que o pobre velho Parkinson matou sua esposa, justamente quando ela me chamou para resolver seus problemas familiares... e eu cheguei muito tarde, Deus me perdoe! Mas ele morreu penitente. Exato! Ele morreu por ser penitente. Não conseguiu suportar o que fez.

A impressão geral na Corte era de que o pequenino padre, que tagarelava com uma rapidez que ninguém parecia entender, enlouquecera, em sentido literal, no camarote; contudo, o juiz continuava o encarando com olhos brilhantes e fixos de interesse, e o advogado de defesa seguiu com suas perguntas:

— Se Parkinson fez isso com a lâmina de fantasia — disse Butler —, ele deve tê-la impelido a quatro metros de distância. Como o senhor explica os sinais de luta, como o vestido rasgado no ombro?

Ele, de forma sutil, começou a tratar aquela mera testemunha como um *expert*, mas ninguém percebeu o estratagema.

— O vestido da pobre dama foi arrancado — disse a testemunha — porque estava preso a um painel que deslizou atrás dela. Ela lutava para se libertar e, enquanto fazia isso, Parkinson saiu do camarim do réu e atirou a lança.

– Um painel? – repetiu o advogado com voz curiosa.

– Um espelho do outro lado – explicou Padre Brown. – Quando eu estava no camarim, percebi que era provável que alguns detalhes podiam deslizar para a passagem.

Houve outro silêncio longo e pouco natural, e dessa vez foi o juiz quem falou:

– Então o que o senhor quer dizer realmente é que quando olhou pela passagem o homem que viu era o seu reflexo no espelho?

– Sim, meu senhor, era isso o que eu estava tentando dizer – confirmou Brown –, mas me perguntaram sobre a forma, e nossos chapéus têm pontas bem parecidas com cornos, e então eu...

O juiz inclinou-se para frente, os velhos olhos ainda mais brilhantes, e disse, num tom muito nítido:

– O senhor quer mesmo dizer que quando Sir Wilson Seymour viu aquela selvagem sei-lá-o-quê com curvas e madeixas femininas, mas com calças masculinas, o que ele viu foi Sir Wilson Seymour?

– Sim, meu senhor – disse Padre Brown.

– E o senhor quer dizer que quando o Capitão Cutler viu aquele chimpanzé de ombros corcundas e cerdas de porco, ele simplesmente viu a si mesmo?

– Sim, meu senhor.

O juiz inclinou-se para trás na cadeira com uma exuberância do qual era difícil separar o cinismo da admiração.

– E pode nos dizer por que – quis saber ele – o senhor conseguiu reconhecer sua própria figura num espelho, quando dois homens tão distintos não conseguiram?

Padre Brown pestanejou de modo ainda mais penoso do que antes e balbuciou:
– De fato, meu senhor, eu não sei... talvez porque não costumo me olhar no espelho com tanta frequência.

5
O EQUÍVOCO DA MÁQUINA

Flambeau e seu amigo, o padre, estavam sentados nos Jardins da Corte Judicial ao entardecer; e a vizinhança, ou alguma influência acidental, conduzira a conversa a assuntos sobre processos legais. Iniciando pelo problema dos abusos em interrogatórios de tribunal, a conversa desgarrou-se para a tortura romana e medieval até chegar ao juiz corregedor da França e às confissões arrancadas sob pressão nos Estados Unidos.

– Eu tenho lido – disse Flambeau – a respeito desse novo método psicométrico de que se fala tanto, especialmente na América. Sabe o que eu quero dizer: colocam um pulsômetro no pulso de um homem e julgam como o coração dele se comporta, mediante a pronúncia de certas palavras. O que pensa disso?

– Acho muito interessante – respondeu Padre Brown. – Me faz lembrar aquela ideia curiosa da Idade das Trevas, de que o sangue jorraria de um cadáver se o assassino o tocasse.

– Quer dizer mesmo – perguntou o amigo – que considera os dois métodos igualmente úteis?

– Igualmente inúteis – replicou Brown. – O sangue flui rápido ou lento em gente morta ou viva por milhões de motivos, muitos dos quais jamais saberemos. O sangue vai ter que fluir de modo estranho; o sangue vai ter que fluir monte Matterhorn acima para que eu tome isso como indício de que devo derramar sangue.

– O método – observou o outro – foi abalizado por alguns dos maiores cientistas americanos.

– Como os cientistas são sentimentais! – exclamou Padre Brown. – E muito mais sentimentais ainda devem ser os cientistas americanos! Quem se não um ianque pensaria em provar alguma coisa pelas pulsações cardíacas? Ora, eles devem ser tão sentimentais quanto o homem que acha que uma mulher se apaixonou por ele só porque ficou ruborizada. Esse é um teste da circulação do sangue, descoberto pelo imortal Harvey, e um teste bem ruinzinho, por sinal.

– Mas decerto – insistiu Flambeau – pode apontar direto uma coisa ou outra.

– Há uma desvantagem num ponteiro que aponta reto – respondeu o outro. – Qual é? Ora, a outra extremidade do ponteiro sempre aponta a direção oposta. Depende do ponto de vista com que você olha. Vi isso acontecer uma vez e desde então nunca mais acreditei em testes.

E prosseguiu no relato da história de sua decepção.

***

Aconteceu há quase vinte anos, quando ele era capelão dos homens de sua fé numa prisão em Chicago, onde a população irlandesa exibia tanta capacidade para o crime quanto para o arrependimento, de modo a mantê-lo bem ocupado. O oficial, o segundo no comando abaixo do governador, era um ex-detetive chamado Greywood Usher, um filósofo ianque cadavérico de fala meticulosa; vez por outra trocava a fisionomia rígida por uma estranha careta, como se estivesse se desculpando. Ele gostava do Padre Brown de modo levemente paternal; e Padre Brown também gostava dele, embora as teorias de Usher o desagradassem profundamente. Eram demasiado complicadas e sustentadas com extrema simplicidade.

Naquele fim de tarde ele mandou buscar o padre, que, como de costume, sentou-se em silêncio junto à mesa empilhada de papéis desarrumados e esperou. O oficial tomou, dentre os papéis, um recorte de jornal, alcançou-o por cima da mesa ao clérigo, que o leu de modo circunspecto. Parecia um texto extraído de um dos jornais mais frívolos da sociedade americana. Dizia o seguinte: "Um dos viúvos mais brilhantes da sociedade está novamente no Concurso do Jantar à Fantasia. Nossos mais exclusivos cidadãos vão lembrar o Jantar da Parada dos Perambuladores, no qual o Todd Última-Artimanha, no seu palacete em Pilgrim's Pond, fez nossas mais distintas debutantes parecerem ainda mais jovens. Igualmente elegante, mas mais variado e de coração aberto para as perspectivas sociais, foi o show do Última-Artimanha no ano anterior, o popular almoço da Reunião Canibal, no qual se distribuíram objetos confeccionados em forma de braços e pernas humanos e durante o qual mais de um dos nossos mais alegres ginastas mentais se ofereceu para comer seu conviva. O gracejo que vai inspirar a tarde de hoje ainda permanece no intelecto algo reticente do sr. Todd ou trancado nos bustos adornados de joias dos mais festeiros líderes de nossa cidade; mas há comentários sobre uma boa paródia dos modos e costumes simplórios da outra ponta da escala social. E isso ainda é mais revelador, pois o hospitaleiro Todd está fazendo as honras da casa para Lord Falcão, o famoso viajante, aristocrata de sangue nobre, recém-chegado dos bosques de carvalho da Inglaterra.

As viagens de Lord Falcão começaram antes que seu título feudal fosse ressuscitado; ele estivera na República em sua juventude, e dizem as más línguas que há uma razão secreta para o seu retorno. A srta. Etta Todd é uma de nossas nova-iorquinas da gema e tem uma renda de cerca de um bilhão de dólares".

– Bem – perguntou Usher –, isso o interessa?

– Ora, as palavras me faltam – respondeu Padre Brown. – Não posso pensar em nada neste mundo, neste momento, que me interesse menos. E, a menos que a justa cólera da República finalmente esteja eletrocutando jornalistas por escrever desse modo, não vejo muito porque deveria interessá-lo também.

– Ah! – disse Usher secamente, entregando outro recorte de jornal. – Bem, e *isto* interessa o senhor?

O parágrafo tinha por manchete: "Selvagem Assassinato de um Guarda. Preso Escapa". Nele se lia: "Pouco antes do amanhecer de hoje um grito de socorro foi ouvido na Penitenciária de Sequah, neste estado. As autoridades, apressando-se em direção ao grito, encontraram o corpo do guarda que patrulhava o topo do muro norte da prisão, a saída mais alta e difícil, e para a qual sempre se achou que um só homem seria suficiente. O desafortunado oficial tinha, contudo, sido arremessado da alta muralha, seu cérebro havia saltado fora como pelo golpe de um taco, e sua arma estava desaparecida. Investigações posteriores mostraram que uma das celas estava vazia; tinha sido ocupada por um rufião soturno conhecido por Oscar Rian. Ele se encontrava sob detenção temporária por algum assalto, a princípio sem importância, mas dera a todo mundo a impressão de ter um passado negro e um futuro perigoso. Por fim, quando a claridade do dia revelou toda a cena do crime, descobriu-se que ele tinha escrito no muro, acima do corpo, um fragmento de texto, aparentemente com o dedo molhado de sangue: 'Isto foi autodefesa, e ele tinha a arma. Não quis fazer mal a ele nem a qualquer outro, exceto a um. Estou guardando a bala para Pilgrim's Pond. Assinado: O.R.'. Um homem teria de ser capaz da mais traiçoeira e mais selvagem ousadia para tomar de assalto tal muralha, enfrentando um homem armado".

– Bem, o estilo literário melhorou um pouco – admitiu o padre, bem-humorado –, mas ainda não vejo o que possa fazer por você. Eu faria o papel de uma pobre figura, com minhas pernas curtas, andando por este estado atrás de um assassino atlético desses. Duvido que alguém possa encontrá-lo. A penitenciária de Sequah fica a quinze quilômetros daqui, a região nesse percurso é inóspita e bastante acidentada, e o terreno além, para onde ele decerto terá o bom senso de ir, é uma perfeita terra de ninguém, perdendo-se campina afora. Ele pode estar em qualquer buraco ou no topo de qualquer árvore.

– Não está em nenhum buraco – disse o diretor. – Não está em cima de nenhuma árvore.

– Ora, como o senhor sabe? – perguntou Padre Brown piscando.

– Gostaria de falar com ele?

Padre Brown arregalou os olhos inocentes.

– Ele está aqui? Ora, como seus homens conseguiram pegá-lo?

– Eu mesmo o peguei – falou o americano com a voz arrastada, levantando-se e esticando preguiçosamente as pernas magras diante do fogo. – Eu o peguei com o gancho do cabo de uma bengala. Não fique tão surpreso. Foi isso mesmo. O senhor sabe que às vezes dou uma volta pelas trilhas campestres fora das muralhas deste lugar desditoso. Bem, eu estava caminhando à tardinha, subindo uma trilha íngreme ladeada por cercas vivas escuras e campos arados; e a lua já estava surgindo, prateando a estrada. Com a claridade do luar, vi um homem correndo campo afora em direção à estrada. Correndo com o corpo inclinado e num bom trote para corrida de curta distância. Parecia exausto; mas quando se aproximou da densa e escura cerca viva, entrou por ela como se os galhos fossem teias de aranha; ou ainda (pois ouvi os fortes galhos quebrando e lascando como baionetas) como se ele fosse feito de pedra. No instante em que ele surgiu contra a lua, cruzando a estrada, eu arremessei a bengala nas pernas dele fazendo-o tropeçar e cair. Então dei um longo e forte apito, e nossos companheiros vieram correndo para segurá-lo.

– Teria sido bem constrangedor – constatou Brown – se você tivesse descoberto que ele era um atleta popular praticando corrida.

Ele não era – disse Usher severamente. – Logo descobrimos quem ele era; mas eu me dei conta no primeiro cintilar da lua sobre ele.

– Você pensou que era o fugitivo – observou o padre com simplicidade –, porque havia lido no recorte de jornal naquela manhã que um preso tinha fugido.

– Eu me baseei em fatos mais palpáveis – respondeu o diretor com frieza. – Em primeiro lugar, um fato demasiado simples para merecer ênfase: atletas elegantes não percorrem campos arados nem arranham os olhos em cercas espinhentas. Muito menos correm se dobrando como um cachorro agachado. Sem falar em detalhes decisivos para olhos suficientemente bem treinados. O homem vestia roupas grosseiras e esfarrapadas, mas algo mais do que apenas grosseiras e esfarrapadas. Serviam tão mal nele que a figura era quase grotesca; mesmo aparecendo como uma silhueta contra o nascer da lua, o colarinho alto em que a cabeça estava enterrada o fazia parecer um corcunda e, devido às mangas largas e compridas, parecia não ter mãos. Logo me ocorreu que ele tinha, de alguma maneira, conseguido trocar as roupas de preso pelas roupas de algum confederado, que não lhe serviam. Além disso, havia um vento um bocado forte contra o qual ele vinha correndo, de modo que eu deveria ter visto o cabelo esvoaçando, a não ser que o cabelo fosse bem curto. Aí eu me lembrei de que adiante desses campos arados fica o Pilgrim's Pond, para onde (o senhor vai lembrar) o preso estava guardando sua bala; assim, atirei minha bengala.

– Brilhante exemplo de dedução rápida – disse Padre Brown –, mas ele portava uma arma?

Usher estacou abruptamente, e o padre acrescentou em tom de desculpa:

– Me disseram que balas não têm utilidade sem arma.

– Ele não tinha arma – disse o outro bem sério –, mas isso, sem dúvida, foi devido a algum contratempo natural ou mudança de planos. É provável que a mesma estratégia que o fez mudar de roupa levou-o a largar a arma; ele começou a lamentar ter deixado seu casaco no sangue da vítima.

– Bem, isso é bem possível – respondeu o padre.

– E não vale muito a pena ficar especulando – falou Usher, voltando-se para outros papéis –, pois agora já sabemos quem é o homem.

O amigo clérigo falou com voz débil:

– Mas como?

E Greywood Usher largou os jornais e pegou mais uma vez os dois recortes impressos.

– Bem, já que o senhor é tão obstinado – ele disse –, vamos começar do começo. Vai notar que esses dois recortes têm só uma coisa em comum: a menção a

Pilgrim's Pond; o nome da propriedade, como sabemos, do milionário Ireton Todd. Também sabemos que ele é um personagem marcante, um daqueles homens que subiram na vida...

– De nossas individualidades mortas para coisas mais elevadas – aquiesceu o amigo. – Sim. Sei disso. Petróleo, se não me engano.

– De qualquer modo – disse Usher –, Todd Última-Artimanha conta muito neste caso estapafúrdio.

Ele se espreguiçou mais uma vez diante do fogo e continuou a falar em seu estilo expansivo e efusivamente esclarecedor.

– Para começar, à primeira vista, não há mistério aqui, em absoluto. Não é misterioso, nem mesmo esquisito, um presidiário levar a sua arma a Pilgrim's Pond. Nosso povo não é como o inglês, que perdoa uma pessoa por ser rica desde que ela jogue seu dinheiro fora em hospitais ou cavalos. Todd Última-Artimanha tornou-se grande pelas suas próprias e consideráveis habilidades; e não há dúvida de que muitos aos quais ele mostrou suas habilidades gostariam de mostrar as suas nele com uma arma de fogo. Todd poderia ter sido derrubado por uma pessoa de quem ele nunca tivesse ouvido falar; um empregado que ele tivesse demitido ou um escrivão que ele tivesse logrado num negócio. Última-Artimanha é homem de atributos mentais e uma elevada figura pública, mas neste país as relações entre empregados e empregador são consideravelmente tensas.

"Por isso, tudo indicava que Rian tivesse ido a Pilgrim's Pond para matar Todd. Era o que me parecia, até que outra pequena descoberta despertou o meu lado detetive. Quando coloquei o prisioneiro sob guarda, peguei minha bengala outra vez e percorri duas ou três voltas da estrada vicinal que levava a uma das entradas laterais da propriedade de Todd, a parte mais próxima do açude ou lago que dá o nome ao local. Isso faz umas duas horas, em torno das sete. O luar estava mais luminoso, e eu podia ver os longos raios brancos sobre o misterioso lago, de bordas cinzentas, escorregadias, diluídas, nas quais dizem que nossos antepassados faziam as bruxas caminharem até que afundassem. Eu esqueci a história exata, mas o senhor conhece o lugar a que me refiro. Fica ao norte da casa de Todd, em direção a uma vastidão solitária, e tem duas árvores esquisitas e enrugadas, tão lúgubres que mais parecem enormes micélios de fungos em vez de folhagem decente. Enquanto eu estava ali perscrutando esse lago brumoso, julguei ver a figura de um homem se movendo naquela direção, mas era tudo muito impreciso e distante para se ter certeza do fato, que dirá dos detalhes. Além do mais, a minha atenção estava focada em algo mais próximo. Eu me arrastei por baixo da cerca que passava a não mais de uns duzentos metros de uma das alas da imponente mansão, e que, por sorte, dava passagem em alguns pontos, como se fosse para atrair em especial um olhar cauteloso. Uma porta abrira-se no lado escuro da ala esquerda, e apareceu uma figura escurecida devido ao contraste com a luminosidade interior, uma figura envolta num agasalho curvando-se para fora, evidentemente para espreitar a noite. Fechou a porta atrás de si, e eu vi que estava carregando uma lanterna, cuja luz deixava perceber a roupa e o corpo do portador. Parecia ser um vulto feminino, embrulhado numa capa esfarrapada, como um disfarce para evitar ser reconhecida. Havia algo muito estranho tanto nos andrajos quanto nos modos furtivos daquela pessoa saindo desse prédio decorado de ouro. Ela pegou com cautela o caminho sinuoso que ficava a uns 150 metros de mim; então se ergueu por um instante na relva de frente ao lago, e segurando a lanterna acima da cabeça, propositadamente balançou-a três vezes, para lá e para cá, como num sinal. Na segunda balançada, uma centelha de luz passou pelo seu rosto, um rosto que eu conhecia. Estava pálida demais, e sua cabeça estava enrolada em um xale emprestado de gente comum, mas estou certo de que era Etta Todd, a filha do milionário.

"Ela retrocedeu em seus passos com o mesmo jeito sigiloso, e a porta fechou-se atrás dela de novo. Eu estava prestes a pular a cerca e ir adiante, quando me dei conta de que a febre de detetive que havia me atraído para a aventura era um tanto indigna e, a rigor, eu já dispunha de todas as cartas na mão. Estava por ir embora quando um novo ruído rasgou a noite. Uma vidraça foi levantada de soco no andar superior, logo além do canto da casa, fora do alcance de minha visão, e uma voz muito clara fez-se ouvir, gritando no jardim escuro para saber onde Lord Falcão estava, pois não tinha sido encontrado em nenhum aposento da casa. Não havia como me enganar sobre aquela voz. Eu a conhecia de muitas plataformas políticas e reuniões de diretores. Era o próprio Ireton Todd. Algumas pessoas pareciam ter se dirigido às janelas inferiores ou às escadas, dizendo que Lord Falcão tinha saído para uma caminhada até o lago uma hora antes, e não tinha sido visto desde então. Nesse momento Todd gritou "Assassino Poderoso!" e fechou a janela com violência; e eu pude ouvi-lo precipitando-se escada abaixo. Retomando meus propósitos anteriores e mais sábios, escapei da busca geral que com certeza se seguiria, e voltei para cá às oito horas, e nenhum minuto depois.

"Agora lhe peço para relembrar aquele pequeno parágrafo da Sociedade que tanto lhe parecia carecer de interesse. Se o preso não estivesse guardando o tiro para Todd, como era evidente que não, havia boa probabilidade de o estar guardando para Lord Falcão e parecia já ter feito a entrega da mercadoria. Nenhum lugar mais indicado para alvejar um homem do que os curiosos arredores geológicos daquele laguinho, onde um corpo empurrado se enterraria no lodo espesso até uma fundura praticamente desconhecida. Suponhamos então que nosso amigo do cabelo à escovinha tivesse ido matar Falcão e não Todd. Mas, como eu havia dito, sobram razões para muita gente na América querer matar Todd. Não há razão alguma para alguém na América querer matar um lorde inglês recém desembarcado, exceto pela única razão mencionada no jornal cor-de-rosa, que o lorde estivesse fazendo a corte à filha do milionário. Nosso amigo de cabelo à escovinha, apesar das roupas mal enjambradas, deveria ser um aspirante a noivo.

"Eu sei que a ideia vai lhe parecer dissonante e até mesmo cômica, mas isso é porque o senhor é inglês. Parece o mesmo que lhe dizer que a filha do Arcebispo de Canterbury vai se casar na Catedral de São Jorge, na Praça Hanover, com um varredor de rua em liberdade condicional. O senhor nem imagina o poder da ambição e a vontade de subir na escala social dos nossos mais renomados cidadãos. Se o senhor vê um homem grisalho bonitão usando um traje formal e ostentando um ar de autoridade, o senhor sabe que ele é um pilar do Estado e imagina que ele teve um pai. Está enganado. Não consegue imaginar que há alguns anos ele pode ter estado num cortiço ou (bem parecido) numa cadeia. O senhor não calcula a nossa capacidade nacional para perseverar e subir na vida. Muitos de nossos cidadãos mais influentes não só ascenderam recentemente, como ascenderam relativamente tarde em suas vidas. A filha de Todd já estava com dezoito anos completos quando o pai iniciou a fortuna dele; portanto, não é nada impossível que tivesse um amigo interesseiro de classe social inferior. Ou que ela se interessasse por ele, o que parecia estar ocorrendo, julgando pelo esquema da lanterna. Se for assim, a mão que segurou a lanterna talvez não estivesse desconectada da mão que segurou a arma. Este caso, senhor, vai fazer barulho."

– Bem – disse o padre com paciência –, e o que o senhor fez depois?

– Admito que o senhor possa ficar chocado – replicou Greywood Usher –, pois sei que o senhor não se alinha com a marcha da ciência nessas questões. Deixaram-me muito à vontade aqui, e talvez tenha me aproveitado disso um pouco demais; pensei que era uma oportunidade excelente para testar a máquina psicométrica de que lhe falei. Ora, na minha opinião, aquela máquina não pode mentir.

– Nenhuma máquina pode mentir – disse Padre Brown –, nem dizer a verdade.

– Neste caso sim, como vou lhe demonstrar – prosseguiu Usher com firmeza. – Acomodei o homem malvestido numa cadeira confortável e simplesmente escrevi palavras num quadro negro, e a máquina só registrou as variações de seu pulso; eu apenas fiquei observando a reação dele. O estratagema consiste em introduzir uma palavra ligada ao suposto crime numa lista de palavras ligadas a algo bem diferente, de modo que pareça natural a presença da palavra na lista. Assim, escrevi garça, águia, coruja; quando comecei a escrever falcão, ele ficou muito agitado, e quando coloquei o til, a máquina chegou a saltar. Quem mais nesta república teria motivo para se sobressaltar diante do nome de um inglês recém-chegado, de nome Falcão, exceto o homem que o teria alvejado? Essa não é uma prova muito mais evidente que um monte de tagarelices de testemunhas, a evidência de uma máquina confiável?

– Sempre esquece – observou seu amigo – que a máquina confiável sempre vai ser manejada pela máquina não confiável.

– Ora, o que o senhor quer dizer com isso?

– Eu me refiro ao homem – disse Padre Brown –, a máquina menos confiável de que tenho conhecimento. Não quero parecer rude; e não acho que o senhor vai considerar a palavra homem como uma descrição ofensiva ou pouco exata de si mesmo. O senhor afirma ter observado a reação dele. Mas como tem certeza que observou certo? Afirma que as palavras têm que se suceder de um modo natural. Mas como sabe que fez isso com naturalidade? Pensando melhor, como sabe que ele não observou a sua reação? Quem pode garantir que o senhor não estava tremendamente agitado? Não havia máquina nenhuma conectada ao seu pulso.

– Eu garanto – gritou o americano na maior agitação –, eu estava mais tranquilo que água de poço.

– Criminosos também podem ser tranquilos – disse Brown com um sorriso – e quase tão frios como o senhor.

– Bem, este não era – disse Usher, atirando os papéis em volta. – Ah, o senhor me cansa.

– Peço desculpas – disse o outro. – Apenas chamo a atenção para o que me parece uma possibilidade razoável. Se o senhor pudesse dizer pelo comportamento dele quando foi que apareceu a palavra capaz de enforcá-lo, por que ele não poderia dizer por meio de seu comportamento com ele que a palavra que o enforcaria estava vindo? Eu exigiria mais do que palavras para enforcar alguém.

Usher deu um murro na mesa e levantou-se numa espécie de triunfo irado.

– E isso – gritou – é justo o que pretendo lhe dar. Testei a máquina antes para poder usar a coisa de outras formas depois, e a máquina, senhor, está certa.

Fez uma pausa e retomou com menos emoção.

– Eu gostaria de insistir, em relação ao caso, que até então eu dispunha de pouco para prosseguir, a não ser o experimento científico. Não havia de fato nada contra o homem. Suas roupas lhe caíam mal, como eu tinha dito, mas eram bem melhores do que qualquer traje da classe baixa à qual ele evidentemente pertencia. Além disso, exceto pelos sinais de ter atravessado os campos lavrados ou se metido nas cercas vivas empoeiradas, o homem estava bastante limpo. Isso poderia significar, é claro, que ele recém tinha saído da prisão, mas me fez lembrar mais a decência desesperada dos comparativamente respeitáveis pobres. Seus modos pareciam, devo confessar, de acordo com os deles. Ele era quieto e digno como eles são; e parecia ter uma grande mas contida queixa, como acontece com eles. Declarou total ignorância do crime e de todo o problema e não mostrou nada além de uma impaciência mal-humorada por um objeto que pudesse vir a tirá-lo daquela enrascada sem sentido. Ele me perguntou mais de uma vez se poderia telefonar para um advogado que o tinha ajudado tempos atrás numa disputa comercial e, de todas as formas, agiu como se poderia esperar que um homem inocente agisse. Não havia nada no mundo contra ele, exceto aquele pequeno ponteiro do mostrador que indicava a mudança na sua pulsação.

"Então, senhor, a máquina estava em teste; e a máquina estava certa. Na hora em que saí do gabinete para o vestíbulo onde todo o tipo de pessoas estava esperando pelo exame, acho que ele já tinha mais ou menos se decidido a esclarecer as coisas por meio de algo como uma confissão. Ele se virou para mim e disse em voz baixa: – Ah, não aguento mais isto. Se o senhor tem que saber tudo sobre mim...

"No mesmo momento, uma das senhoras pobres sentadas no banco comprido levantou-se, berrando e apontando para ele com o dedo. Nunca em minha vida tinha ouvido algo tão demoniacamente distinto. O dedo esguio da mulher parecia mirá-lo como um tubinho para soprar ervilhas. Apesar das palavras serem apenas um berro, cada sílaba era tão clara como cada batida separada de um relógio.

"– Drugger Davis! – ela gritou. – Pegaram Drugger Davis!

"Entre as mulheres miseráveis, quase todas ladras e das ruas, vinte rostos se viraram, boquiabertos de júbilo e de ódio. Mesmo se eu nunca tivesse ouvido essas palavras, eu teria percebido pelo choque nas feições dele que o assim chamado Oscar Rian tinha ouvido seu verdadeiro nome. Mas não sou tão ignorante, o que talvez o surpreenda. Drugger Davis foi um dos mais terríveis e depravados criminosos que já desafiaram a nossa polícia. É certo que ele já havia cometido mais de um assassinato bem antes de sua proeza com o guarda. Mas ele nunca foi indiciado por isso, curiosamente porque ele os cometeu do mesmo modo que os crimes mais leves (ou mais cruéis) para os quais era indiciado com frequência. Era um bonitão insensível, aparentava ser bem-educado, o que ele ainda é, até certo ponto; costumava andar com garçonetes e balconistas e gastar o dinheiro delas. Muitas vezes, no entanto, ia mais além; e elas eram encontradas drogadas com cigarros e chocolate e despojadas de seus pertences. Então surgiu um caso de uma moça encontrada morta. Não pôde ser provada a premeditação e, para todos os efeitos, o criminoso não foi encontrado. Ouvi um boato de que ele reaparecera em algum lugar mostrando o comportamento oposto: emprestava dinheiro em vez de pedir emprestado; mas ainda com pobres viúvas que ele podia conquistar e ainda com o mesmo péssimo resultado para elas. Bem, aí está o seu homem inocente, e o seu inocente relato. Inclusive, desde então, quatro criminosos e três guardas o identificaram e confirmaram a história. Agora o que o senhor tem para dizer de minha pobre máquina depois disso? A máquina não o pegou? Ou prefere dizer que a mulher e eu o pegamos?"

— O que o senhor fez por ele — retrucou Padre Brown, levantando-se e sacudindo-se de um jeito pesado — foi salvá-lo da cadeira elétrica. Não acho que eles consigam culpar Drugger Davis naquela velha história do veneno; quanto ao preso que matou o guarda, suponho que é óbvio que o senhor não o pegou. O sr. Davis é inocente daquele crime, de qualquer modo.

— O que o senhor quer dizer? — perguntou o outro. — Por que ele seria inocente daquele crime?

— Ora, Deus nos abençoe! — gritou o homenzinho num de seus raros momentos animados. — Porque ele é culpado dos outros crimes! Não sei de que o senhor é feito. Pensa que todos os pecados são enfiados num mesmo saco. Fala como se o pão-duro da segunda-feira será sempre perdulário na terça-feira. Diz que esse homem que prendeu aqui passou semanas e meses lisonjeando e logrando mulheres necessitadas em pequenas somas de dinheiro; que usou uma droga para o melhor e veneno para o pior; tornou-se depois a mais sórdida espécie de agiota e enganou as pessoas mais pobres com o mesmo paciente e pacífico estilo. Vamos tomar como certo, vamos admitir, para o bem da razão, que ele tenha feito tudo isso. Se for assim, eu vou lhe dizer o que ele não fez. Não tomou de assalto uma muralha escarpada contra um homem de arma carregada. Não escreveu no muro com a própria mão para dizer o que tinha feito. Não parou para afirmar que sua justificativa era autodefesa. Não explicou que não tinha nenhuma desavença com o pobre guarda. Não nomeou a casa do homem rico para onde ele estava se dirigindo com a arma. Não escreveu as próprias iniciais no sangue de um homem. Por todos os santos! Não enxerga que somos todos diferentes, no bem ou no mal? Ora, o senhor não parece ser como eu sou nem um pouquinho. Alguém poderia dizer que o senhor nunca teve seus próprios vícios.

O espantado americano já estava abrindo os lábios em protesto quando a porta de seu gabinete foi socada e esmurrada, de um modo sem cerimônia ao qual ele não estava nem um pouco acostumado.

A porta escancarou-se. No momento anterior, Greywood Usher estava chegando à conclusão de que Padre Brown bem poderia estar louco. No momento seguinte, ele começou a pensar que ele próprio estava louco. Irrompeu e caiu dentro de seu gabinete um homem no mais asqueroso dos farrapos, usando um chapéu sebento e amassado, meio torto; uma pálida sombra esverdeada fluía de um de seus olhos, que faiscavam como os de um tigre. O restante de seu rosto estava quase oculto, disfarçado pela barba e suíças cerradas de onde o nariz mal conseguia passar, e ainda envolto num sujo lenço vermelho. O sr. Usher se orgulhava de ter visto os mais grosseiros indivíduos do Estado, mas pensou que nunca tinha visto tal babuíno vestido de espantalho como aquele. E, acima de tudo, nunca em toda sua plácida existência científica tinha ouvido um homem como aquele falar antes de obter permissão.

– Olha aqui, velho Usher – esbravejou a criatura de lenço vermelho. – Estou ficando cansado. Nem tente brincar de esconde-esconde comigo; ninguém me faz de bobo. Solte meu hóspede e eu vou lhe deixar em paz. Se deixá-lo aqui por mais um instante sequer, vai ver com quantos paus se faz uma canoa. Venhamos e convenhamos, não sou o tipo de homem sem iniciativa.

O eminente Usher observava o monstro estrepitoso com um espanto que eliminava todos os outros sentimentos. O mero choque visual tinha deixado os ouvidos quase inúteis. Por fim, tocou uma sineta num gesto violento. Enquanto o sino ainda tocava forte e repicando, a voz de Padre Brown se fez ouvir macia, não obstante, clara.

– Tenho uma sugestão a fazer – ele disse – mas parece um pouco confusa. Não conheço este cavalheiro... mas... mas acho que o conheço. Agora, o senhor o conhece... o conhece bastante bem... mas não o conhece... naturalmente. Soa paradoxal, eu sei.

– Reconheço que o cosmos se partiu – disse Usher, escarrapachando-se em sua poltrona redonda de escritório.

– Agora, veja bem – vociferou o estranho, esmurrando a mesa e falando numa voz parecendo misteriosa por ser baixa e clara, embora ainda audível. – Não o deixarei entrar, eu quero...

– Quem é você afinal? – berrou Usher, endireitando-se de repente.

– Acho que o nome do cavalheiro é Todd – disse o padre.

Então pegou o recorte do jornal cor-de-rosa.

– Eu temo que você não leia a coluna social adequadamente – afirmou ele. E começou a ler com voz monótona: – "...ou trancado nos bustos adornados de joias dos mais festeiros líderes de nossa cidade; mas há comentários sobre uma boa paródia dos modos e costumes simples na outra ponta da escala social". Houve um grande jantar à moda favela lá em Pilgrim's Pond esta noite; e um homem, um dos hóspedes, desapareceu. O sr. Ireton Todd é um bom anfitrião e o seguiu até aqui, sem sequer esperar para tirar sua fantasia.

– A que homem o senhor se refere?

– Refiro-me ao homem de roupas maltrapilhas e cômicas que o senhor viu correndo pelos campos arados. Não teria sido melhor ir e investigá-lo? Ele deve estar bem impaciente para voltar ao champanhe, de onde fugiu com tanta pressa ao avistar o preso com a arma.

– Quer dizer que... – começou o oficial.

– Ora, venha cá, sr. Usher – disse Padre Brown com toda a calma –, o senhor disse que a máquina não poderia errar; e no nosso entender não errou. Mas a outra máquina, sim. A máquina que a manejou. O senhor julgou que o homem em farrapos tinha estremecido diante do nome de Lord Falcão porque ele era o assassino de Lord Falcão. Ele estremeceu diante do nome de Lord Falcão porque ele *é* o Lord Falcão.

– Então por que cargas d'água ele não disse isso? – perguntou Usher de olhos arregalados.

– Ele se deu conta de que sua condição e o pânico recente eram pouco aristocráticos – respondeu o padre –, por isso tratou de esconder o nome num primeiro momento. Mas ele ia logo lhe dizer, – Padre Brown olhou para as próprias botas – quando uma mulher achou outro nome para ele.

– Mas o senhor não pode estar louco a ponto de dizer – questionou Greywood Usher, muito branco – que Lord Falcão era Drugger Davis.

O padre olhou para ele muito sério, mas com ar desconfiado e indecifrável.

— Não vou dizer nada sobre isso — afirmou. — Deixo todo o resto para o senhor. Seu recorte de jornal diz que o título foi recentemente renovado para ele; mas esses jornais não são muito confiáveis. Dizem que ele esteve nos Estados Unidos na juventude, porém toda a história parece muito estranha. Tanto Davis como Falcão são belos covardes, mas boa quantidade de outros homens também é. Eu não poria a minha mão no fogo nem pela minha própria opinião sobre isso. Contudo, penso — prosseguiu num modo suave e reflexivo —, penso que vocês, americanos, são demasiado modestos. Penso que vocês idealizam a aristocracia inglesa, até mesmo ao assumir que seja tão aristocrática. Veem um inglês de boa aparência em traje formal para noite; sabem que ele está na Câmara dos Lordes; e imaginam que ele tem um pai. Não levam em conta a flutuabilidade e a ascensão da sociedade britânica. Muitos de nossos mais influentes nobres não só ascenderam recentemente como...

— Ah! Pare com isso! — gritou Greywood Usher, balançando uma das mãos com impaciência pelo ar de ironia da face do outro.

— Não fique falando com este lunático! — gritou Todd num modo brutal. — Leve-me ao meu amigo.

Na manhã seguinte, Padre Brown apareceu com a mesma expressão grave, carregando ainda outro pedaço de jornal rosado.

— Penso que o senhor desconsidera em certo grau a imprensa da alta sociedade — ele disse —, mas este recorte pode interessá-lo.

Usher leu a manchete: "Festanças errantes do Última-Artimanha: espirituoso incidente perto do Lago do Peregrino". O parágrafo continuava: "Um episódio engraçado aconteceu no pátio do Posto de Combustíveis Wilkinson ontem à noite. Um policial em serviço foi alertado por uns moleques para um homem vestido com roupas de prisão, que tomava com naturalidade o volante de um reluzente Panhard. Ele estava acompanhado de uma moça envolta num xale rasgado. Após a abordagem da polícia, a moça jogou para trás o xale, e todos reconheceram a filha do milionário Todd, recém-chegada do jantar à fantasia à moda favela, no Lago, onde todos os mais seletos convidados estavam em similar *déshabillé*. Ela e o cavalheiro trajado com uniforme de prisão preparavam-se para o costumeiro passeio de carro ao luar".

Debaixo do recorte rosado, o sr. Usher encontrou uma coluna de um jornal mais recente, com o cabeçalho: "Estarrecedora fuga de filha de milionário com detento. Ela havia organizado um jantar à fantasia. Agora a salvo em..."

O sr. Greywood Usher levantou os olhos, mas Padre Brown tinha ido embora.

6
A EFÍGIE DE CÉSAR

Existe, em algum lugar de Brompton ou Kensington, uma avenida interminável com casas altas e ricas, mas em grande parte vazias, que se parece com uma fileira de sepulturas. Até mesmo os degraus que conduzem às escuras portas de entrada parecem tão íngremes quanto as laterais de uma pirâmide. Qualquer um hesitaria bater à porta, temendo que ela fosse aberta por uma múmia. Mas a fachada cinza daquela rua tem características ainda mais deprimentes: a extensão telescópica e a imutável continuidade. O peregrino, ao percorrê-la, começa a acreditar que nunca chegará a um desvio ou a uma esquina; no entanto há uma exceção – muito pequena, mas quase saudada pelo peregrino com um grito. Há uma espécie de estábulo entre duas das mansões altas, mera fresta de uma porta se comparada à rua, mas grande o bastante para permitir a um minúsculo boteco ou bodega, ainda consentido pelos ricos aos seus criados do estábulo, continuar de pé no seu canto. Há algo de alegre na sua cor, mesmo desbotada, e alguma coisa de liberdade e mistério em sua própria insignificância. Aos pés daqueles gigantes cinzentos de pedra, parece uma casa de anões iluminada.

Qualquer um passando pelo lugar em certa noite outonal, por si só quase encantada, poderia ter visto alguém puxar para o lado a cortina vermelha que (junto com um grande letreiro branco) meio que escondia o interior para quem estivesse lá fora, e um rosto espreitar, não muito distinto do de um gnomo bastante inocente. Era, na verdade, o rosto de alguém com o inofensivo nome humano de Brown, em outros tempos padre de Cobhole em Essex, agora trabalhando em Londres. Seu amigo, Flambeau, um investigador semioficial, estava sentado à sua frente, fazendo as últimas anotações sobre um caso que ele havia esclarecido na vizinhança. Estavam sentados junto a uma mesa pequena, perto da janela, quando o padre puxou a cortina e olhou para fora. Esperou até que um estranho, passando na rua em frente, se fosse para deixar a cortina cair outra vez ao seu lugar. Seus olhos arredondados revolveram-se até o grande letreiro branco na janela acima de sua cabeça e passearam para a mesa ao lado, junto à qual sentavam-se apenas um operário com uma cerveja e queijo e uma moça de cabelos ruivos com um copo de leite. Então (vendo seu amigo colocar a caderneta de lado) disse em tom suave:

– Se você tiver uns dez minutinhos, gostaria que seguisse aquele homem com o nariz postiço.

Flambeau olhou surpreso, mas a moça ruiva também ergueu os olhos, e com algo mais forte que espanto. Trajava uma roupa simples e até mesmo desleixada, feita de tecido resistente marrom claro; mas era uma dama e, inclusive, a um segundo olhar, uma dama um tanto desnecessariamente arrogante.

– O homem com o nariz postiço! – repetiu Flambeau. – Quem é?

– Não faço ideia – respondeu Padre Brown. – Quero que você descubra; estou lhe pedindo como um favor. Ele foi por ali – e apontou o polegar sobre o ombro, em um de seus gestos insignificantes – e ainda não deve ter passado por três postes de luz. Só quero saber a direção.

Flambeau fitou o amigo por um instante, com uma expressão entre perplexidade e divertimento, e, então, levantou-se. Espremeu sua figura enorme para fora da portinha da diminuta taverna e desapareceu no lusco-fusco do anoitecer.

Padre Brown tirou um livrinho do bolso e começou a ler sem parar; não demonstrou perceber o fato de que a dama ruiva havia deixado seu lugar e sentado à sua frente. Por fim, ela se inclinou e disse com voz grave e forte:

– Por que o senhor disse aquilo? Como sabe que é postiço?

Ele ergueu as pálpebras meio pesadas, que se agitaram com considerável embaraço. Depois, seu olhar dúbio percorreu outra vez o letreiro branco na frente envidraçada do pub. O olhar da moça acompanhou o dele e lá também se fixou, mas em total perplexidade.

– Não – disse Padre Brown, respondendo ao pensamento dela. – Não está escrito "Selá", como nos Salmos; eu também li assim, quando estava divagando ainda agorinha; está escrito "Ales".

– E então? – indagou a jovem dama com o olhar ainda fixo no letreiro. – Qual a importância do que diz ali?

O olhar ruminante dele examinou a manga de linho grosso da moça, em cujo punho via-se um bordado muito delicado de padrão artístico – apenas o suficiente para distingui-la da roupa de trabalho de uma mulher comum e torná-la mais parecida com a roupa de uma estudante de artes. Ele pareceu encontrar nisso muito pano para manga, mas sua resposta foi bastante lenta e hesitante.

– Veja bem, madame – disse ele –, de fora o local parece... bom, é um lugar bem decente, mas damas como a senhorita não... em geral, não pensam assim. Nunca entram nesses lugares por escolha, a não ser...

– Sim? – disse ela.

– A não ser umas poucas coitadas que não vêm aqui para beber leite.

– O senhor é uma pessoa muitíssimo diferente – disse a moça. – Qual é a sua intenção nisso tudo?

– Não preocupá-la com isso – respondeu ele, com muita gentileza. – Apenas me armar de conhecimento suficiente para ajudá-la, se a senhorita por acaso decidir pedir minha ajuda.

– Mas por que eu precisaria de ajuda?

Ele continuou seu monólogo sonhador.

– Você não veio aqui para ver a afilhada ou uma amiga humilde, esse tipo de coisa, senão teria passado ao salão... Nem porque está doente, pois nesse caso teria conversado com a dona do estabelecimento, que obviamente é respeitável... Além disso, você não parece tão doente assim, mas apenas infeliz... Esta é a única rua comprida que não tem para onde dobrar; e as casas dos dois lados estão fechadas... Só poderia supor que você viu alguém vindo (alguém que não queria encontrar) e achou que o pub era o único abrigo neste deserto de pedra... Não acredito ter abusado da liberdade de um estranho ao olhar para o único homem que passou logo depois... E bem como pensei, ele parecia o tipo errado de pessoa... e você o tipo certo... fiquei pronto para ajudar se ele a incomodasse; só isso. Quanto ao meu amigo, ele já vai voltar; e, com certeza, não tem como descobrir nada ao tropeçar por aí numa rua como esta... Eu imaginei que ele não descobriria nada.

– Então, por que o senhor o mandou atrás dele? – exclamou ela, inclinando-se para frente, com a curiosidade ainda mais atiçada. Tinha o rosto impetuoso e altivo, do tipo que combina com faces coradas, e um nariz romano como o de Maria Antonieta.

Ele fixou nela o olhar pela primeira vez e disse:

– Porque eu esperava que você viesse falar comigo.

Ela lhe devolveu o olhar por um momento com o rosto afogueado, na qual havia uma sombra vermelha de raiva. Depois, apesar da sua ansiedade, o humor irrompeu em seus olhos e nos cantos da sua boca, e ela respondeu, quase com severidade:

– Bom, se o senhor está tão interessado na minha conversa, talvez vá responder à minha pergunta. – Depois de uma pausa, acrescentou: – Tive a honra de lhe perguntar por que o senhor achou que o nariz do homem era postiço.

– A cera sempre mancha um pouco com este tempo – respondeu Padre Brown com total simplicidade.

– Mas é um nariz tão *torto* – protestou a ruiva.

O padre sorriu por sua vez.

– Não digo que é o tipo de nariz que alguém usaria por mera vaidade – admitiu. – Acho que aquele homem usa um nariz postiço porque o verdadeiro é muito mais bonito.

– Mas por quê? – insistiu ela.

– Como é mesmo a canção de ninar? – comentou Brown, distraído. – "Era uma vez um homem torto que percorreu um trecho torto..." Aquele homem, eu imagino, enveredou por uma estrada muito torta... seguindo o nariz dele.

– Por quê? O que ele fez? – perguntou ela, bastante abalada.

– Em hipótese alguma quero induzir uma confidência de sua parte – disse Padre Brown, em voz baixa –, mas acho que você tem mais a me dizer sobre esse assunto do que eu.

A moça levantou-se de um salto e permaneceu bastante quieta, mas com as mãos cerradas, como alguém prestes a ir embora. Depois, suas mãos relaxaram devagar, e ela se sentou outra vez.

– O senhor é mais misterioso que todos os outros – disse ela, desesperada –, mas sinto que pode haver um bom coração em seu mistério.

– O que todos nós mais tememos – disse o padre, em voz baixa – é um labirinto sem centro. Por isso que o ateísmo é um pesadelo.

– Vou lhe contar tudo – disse a ruiva com teimosia. – Só não vou contar por que estou lhe contando, pois isso eu não sei.

Ela pegou na toalha de mesa cerzida e continuou:

– O senhor parece saber a diferença entre o que é e não é esnobe; e quando digo que sou de uma família boa e tradicional, é para que o senhor entenda que isso é um aspecto necessário da história. Na verdade, meu principal perigo está nas noções perdidas de meu irmão, *noblesse oblige* e tudo mais. Bem, meu nome é Christabel Carstairs, e meu pai era o Coronel Carstairs, de quem o senhor provavelmente já ouviu falar, aquele que juntou a famosa coleção Carstairs de moedas romanas. Eu jamais conseguiria descrever meu pai ao senhor; uma aproximação seria dizer que ele tinha as qualidades de uma moeda romana. Bonito, genuíno, valioso, metálico e fora de época. Tinha mais orgulho da sua coleção do que do seu brasão de armas... ninguém pode dizer mais que isso. Seu caráter extraordinário revelou-se ainda mais no testamento. Tinha dois filhos e uma filha. Rompeu com um dos filhos, meu irmão Giles, e o mandou para a Austrália com uma pequena mesada. Fez então um testamento deixando a coleção Carstairs para meu irmão Arthur, e, diga-se de passagem, uma mesada ainda menor. Fez isso como uma recompensa, como a maior honra que poderia oferecer, em agradecimento à lealdade e retidão de Arthur e os títulos que ele já havia obtido em matemática e economia em Cambridge. Deixou-me quase toda a sua bela fortuna, e tenho certeza de que o fez por desprezo.

"Arthur, pode-se dizer, bem que poderia reclamar disso; mas Arthur é a cópia do meu pai. Embora ele tenha tido algumas desavenças com meu pai no início da juventude, tão logo assumiu a coleção transformou-se em um padre pagão dedicado a um templo. Misturou essas moedinhas romanas com a honra da família Carstairs do mesmo modo obstinado e idólatra que o nosso pai. Agiu como se o dinheiro romano devesse ser vigiado por todas as virtudes romanas. Não se permitiu prazeres; não gastou nada consigo mesmo; viveu para a Coleção. Muitas vezes, nem se preocupava em se vestir para suas modestas refeições, mas corria de um lado para o outro em meio a pacotes de papel pardo amarrados com barbantes (nos quais ninguém mais tinha permissão de tocar), usando um velho roupão marrom. Com cinto de seda, corda e borla, e o rosto pálido, magro e refinado, parecia um velho monge asceta. De vez em quando, no entanto, aparecia como um cavalheiro vestido conforme a última moda; mas isso apenas quando ia às liquidações ou lojas de Londres para aumentar a coleção Carstairs.

"Então, se o senhor conheceu alguma pessoa jovem, não ficará chocado se eu disser que tudo isso me deixou com o estado de espírito bastante desanimado; um estado de espírito no qual alguém começa a dizer que os antigos romanos eram todos muito bons à sua moda. Não sou como meu irmão Arthur; não consigo deixar de apreciar o prazer. Herdei muito romantismo e tolice de onde tirei meu cabelo ruivo, do outro lado da família. Com o coitado do Giles foi a mesma coisa; e acho que o ambiente das moedas possa servir como desculpa para ele, embora tenha mesmo tomado o mau caminho e quase acabado na prisão. Mas não se comportou, em nada, pior do que eu, como vou lhe contar.

"Chego agora à parte tola da história. Penso que um homem tão esperto como o senhor pode adivinhar o tipo de coisa que começaria a aliviar a monotonia de uma desobediente moça de dezessete anos numa situação dessas. Mas estou tão assustada com coisas mais horríveis que mal consigo entender meus próprios sentimentos; não sei se agora desprezo como flerte ou guardo como coração partido. Naquela época, morávamos em um balneário no litoral sul do País de Gales, e um capitão naval aposentado que morava a uma pequena distância tinha um filho cinco anos mais velho do que eu, que havia sido amigo de Giles antes da sua partida para as Colônias Inglesas. O nome dele não importa na minha história, mas vou lhe dizer que era Philip Hawker,* porque estou contando tudo. Costumávamos pescar camarão juntos, e dizíamos e pensávamos estar apaixonados; ao menos ele, com certeza, disse que estava, e eu, com certeza, pensei que estava. Se eu lhe contar que ele tinha cabelo crespo cor de bronze e o rosto como o de um falcão, também bronzeado pelo mar, não é pelo bem dele, eu lhe garanto, mas pela história, visto que esse foi o motivo de uma coincidência muito curiosa.

"Numa tarde de verão em que eu havia prometido pescar camarão pelas praias com Philip, eu estava esperando bastante impaciente na sala de visitas da frente, observando Arthur manusear alguns pacotes de moedas, que havia recém adquirido, e devagar levá-los, um ou dois de cada vez, para dentro de seu próprio e escuro gabinete-museu, que ficava nos fundos da casa. Tão

---

* Falcoeiro. (N.T.)

logo ouvi a pesada porta finalmente fechar-se depois dele, corri para apanhar minha rede de pescar camarão e meu gorro escocês com borla; eu estava pronta para escapulir quando percebi que meu irmão havia deixado para trás uma moeda, que jazia cintilando no banco comprido junto à janela. Era uma moeda de bronze, e a cor dela, combinada com a curva exata do nariz romano e com algo na própria elevação do pescoço comprido e rijo, tornava a efígie de César gravada nela quase o retrato preciso de Philip Hawker. Então, de súbito lembrei, de Giles falando a Philip sobre uma moeda que era como ele, e do desejo de Philip de tê-la. Talvez o senhor possa imaginar os pensamentos desvairados e tolos que rodaram por minha cabeça. Senti-me como se tivesse recebido um presente das fadas. Parecia que se eu pudesse ao menos fugir com ela, e presenteá-la ao Philip como uma espécie maluca de aliança de casamento, ela seria um laço entre nós para sempre; senti mil coisas desse tipo ao mesmo tempo. Depois, lá se escancarou por baixo de mim, como a cova, a noção atroz e horrenda do que eu estava fazendo; acima de tudo, a ideia insuportável, que era como tocar em ferro quente, de o que Arthur acharia disso. Uma Carstairs, uma ladra; e uma ladra do tesouro Carstairs! Acredito que meu irmão seria capaz de me imaginar queimada como bruxa por tal coisa. Mas, então, o mesmo pensamento acerca dessa crueldade fanática intensificou meu antigo ódio por sua preocupação exagerada com aquele velho e lúgubre antiquário e o meu fascínio por juventude e liberdade que soprava do mar. Lá fora, o sol era forte e ventava, e a inflorescência amarela de um arbusto de giesta ou tojo no jardim tocou de leve o vidro da janela. Pensei naquele ouro vivo e crescente me atraindo de todas as charnecas do mundo... e depois naqueles objetos de ouro, bronze e latão inertes e sem vida do meu irmão se empoeirando cada vez mais enquanto a vida passava. A natureza e a Coleção Carstairs tinham afinal começado a se enfrentar.

"A natureza é mais velha que a Coleção Carstairs. Ao descer correndo pelas ruas em direção ao mar, segurando firme a moeda no meu punho fechado, senti todo o Império Romano nas minhas costas, bem como o pedigree dos Carstairs. Não apenas o velho leão de prata rugia em meu ouvido, mas todas as águias dos Césares pareciam bater as asas e gritar no meu encalço. E, mesmo assim, meu coração se erguia cada vez mais alto como a pipa de uma criança, até que pisei nos fofos e áridos cômoros de areia e depois nas areias planas e úmidas onde Philip já se encontrava com a água rasa e brilhante até os tornozelos, cem metros mar adentro. Havia um enorme pôr do sol vermelho, e o extenso trecho de água rasa que, por quase um quilômetro, mal subia acima do tornozelo; era como um lago de chama rubi. Só depois de ter arrancado meus sapatos e meias e andado com dificuldade até onde ele estava, bem distante da praia, é que me virei e olhei em volta. Estávamos completamente sós num círculo de água do mar e areia úmida, e eu lhe entreguei a efígie de César.

"No mesmo instante, tive um ataque de imaginação fértil. Cismei que um homem lá longe, nos cômoros, estava me observando atentamente. Devo ter sentido, de imediato, depois disso, que era simples agitação de nervos desarrazoados, já que o homem era apenas um ponto escuro ao longe, e eu só podia ver ele lá parado, sem se mexer, o olhar fixo e a cabeça meio inclinada. Não havia nenhuma evidência lógica concebível de que estivesse olhando para mim; ele poderia estar olhando para um navio, para o pôr do sol, para as gaivotas ou para qualquer uma das pessoas que ainda passeavam na praia. No entanto, qualquer que fosse a origem do meu sobressalto, era profética, porque, quando firmei o olhar, ele começou a caminhar rápido em linha reta, em nossa direção pelas vastas areias úmidas. Ao aproximar-se, vi que tinha pele morena, barba e óculos de aro escuro. Vestia-se de preto, de forma humilde mas respeitável, desde a velha cartola preta na cabeça até as pesadas botas pretas nos pés. Apesar disso, caminhava reto em direção ao mar, sem um instante de hesitação, e veio até mim com a constância de uma bala de revólver.

"Não sei lhe contar a sensação de monstruosidade e de milagre que tive quando ele silenciosamente rompeu a barreira entre terra e água. Foi como se tivesse seguido caminhando em linha reta, caído de um penhasco e ainda continuasse marchando firme no ar. Foi como se uma casa tivesse saído voando no céu ou a cabeça de um homem tivesse caído no chão. Ele molhava apenas as botas, mas parecia um demônio desrespeitando uma lei da natureza. Se tivesse hesitado por um instante na beira da praia, teria sido o mesmo que nada. Do jeito que ia, parecia que olhava somente para mim e que nem percebia o oceano. Philip estava a alguns metros dali, de costas para mim, curvado sobre sua rede. O estranho continuou vindo até que parou a uma distância de dois metros de mim, a água batendo até a metade de suas canelas. Então disse, com uma voz claramente modelada e com uma articulação bastante afetada: – Você se incomodaria em contribuir com uma moeda de inscrição diferenciada?

"Com uma exceção, nada nele havia que pudesse ser definido como anormal. Seus óculos escuros não eram de fato opacos, mas de um tipo comum, de lentes azuis; nem os olhos por trás deles eram ardilosos, mas me olhavam o tempo todo. A barba escura, na verdade, não era comprida nem desleixada, mas ele parecia bastante barbudo, porque ela começava bem no alto, logo abaixo das maçãs do rosto. A pele não era nem amarelada nem pálida, mas, pelo contrário, bastante clara e jovem; mesmo assim, dava-lhe uma aparência de cera rosada e branca, a qual (não sei por que), de certa forma, aumentava bastante o horror que eu sentia. A única esquisitice que alguém poderia reparar era que o nariz, que afora isso tinha um bom formato, tinha a ponta apenas um pouquinho virada para um lado, como se, quando ainda em formação, tivesse recebido pancadinhas de um lado com um martelo de brinquedo. O nariz não chegava a ser uma deformidade; mas não consigo contar o pesadelo vivo que foi para mim. Enquanto ficou parado lá na água manchada pelo pôr do sol, ele me afetou como um monstro marinho infernal recém-emerso, urrando, de um mar sanguíneo. Não sei por que um defeito no nariz pôde afetar tanto a minha imaginação. Acho que parecia que ele podia mexer o nariz como se fosse um dedo, e que, naquele exato momento, ele tinha recém mexido o nariz.

"– Qualquer pequena ajuda – continuou ele com o mesmo sotaque esquisito e pedante – que me livre da necessidade de eu avisar a família.

"Então passou pela minha cabeça por um instante que eu estava sendo chantageada pelo roubo da moeda de bronze, e todas as minhas dúvidas e os meus temores meramente supersticiosos foram destruídos por uma questão prática, esmagadora. Como ele poderia ter descoberto? Eu havia roubado aquilo de súbito e num impulso; com certeza, eu estava sozinha, já que sempre me certificava de que não estava sendo observada quando escapulia para ver Philip dessa forma. Ao que tudo indica, não tinham me seguido na rua; e, se tivessem, não poderiam fazer uma radiografia da moeda na minha mão fechada. O homem parado nos cômoros de areia não poderia ter visto o que eu dei ao Philip, não mais do que poderia acertar o olho de uma mosca, como o homem no conto de fadas.

"– Philip – gritei, em desespero – pergunte a este homem o que ele quer.

"Quando Philip, afinal, levantou a cabeça, depois de remendar sua rede, parecia um tanto vermelho, como se estivesse zangado ou envergonhado, mas pode ter sido apenas o esforço de se curvar combinado com a luz vermelha do anoitecer; talvez eu apenas tenha tido outra das fantasias mórbidas que pareciam estar dançando ao meu redor. Ele apenas disse, com rispidez, ao homem:
– Caia fora daqui.

"E, fazendo sinais para eu segui-lo, pôs-se a andar com dificuldade em direção à beira da praia, sem prestar mais atenção nele. Pisou em uma pedra do quebra-mar, que escapava por entre as bases dos cômoros de areia, e então prosseguiu na direção de casa, talvez pensando que nosso importunador acharia mais difícil caminhar naquelas pedras irregulares, verdes e cobertas de escorregadias algas marinhas do que nós, jovens e acostumados a elas. Mas o meu perseguidor caminhava do mesmo modo meticuloso com que falava e ainda me seguia, escolhendo seu caminho e escolhendo sua linguagem. Ouvi sua voz delicada e detestável dirigir-se a mim, por cima do meu ombro, até que, por fim, quando tínhamos atingido o topo dos cômoros, a paciência de Philip (que quase sempre já não era mesmo tão visível) pareceu se esgotar com um estalo. Ele se virou de repente, dizendo:

"– Vá embora. Não posso falar com você agora.

"E, quando o homem vacilou e abriu a boca, Philip lhe acertou uma bofetada que o fez rolar do topo do cômoro mais alto até o sopé. Eu o vi se arrastando lá embaixo, coberto de areia.

"Esse golpe me confortou um pouco, embora pudesse ter aumentado bastante o risco que eu corria; mas Philip não mostrou nada do seu orgulho habitual por sua própria bravura. Embora afetuoso como de costume, ainda parecia abatido; e, antes que eu pudesse perguntar qualquer coisa por completo, deixou-me em seu próprio portão, com dois comentários que me causaram estranheza. Disse que, de todas as coisas a considerar, eu deveria pôr a moeda de volta na Coleção, mas que ele mesmo a guardaria 'por enquanto'. E então acrescentou de maneira deveras súbita e irrelevante: – Sabe que Giles está de volta da Austrália?"

A porta da taverna abriu-se, e a sombra gigantesca do investigador Flambeau cobriu a mesa. Padre Brown apresentou-o à moça com seu peculiar estilo de fala persuasivo e ligeiro, mencionando o conhecimento e simpatia de Flambeau por casos dessa natureza e, quase sem perceber, a moça estava reiterando sua história para dois ouvintes. Mas Flambeau, ao se curvar e sentar, entregou ao padre uma pequena tira de papel. Brown aceitou-a, com certa surpresa, e leu: "Táxi para Wagga Wagga, Avenida Mafeking, 379, Putney".

A moça continuou sua história:

– Subi a rua íngreme até a minha casa com um turbilhão de coisas na cabeça, que só começou a se desfazer quando cheguei à soleira da porta, onde encontrei uma lata de leite e o homem de nariz torcido. A lata de leite me dizia que os empregados estavam todos na rua, porque, é claro, o Arthur, andando de um lado para o outro no seu roupão marrom num gabinete pardacento, não ouviria nem atenderia a campainha. Assim, não havia ninguém na casa para me ajudar, exceto meu irmão, cuja ajuda deveria ser minha ruína. Desesperada, atirei dois xelins na mão da horrenda criatura e disse-lhe para retornar em alguns dias, quando eu tivesse uma resolução. Ele se foi embora amuado, mas de maneira mais acanhada do que eu havia esperado (talvez estivesse abalado devido à queda), e eu observei, com um horrendo prazer vingativo, ele se afastar estrada abaixo, com uma estrela de areia salpicada nas costas. Dobrou a esquina, após passar por umas seis casas.

"Então entrei, fiz um chá e fiquei pensando em como resolver o problema. Sentei junto à janela da sala de visitas e olhei para o jardim, que ainda cintilava com a última luz plena do anoitecer. Mas estava muito distraída e em estado de devaneio para olhar o gramado, os vasos de flor e os canteiros floridos com qualquer concentração. Então levei um susto bem grande, pois demorei para perceber que ele estava ali.

"O homem ou o monstro que eu havia mandado embora estava em pé, imóvel, no meio do jardim. Ah, sei que todo mundo já leu sobre fantasmas pálidos na escuridão, mas esse era mais terrível do que qualquer coisa desse tipo... Porque, embora lançasse uma comprida sombra ao entardecer, ele permaneceu parado no calor da luz do sol. E porque seu rosto não era pálido, mas ainda tinha aquele rosado encerado, próprio de um manequim de barbearia. Ficou imóvel, com o rosto voltado para mim. E não consigo lhe dizer como ele parecia horrendo entre as tulipas e todas aquelas flores altas, de cores berrantes, com aparência quase que de flores de estufa. Parecia que havíamos fincado uma figura de cera, em vez de uma estátua, no centro do nosso jardim.

"No entanto, quase no instante em que ele viu eu me mover na janela, virou-se e saiu correndo do jardim pelo portão dos fundos, que permaneceu aberto e pelo qual, sem dúvida, havia entrado. Essa sua timidez recobrada era tão diferente do atrevimento com que havia entrado no mar, que me senti vagamente aliviada. Quem sabe ele temia confrontar Arthur mais do que eu pensava. De qualquer modo, por fim me acalmei e jantei sozinha em silêncio (pois era contra as regras perturbar Arthur enquanto ele estivesse reorganizando o museu), e meus pensamentos, um pouco à vontade, fugiram até Philip e se perderam, suponho eu. De qualquer maneira, meu olhar era impassível, mas mais alegre do que qualquer outra coisa, e eu olhava em direção a uma outra janela, sem cortinas, aquela hora negra como breu de quando a noite cai. Tive a impressão que algo parecido com uma lesma estava no lado de fora da vidraça. Mas, quando olhei melhor, mais parecia o polegar de um homem pressionado contra o vidro; tinha aquela aparência ondulada de um polegar. Com medo e coragem redobrados, corri até a janela e então estrangulei um grito que qualquer homem, exceto Arthur, deve ter ouvido.

"Porque não era um polegar, nem lesma tampouco. Era a ponta de um nariz torto que, por estar pressionado contra o vidro, parecia branca. A expressão facial e o olhar arregalado eram, em um primeiro momento, invisíveis e depois cinzentos como os de um fantasma. Fechei as venezianas com força, de uma só vez e de qualquer jeito, subi correndo para meu quarto e lá me tranquei. Mas mesmo de passagem poderia jurar que vi uma segunda janela escura com algo parecido com uma lesma.

"Talvez fosse melhor ir falar com o Arthur, afinal. Se a criatura estava espreitando em volta de toda casa como um gato, poderia ter intenções ainda piores do que fazer chantagem. Meu irmão poderia me expulsar e me amaldiçoar para sempre, mas era um cavalheiro e me defenderia no mesmo instante. Depois de refletir por de dez minutos, desci, bati na porta e então entrei; tive a última e a pior das visões.

"A cadeira do meu irmão estava vazia, e ele, é óbvio, estava na rua. Mas o homem com o nariz torto estava sentado esperando por ele, com o chapéu ainda insolentemente na cabeça, e inclusive lendo um dos livros do meu irmão à luz do abajur. Sua expressão era serena e ocupada, mas a ponta do nariz ainda aparentava ser a parte mais móvel do rosto, como se tivesse recém virado da esquerda para a direita como a tromba de um elefante. Eu o tinha achado venenoso o bastante enquanto me perseguia e me observava, mas acho que o seu desconhecimento da minha presença era ainda mais assustador.

"Acho que gritei com força e por muito tempo, mas isso não importa. O que fiz depois é que importa: dei a ele todo o dinheiro que tinha, incluindo uma boa parte em cédula, o qual, embora fosse meu, ouso dizer, não tinha o direito de tocar. Ele se foi, por fim, com arrependimentos detestáveis, diplomáticos, todos ditos com palavras difíceis. E eu me sentei, arruinada em todos os sentidos. E, apesar disso, fui salva naquela mesma noite por um simples acidente. Arthur havia ido para Londres de repente, como fazia, com frequência, atrás de bons negócios; retornou tarde, mas radiante, tendo quase assegurado um tesouro que acrescentava real esplendor à coleção da família. Estava tão resplandecente que eu quase me encorajei a confessar o furto da preciosidade de menor importância... mas ele ofuscou os demais tópicos com seus projetos irresistíveis. Como o negócio ainda poderia falhar a qualquer momento, insistiu para eu fazer as malas de uma vez e ficar com ele nos quartos que já havia alugado em Fulham, para estar perto do antiquário em questão. Assim, apesar de não pretender, fugi do meu inimigo quase na calada da noite... mas também de Philip. Meu irmão ia, com frequência, ao Museu de South Kensington, e eu, a fim de ter alguma ocupação na vida, paguei por umas lições na Escola de Artes. Estava voltando da aula hoje à noite, quando enxerguei a desoladora abominação descendo com energia a rua comprida e reta, e o resto é o que este cavalheiro disse.

"Só tenho mais uma coisa a dizer. Não mereço receber ajuda, e não questiono o meu castigo, nem dele reclamo. Ele é justo. Tinha que acontecer. Mas ainda questiono, com a mente em ebulição, como isso pode ter acontecido. Estou sendo punida por milagre? Como alguém, exceto Philip e eu, pode saber que eu lhe dei uma minúscula moeda lá no meio do mar?"

– É um problema notável – admitiu Flambeau.

– Não tão notável quanto a solução – comentou Padre Brown, melancólico. – Srta. Carstairs, vai estar em sua casa em Fulham se passarmos lá daqui a uma hora e meia?

A moça o mirou, então se levantou e colocou as luvas.

– Sim – disse ela –, vou estar lá. – E quase no mesmo instante saiu do bar.

Naquela noite, o detetive e o padre estavam ainda falando sobre o assunto quando se aproximaram da casa em Fulham, um prédio estranhamente desprezível, mesmo para uma residência temporária da família Carstairs.

– É claro que à primeira vista alguém – disse Flambeau – pensaria primeiro nesse irmão australiano, que se meteu em encrenca antes e voltou tão de repente. É bem o tipo de homem que tem aliados desprezíveis. Mas não consigo entender de que modo ele teria se metido nisso, qualquer que seja a linha de pensamento, a menos que...

– A menos que...? – perguntou, com paciência, seu companheiro.

Flambeau diminuiu o tom de voz.

– A menos que o amante da moça entrasse na história também, e ele seria o pior canalha dos dois. O rapaz australiano de fato sabia que Hawker queria a moeda. Mas não consigo entender que diabo ele fez para conseguir saber que Hawker a tinha conseguido, a menos que Hawker fizesse sinal a ele ou ao seu comparsa na beira da praia.

– É verdade – concordou o padre, com respeito.

– Percebeu outra coisa? – continuou Flambeau ansioso. – Esse tal de Hawker escuta os insultos à amada, mas só ataca quando *chega aos macios cômoros de areia*, onde pode ser o vencedor de uma mera luta simulada. Se tivesse reagido em meio às pedras e ao mar, poderia ter ferido o cúmplice.

– Outra verdade – assentiu Padre Brown com a cabeça.

– E agora, voltemos ao começo. O caso envolve poucas pessoas, mas pelo menos três. Precisa-se de uma pessoa para se ter um suicídio, duas pessoas para um assassinato, mas ao menos três pessoas para uma chantagem.

– Por quê? – perguntou o padre em tom suave.

– Bem, é óbvio! – exclamou o amigo. – Deve haver alguém para ser denunciado, alguém que ameaça fazer a denúncia, e uma pessoa, ao menos, para ficar horrorizada com a revelação.

Após uma pausa longa e contemplativa, o padre disse:

– Você está deixando de fora uma etapa lógica. São necessárias três pessoas em teoria; apenas duas, na prática.

– O que quer dizer com isso? – perguntou o outro.

– Por que um chantagista não poderia – perguntou Brown, em voz baixa – ele mesmo ameaçar sua vítima? Suponha que uma esposa tenha se tornado uma abstêmia ferrenha a fim de forçar o marido a esconder suas idas aos pubs e depois tenha escrito cartas, com outra letra, chantageando-o, ameaçando contar à sua esposa! Por que não daria certo? Suponha que um pai tenha proibido um filho de apostar dinheiro no jogo e depois, seguindo-o com um bom disfarce, ameace o garoto com sua pretensa rigidez paterna! Suponha... Mas, eis aqui, meu amigo.

– Meu Deus! – exclamou Flambeau. – Quer dizer...

Um vulto ágil desceu correndo os degraus da casa e mostrou, sob a luz dourada, a cara inconfundível que se assemelhava à moeda romana.

– A srta. Carstairs – disse Hawker, sem cerimônia – não queria entrar até que vocês chegassem.

– Bem – observou Brown, confiante –, não acha que a melhor coisa que ela pode fazer é ficar aqui fora, com você para cuidar dela? Veja só, de certo modo, calculo que você descobriu tudo sozinho.

– Sim – disse o jovem, à meia voz –, eu desconfiei lá na praia e agora sei; foi por isso que não o machuquei.

Tomando da moça a chave da casa e de Hawker a moeda, Flambeau e seu amigo entraram na casa vazia e passaram ao salão externo. Que, não fosse por um ocupante, estaria vazio. O homem que Padre Brown vira passar pela taverna estava encostado na parede, como que acuado; estava igual, só havia tirado o casaco preto e vestido um roupão marrom.

– Viemos – disse Padre Brown, com educação – devolver esta moeda ao seu dono. – E a entregou ao homem com o dito nariz.

Os olhos de Flambeau reviraram-se.

– Este homem é um colecionador de moedas? – perguntou ele.

– Este homem é o sr. Arthur Carstairs – assegurou o padre – e é, digamos, um tipo esquisito de colecionador de moedas.

O homem mudou de cor de forma tão horrenda que o nariz torto ganhou realce no rosto como algo distinto e cômico. Falou, no entanto, com uma espécie de dignidade desesperadora:

– Então, vocês vão ver – disse ele – que não perdi todas as qualidades da família. – E virou-se de súbito e caminhou a passos largos até um cômodo secreto, batendo a porta.

– Detenham-no! – gritou Padre Brown, correndo aos pulos e quase caindo em cima de uma cadeira. E, depois de um ou dois golpes, Flambeau abriu a porta. Mas era tarde demais. Em silêncio mortal, Flambeau, atravessou a sala a passos largos e telefonou ao médico e à polícia.

Um frasco de remédio vazio encontrava-se no chão. Deitado na mesa encontrava-se o corpo do homem de roupão marrom, em meio a pacotes de papel pardo, arrebentados e abertos; deles corriam e rolavam moedas, em nada romanas, mas sim inglesas, bem modernas.

O padre segurou a efígie de César de bronze.

– Isto – disse ele – foi tudo o que restou da Coleção Carstairs.

Após um silêncio, prosseguiu, com mais gentileza do que o comum:

– Foi um testamento cruel esse que o perverso pai dele fez, e, veja bem, ele de fato se ressentia um pouco. Odiava o dinheiro romano que tinha e apegou-se ao verdadeiro dinheiro que lhe foi negado. Não só vendeu a Coleção pouco a pouco, mas desceu, pouco a pouco, a maneiras mais indignas de se fazer dinheiro... chegou até a chantagear sua própria família com um disfarce.

Chantageou o irmão da Austrália por seu pequeno crime esquecido (por isso pegou o táxi para Wagga Wagga, em Putney); chantageou a irmã pelo roubo que só ele poderia ter percebido. E, por sinal, é por isso que ela teve aquela sensação sobrenatural quando ele estava longe nas dunas de areia. Os simples vulto e modo de andar, por mais distantes que estejam, têm mais probabilidade de nos fazer lembrar de alguém do que um rosto bem maquilado de perto.

Seguiu-se outro silêncio.

– Bem – resmungou o detetive –, então esse grande numismata e colecionador de moedas era nada mais nada menos que um avarento qualquer.

– Há uma diferença tão grande assim? – perguntou Padre Brown, com o mesmo tom estranho e indulgente. – O que há de errado com um avarento que em geral não há de errado com um colecionador? O que há de errado, exceto... "Não farás para ti escultura; não te prostrarás diante delas e não lhes prestarás culto, porque Eu...". Mas é melhor irmos ver como os pobres jovens estão se saindo.

– Acho – disse Flambeau – que, apesar de tudo, é provável que estejam se saindo muito bem.

7
A PERUCA ROXA

Edward Nutt, o hábil editor do jornal *Daily Reformer*, sentou-se à sua mesa abrindo cartas e corrigindo copiões ao ritmo animado de uma máquina de escrever, datilografada com vigor por uma moça.

Usando uma de suas camisas de manga curta, ele era um homem robusto e belo, de movimentos decididos, boca firme e tom de voz incisivo; mas os olhos redondos e azuis, quase infantis, tinham um jeito desnorteado e até ansioso, capazes de contradizer essa imagem. De fato, a impressão era no geral enganosa. O que se podia verdadeiramente dizer dele, como de muitos outros jornalistas em cargos de chefia, era que sua emoção mais familiar era a de contínuo medo: medo de processos por calúnia, medo de perder anunciantes, medo de erros de impressão, medo de ser demitido.

Sua vida era uma série de negociações perturbadoras entre o proprietário do jornal (e dele também) – um senil fabricante de sabão com três equívocos imutáveis na cabeça – e a hábil equipe que ele reuniu para tocar o jornal, alguns deles homens brilhantes e experientes e (o que era ainda pior) sinceros entusiastas da linha política do impresso.

Uma carta escrita por um desses jornalistas pousou diante dele, e, rápido e resoluto como era, ele parecia quase hesitar em abri-la. Em vez disso, pegou um copião, contemplou-o com os olhos azuis e, com a caneta azul, alterou a palavra "adultério" pela palavra "indecência", e a palavra "judeu" pela palavra "estrangeiro", tocou a sineta e mandou as correções de volta para a redação.

Então, com olhos mais cautelosos, abriu a carta enviada pelo seu mais ilustre colaborador (a qual trazia um carimbo de Devonshire) e leu o seguinte:

Caro Nutt,
Vejo que você está trabalhando com nada e coisa nenhuma ao mesmo tempo. Que tal uma matéria sobre aquele assunto bizarro da família Eyre, da cidade de Exmoor, ou, como as mulheres de mais idade costumam dizer por aqui, a história da "Orelha do Diabo de Eyre"? O chefe da família, você sabe, é o duque de Exmoor, um dos poucos aristocratas Tory realmente conservadores que restam, um velho casca grossa e tirano a quem nos interessa causar incômodo. E acredito que estou na pista de uma matéria que irá causar incômodo. Claro que não acredito na velha lenda sobre James I e, quanto a você, você não acredita em nada, nem mesmo no jornalismo. A lenda, é provável que você lembre, falava sobre um dos capítulos mais negros da história inglesa: o envenenamento de Overbury por aquela bruxa chamada Frances Howard, e o misterioso terror que forçou o rei a perdoar os assassinos. Existem muitas alegações de bruxaria envolvidas no assunto, e a lenda fala de um serviçal que ouviu através do buraco da fechadura a verdade sobre a história durante uma conversa entre o rei e Carr; e a orelha com a qual ele ouviu cresceu e tornou-se grande e monstruosa como que por um passe de mágica, de tão horrível

que era o segredo. E, apesar de o terem enchido de terras e ouro e de terem feito dele um descendente de duques, a orelha de elfo ainda é recorrente na família. Bom, você não acredita em magia negra e, se acreditasse, não poderia replicá-la. Se um milagre acontecesse em seu escritório, você teria que fazer segredo, agora que tantos bispos são agnósticos. Mas esse não é o problema. O problema é que existe mesmo algo bizarro sobre o duque de Exmoor e sua família; algo natural, eu ouso dizer, mas bastante anormal. E a orelha faz parte disso, eu imagino, como um símbolo, ou um devaneio, ou uma doença, ou qualquer coisa. Outra história diz que os cavaleiros, logo após o reinado de James I, começaram a usar cabelo comprido apenas para cobrir a orelha do primeiro lorde Exmoor. Isso também é, sem dúvida, fantástico.

A razão pela qual eu saliento essas histórias é a seguinte: me parece que cometemos um erro ao atacar a aristocracia apenas por seus champanhes e diamantes. A maioria dos homens prefere admirar os nobres por se divertirem, mas eu acho que nos resignamos demais quando admitimos que a aristocracia tornou os aristocratas felizes. Eu sugiro uma série de artigos mostrando o quão enfadonhos, desumanos e abertamente diabólicos são o cheiro e o clima de algumas dessas nobres casas. Há muitos casos, mas não poderíamos iniciar com um melhor do que "A Orelha dos Eyre". Até o final da semana acho que posso lhe conseguir a verdade sobre isso. Atenciosamente, Francis Finn.

O sr. Nutt refletiu por um instante, olhando para a sua bota esquerda. E então chamou em tom forte, alto e completamente sem vida, no qual todas as sílabas pareciam iguais:

– Srta. Barlow, datilografe uma carta para o sr. Finn, por favor.

Caro Finn,
Acho que pode funcionar; uma cópia do material deve chegar a nós até o segundo malote de sábado. Atenciosamente, E. Nutt.

Pronunciou essa elaborada carta como se fosse uma única palavra; e a srta. Barlow datilografou-a como se fosse uma palavra só. Ele então pegou outra tira do copião e uma caneta azul e alterou a palavra "sobrenatural" pela palavra "assombroso", e a expressão "abater" pela expressão "reprimir".

O sr. Nutt entreteve-se com atividades alegres e saudáveis até o sábado seguinte, quando então encontrou-se na mesma mesa, ditando para a mesma datilógrafa e usando a mesma caneta azul na primeira parte das revelações do sr. Finn. A abertura era um parágrafo incisivo e ultrajante sobre os perversos segredos de príncipes e sobre o desespero nos locais mais altos da terra. Embora escrito de maneira violenta, estava em ótimo inglês; mas o editor, como de costume, encarregou outra pessoa a tarefa de separar o texto por intertítulos de um tipo mais apimentado, como "Aristocratas e venenos", "A orelha assustadora", "Os Eyre em seu pedestal", e concentrou-se em fazer centenas de animadas mudanças. Então vinha a lenda da orelha, ampliada da primeira carta do sr. Finn, com o conteúdo das suas mais recentes descobertas:

Eu sei que é hábito dos jornalistas colocar o final de uma história no começo e chamar isso de manchete. Eu sei que o jornalismo geralmente consiste em dizer "Lorde Jones está morto" para pessoas que nem sequer sabiam que ele estava vivo. O correspondente que vos fala acredita que isso, como muitos outros costumes jornalísticos, é jornalismo ruim, e que o *Daily Reformer* precisa dar melhor exemplo nesses assuntos. Ele se propõe a contar a história assim como ocorreu, passo a passo, usando os verdadeiros nomes das partes envolvidas, que, na maioria dos casos, estão dispostas a confirmar seu testemunho. E, quanto às manchetes, às proclamações sensacionais, não se preocupem, elas virão no final.

Eu estava caminhando por um atalho que atravessa um certo pomar de Devonshire e que parece apontar na direção de uma sidra de Devonshire, quando cheguei de repente ao local sugerido pelo atalho. Era uma estalagem térrea e comprida, que na verdade consistia em uma cabana e dois celeiros cobertos com teto de palha que mais pareciam uma cabeleira castanha e grisalha de séculos atrás. Do lado de fora da porta, uma placa dava o nome de "Dragão Azul" ao local e, abaixo da placa, havia uma dessas mesas longas e rústicas que costumavam ficar do lado de fora da maioria das estalagens inglesas livres, antes que os abstêmios e os cervejeiros destruíssem a liberdade. E a esta mesa estavam sentados três cavalheiros que poderiam ter vivido há cem anos.

Agora que os conheço melhor, não há dificuldade em distinguir as impressões que tenho de cada um, mas naquele momento eles pareciam três fantasmas palpáveis. A figura dominante, tanto por ser maior em todas as três dimensões quanto por estar sentada ao centro da comprida mesa, me encarando, era um gordo alto todo vestido de preto, com rosto vermelho, apoplético até, de cabeça careca e expressão incomodada. Olhando uma segunda vez para ele, com mais atenção, eu não conseguia dizer exatamente o que me dava aquela sensação de antiguidade, exceto o corte antiquado de sua gola clerical e as rugas muito vincadas na testa.

Foi mais difícil fixar uma impressão no caso do homem sentado à direita na mesa, o qual, para dizer a verdade, era uma pessoa tão comum que poderia ser vista em qualquer lugar, de cabeça redonda, cabelo castanho e nariz redondo e empinado, mas também vestido de preto clerical, de melhor talhe. Foi só quando vi o chapéu, largo e curvo, ao lado dele na mesa, é que percebi o porquê de tê-lo conectado a algo antigo. Era um padre católico.

O terceiro homem, sentado à outra ponta da mesa, provavelmente tinha mais a ver com o ambiente, embora sua presença física fosse menor e ele fosse mais descuidado com seu modo de vestir. Pernas e braços magricelos estavam vestidos, posso até dizer colados, numa camisa e numa calça, ambas cinza e apertadas; tinha um rosto comprido, amarelado e aquilino que parecia de alguma maneira ainda mais melancólico por conta do maxilar aprisionado em seu colarinho com gravata em estilo de lenço antigo; e o cabelo (que devia ser castanho escuro) era de uma estranha cor avermelhada e opaca que, em conjunto com o rosto amarelo, parecia mais roxa do que vermelha. A cor, discreta, mas pouco comum, tornava-se ainda mais visível porque o cabelo era saudável e encaracolado de um modo quase artificial, e ele o usava comprido.

Mas, depois de todas as análises, penso que o que me deu aquela primeira impressão antiquada foi o simples conjunto de copos de vinho altos e antigos, um ou dois limões e dois daqueles cachimbos *churchwarden*, feitos de argila e de cabos longos. E também, quem sabe, a pequena viagem ao Velho Mundo que me levara até ali.

Sendo eu um repórter obstinado e estando no que me parecia ser uma estalagem pública, não tive de usar muito da minha audácia para sentar-me à mesa e pedir uma sidra. O grandalhão de preto parecia muito instruído, especialmente sobre as antiguidades locais, e o baixinho de preto, embora falasse muito menos, surpreendeu-me com uma cultura ainda mais vasta. Nós nos demos muito bem, mas o terceiro homem, o velho cavalheiro da calça justa, parecia um tanto distante e frio, até eu entrar no assunto do duque de Exmoor e seus ancestrais. Achei que o assunto parecia envergonhar um pouco os outros dois homens, mas foi um sucesso para quebrar o silêncio do terceiro. Falando com calma e com um sotaque de homem educado nas melhores escolas da Inglaterra, tragando nos intervalos seu comprido cachimbo *churchwarden*, ele contou algumas das mais horríveis histórias que já ouvi na minha vida: como um dos Eyre, no passado, tinha enforcado o próprio pai; como outro mandou açoitar a esposa na traseira de uma carroça que andasse pelo vilarejo; e ainda contou sobre outro que colocou fogo numa igreja cheia de crianças; e assim por diante.

Algumas das histórias, de fato, não são adequadas para um impresso público – como a história das freiras libertinas, a abominável história do dálmata ou aquela da coisa que aconteceu na pedreira. E toda essa lista vermelha de impiedades fluía de seus finos e gentis lábios, mais afetados do que outra coisa, enquanto ele sorvia o vinho de uma taça alta e fininha.

Eu pude perceber que o grandão sentado do outro lado da mesa estava tentando, de algum modo, interrompê-lo; mas ele, dava para notar, nutria pelo velho cavalheiro um considerável respeito e não iria se aventurar a detê-lo de maneira abrupta. O pequenino padre, sentado na outra ponta da mesa, embora livre de qualquer aparência constrangida, olhava fixo para o tampo da mesa e parecia ouvir o relato com grande dor.

– Você parece – eu disse ao narrador – não gostar muito da linhagem dos Exmoor.

Ele me olhou por um instante, com os lábios ainda afetados, mas logo ficando pálidos e tensos; então quebrou deliberadamente o comprido cachimbo e a taça na mesa e levantou-se. Era a própria imagem do perfeito cavalheiro com temperamento diabólico.

– Estes cavalheiros – disse ele – irão lhe dizer se eu tenho motivos para gostar. A maldição dos Eyre, de tão velha, paira pesada sobre este país, e muitos sofreram por causa dela. Eles sabem que não há ninguém que tenha sofrido mais por causa dela do que eu.

E com essa frase esmagou um pedaço da taça caída sob o calcanhar e saiu a passos largos na penumbra verde do cintilar das macieiras.

– Que senhor incrível esse – comentei com os outros dois. – Por acaso sabem o que a família Exmoor fez a ele? Quem é ele?

O homenzarrão de preto olhava para mim com o ar selvagem de um touro atônito. A princípio, parecia não ter digerido minha pergunta. Então, por fim, disse:

– Sabe quem ele é?

Reafirmei minha ignorância, e fez-se outro silêncio. Então o padre baixinho disse, ainda olhando para a mesa:

– Aquele é o duque de Exmoor.

Enquanto eu tentava recobrar os meus sentidos dispersos, ele se manteve calmo, mas com ares de quem deseja organizar as coisas:

– Meu amigo aqui é o dr. Mull, o bibliotecário do duque. Meu nome é Brown.

– Mas – balbuciei –, se aquele é o duque, por que ele odeia todos os antigos duques daquele jeito?

– Ele parece acreditar – respondeu o padre chamado Brown – que eles rogaram uma maldição contra ele. – E acrescentou, com alguma irrelevância: – Por isso que ele usa peruca.

Levou um tempo até que eu entendesse o que ele queria dizer.

– Não está falando daquela fábula da orelha fantástica? – indaguei. – Já ouvi falar dela, claro, mas com certeza deve ser uma história supersticiosa, oriunda de algo muito mais simples. Eu às vezes penso que é uma versão assombrosa de algumas daquelas histórias de mutilação. Eles costumavam cortar as orelhas dos criminosos no século XVI.

– Não acredito que seja isso – disse-me pensativo o pequenino homem –, mas não é descartado pela ciência comum nem pelas leis da natureza que uma família tenha uma deformidade recorrente, como uma orelha maior do que a outra.

O bibliotecário grandão havia enterrado a enorme testa nas enormes mãos vermelhas, como um homem que se esforçava para se concentrar no seu dever.

– Não – grunhiu ele. – Vocês estão interpretando o homem erroneamente. Entendam, eu não tenho motivo nenhum para defendê-lo, nem mesmo para acreditar nele. O duque tem sido um tirano para mim, como para outras pessoas. Não vá pensar que só por que ele se senta aqui conosco ele não seja um grande lorde, dono de tudo e de todos, no pior sentido da palavra. Ele mandaria buscar um homem que estivesse a um quilômetro de distância só para tocar uma campainha a um metro de distância... Se isso trouxesse outro homem distante três quilômetros para buscar uma caixa de fósforos a três metros dali. Ele tem de ter um serviçal para carregar sua bengala; e tem de ter um empregado que segure seu binóculo de ópera.

– Mas não um camareiro para escovar suas roupas – cortou o padre, com um senso de humor curioso –, porque o camareiro ia querer escovar a peruca também.

O bibliotecário virou-se para ele e pareceu esquecer-se de minha presença. Estava muito emocionado e, acho eu, um pouco empolgado pelo vinho.

– Não sei como o senhor sabe disso, Padre Brown – disse ele –, mas o senhor está certo. Ele deixa o mundo inteiro fazer tudo por ele, exceto vesti-lo. E isso ele insiste em fazer numa solidão tão completa como se estivesse num deserto. Qualquer um é expulso de sua casa sem explicações se for encontrado perto de seu quarto de vestir.

– Ele parece ser um velhote agradável – disse eu.

– Não – respondeu o dr. Mull, com simplicidade.
– E, ainda assim, é só o que digo quando falo que vocês estão sendo injustos com ele no final das contas. Cavalheiros, o duque sente uma verdadeira amargura quanto à maldição, como ele mesmo expressou ainda agora. Ele esconde debaixo daquela peruca roxa, com sincera vergonha e terror, algo que ele acha que deixaria chocado qualquer ser humano. Sei disso e sei que não é mera desfiguração causada por mutilação criminal nem desproporção hereditária das orelhas. Sei que é pior do que isso, porque um homem presente a uma cena que ninguém poderia ter inventado me contou que um homem mais forte do que qualquer um de nós tentou desvendar o segredo e foi escorraçado de lá.
Abri minha boca para falar, mas o dr. Mull prosseguiu, gesticulando, ignorando-me por completo.
– Não me importo em lhe dizer isso, padre, porque de fato isso é mais defender o pobre duque do que denunciá-lo. Nunca ouviu falar sobre a vez que ele praticamente perdeu quase todas as suas propriedades?

O padre balançou a cabeça, e o bibliotecário continuou a contar a história que ele ouvira do seu antecessor no mesmo cargo, seu patrono e instrutor, e em quem ele parecia confiar de maneira tácita. Até certo ponto, era uma história comum sobre o declínio da grande fortuna de uma família; a história de um advogado que se especializara em direito de família. O advogado dele, no entanto, tinha o talento de trapacear de modo honesto (expressão autoexplanatória, talvez). Em vez de usar os fundos que mantinha guardados em confiança, tirou vantagem da despreocupação do duque para colocar a família num buraco financeiro, dentro do qual poderia ser necessário para o duque deixar o advogado usar aqueles fundos não só em confiança, mas de fato.

O nome do advogado era Isaac Green, mas o duque sempre o chamou de Elisha, talvez em referência ao fato de ele ser bastante calvo, embora não tivesse mais do que trinta anos. Ele subira na vida com muita rapidez, mas vindo de um início sujo; foi primeiro dedo-duro ou informante e depois um agiota; mas como advogado consultivo dos Eyre, como eu digo, ele teve o bom senso de manter tudo tecnicamente correto até estar pronto para dar a cartada final. O golpe aconteceu durante um jantar, e o antigo bibliotecário disse que nunca seria capaz de esquecer a posição dos abajures e das garrafas de cristal quando o pequeno advogado, com um sorriso fixo, propôs ao grande senhorio que eles deveriam dividir as propriedades entre si, meio a meio. A sequência da cena não poderia ser esquecida; porque o duque, em silêncio mortal, arrebentou uma garrafa de cristal na cabeça careca do homem, de maneira tão repentina quanto eu havia visto ele arrebentar a taça aquele dia no pomar. Aquilo deixou uma cicatriz triangular e vermelha na cabeça do advogado, e seus olhos se alteraram, mas não seu sorriso.

Ele se levantou rangendo os dentes e contra-atacou como homens desse tipo contra-atacam.

– Estou feliz com isso – disse ele – porque agora posso pegar todas as terras para mim. A lei me dará elas.

Exmoor, parece, estava branco como um moribundo, mas seus olhos ainda faiscavam.

– A lei lhe dará elas – disse ele –, mas você não aceitará... e por que não? Por quê? Porque isso significaria o juízo final para mim e, se você ficar com as minhas terras, eu tiro a minha peruca... Ora, seu patético galo depenado, qualquer um pode ver a sua cabeça careca. Mas ninguém pode ver a minha e viver.

Bem, você pode falar o que quiser e fazer a sua fala significar o que bem entender. Mas Mull jura que é fato solene que o advogado, depois de sacudir os punhos cerrados no ar por um instante, simplesmente saiu correndo da sala e nunca mais reapareceu na região campestre; e desde então Exmoor tem sido mais temido como bruxo do que como senhorio e magistrado.

Agora, é certo que dr. Mull contou sua história com gestos bastante fortes e teatrais e com uma paixão que me pareceu no mínimo parcial. Eu estava bastante consciente da possibilidade de que tudo não passava de extravagâncias de um velho exibicionista e de fofocas. Mas, antes de finalizar essa metade das minhas descobertas, creio que, em favor do dr. Mull, os meus dois primeiros entrevistados haviam confirmado a história dele. Um velho farmacêutico da vila me contou que um homem careca, vestido em trajes de gala, de nome Green, procurou por ele uma noite para fazer um curativo num corte em forma de triângulo na cabeça. Fiquei sabendo, por meio de documentos e jornais antigos, que um processo foi aberto, ou pelo menos iniciado, por um certo Green contra o duque de Exmoor.

O sr. Nutt, do *Daily Reformer*, escreveu algumas palavras de grande incongruência no topo do copião, fez algumas marcas altamente misteriosas na margem e chamou a srta. Barlow na mesma voz alta e monótona.
– Datilografe uma carta para o sr. Finn.

Caro Finn,
Seu texto funciona, mas tive de colocar um pouco de manchete nele, e nosso público nunca aceitaria um padre católico na história – você deve ficar atento aos subúrbios. Alterei ele para sr. Brown, um espiritualista.
Atenciosamente, E. Nutt.

Um ou dois dias depois, o ativo e parcimonioso editor examinava, com olhos azuis que pareciam cada vez mais redondos, o segundo capítulo da história de mistérios na alta sociedade escrita pelo sr. Finn.

Fiz uma grande descoberta. Confesso com franqueza que é bem diferente de qualquer coisa que eu esperava descobrir, e será um choque para o público. Eu me aventuro a dizer, sem nenhuma vaidade, que as palavras que agora escrevo serão lidas em toda a Europa e com certeza em toda a América e nas Colônias. E, no entanto, eu ouvi tudo o que tenho para dizer antes mesmo de deixar esta exata mesinha de madeira neste exato bosquezinho de macieiras. E tudo eu devo ao pequeno Padre Brown; ele é extraordinário. O grande bibliotecário tinha saído da mesa, talvez envergonhado por ser linguarudo, talvez ansioso acerca da tempestade na qual o seu misterioso mestre havia desaparecido. De qualquer maneira, pôs-se a seguir firmemente os rastros do duque entre as árvores. Padre Brown havia pego um dos limões e admirava-o com um prazer estranho.

– Que cor bonita que tem um limão! – disse ele. – Tem uma coisa que eu não gosto na peruca do duque: a cor.

– Acho que não entendi – respondi.

– Ouso dizer que ele tem um bom motivo para esconder as orelhas, como o rei Midas – continuou o padre, com uma simplicidade alegre, que de alguma maneira parecia meio desrespeitosa, dada as circunstâncias. – Posso entender perfeitamente que é muito melhor escondê-las com cabelo do que com protetores de orelhas ou chapéu com abas de couro. Mas, se ele quer usar cabelo, por que não usa algo que se pareça com cabelo? Nunca houve cabelo daquela cor neste mundo. Parece mais uma nuvem ao pôr do sol surgindo no meio da floresta. Por que ele não esconde melhor a maldição da família, se ele tem mesmo vergonha dela? Preciso explicar a você? É porque ele não tem vergonha, ele tem orgulho dela.

– É uma peruca muito feia para se ter orgulho dela... E uma história feia – eu disse.

– Considere – respondeu o curioso homenzinho – como você próprio se sente em relação a essas coisas. Não estou sugerindo que você seja mais esnobe ou mais mórbido que o resto de nós. Mas não acha de modo meio vago que uma genuína maldição familiar é algo bom de se ter? Teria vergonha ou sentiria de fato certo orgulho se o herdeiro do Monstro de Glamis* o considerasse

---

* Thomas Bowes-Lyon, nascido em 1821 e portador de grave deformidade física, morava no Castelo Glamis, na Escócia, e ficou conhecido como o "Monstro de Glamis". (N.T.)

seu amigo? Ou então se a família Byron confidenciasse, apenas para você, as cruéis aventuras de sua linhagem? Não seja tão severo com os aristocratas, se as cabeças deles são tão fracas quanto as nossas seriam, e eles são esnobes em relação a suas próprias tristezas.

– Por Júpiter! – gritei. – Isso é mesmo verdade. A família da minha mãe tinha uma *banshee*,* e, pensando bem, essa ideia me confortou em muitos momentos ruins.

– E pense – continuou o padre – naquele caminho de sangue e veneno cuspido dos lábios finos do duque no momento que você mencionou os ancestrais dele. Por que ele iria mostrar para cada estranho que aparecesse essa câmara de horrores, a não ser que sentisse orgulho dela? Não esconde a peruca, não esconde seu sangue, não esconde a maldição da família, não esconde os crimes de sua família, mas...

A voz do homenzinho mudou tão de repente, ele fechou a mão de maneira tão abrupta, e seus olhos ficaram na mesma hora mais redondos e brilhantes que os de uma coruja acordada, que tudo pareceu ter a violência de uma pequena explosão na mesa.

– Mas – finalizou – esconde o banheiro.

Aquilo de alguma maneira completou a emoção dos meus nervos imaginativos, quando naquele instante o duque apareceu de novo, em silêncio, no meio do brilho das árvores, com sua pisada leve e seu cabelo alaranjado, vindo da esquina da casa,

---

* Na mitologia irlandesa, *banshee* é uma espécie de mensageiro da morte que aparece às famílias quando alguém está para morrer. (N.T.)

na companhia do seu bibliotecário. Antes de ele se aproximar a ponto de nos ouvir, o Padre Brown, com bastante calma, continuou:

– E por que ele esconde o segredo do que realmente faz com a peruca roxa? Porque não é o tipo de segredo que supomos.

O duque se aproximou e reassumiu seu lugar na ponta da mesa com toda a dignidade que lhe era própria. O constrangimento do bibliotecário deixou-o como um enorme urso pairando sobre as pernas traseiras. O duque dirigiu-se ao padre com grande seriedade:

– Padre Brown – disse ele –, o dr. Mull me informou que o senhor veio até aqui para fazer um pedido. Deixei de ser um praticante da religião dos meus pais, mas, por eles, e pelas ocasiões em que nos encontramos antes, estou disposto a ouvi-lo. Mas presumo que o senhor queira me falar em particular.

O que quer que eu tenha aprendido dos modos de um cavalheiro me fez levantar. O que quer que eu tenha aprendido do ofício de jornalista me fez permanecer imóvel. Antes que essa paralisia tivesse passado, o padre fez um movimento de momentânea parada.

– Se – disse ele – Sua Graça quiser me conceder um pedido, ou se ainda tenho como prerrogativa minha o direito de aconselhá-lo, eu pediria que o maior número possível de pessoas estivesse aqui presente. Por todo este país encontrei centenas de pessoas, algumas da minha própria religião e mesmo da minha paróquia, cujas imaginações estão envenenadas pelo feitiço que agora eu lhe imploro que quebre. Eu queria que toda a cidade de Devonshire estivesse aqui para assisti-lo fazer isso.

– Me assistir fazendo o quê? – perguntou o duque, arqueando as sobrancelhas.

– Vendo o senhor tirar a peruca – disse Padre Brown.

O duque não moveu um músculo do rosto; mas olhou para o seu requerente com um olhar glacial que foi a expressão mais horrível que já vi em um rosto humano. Pude ver as enormes pernas do bibliotecário estremecendo como estremecem as sombras de troncos de árvores numa lagoa; e eu não pude banir do meu próprio pensamento a ideia de que as árvores ao nosso redor, em silêncio, enchiam-se suavemente de demônios em vez de pássaros.

– Eu vou poupá-los – disse o duque em voz de desumana pena. – Eu me recuso a fazer isso. Se eu lhes desse o menor indício dos mil e um horrores que tenho de suportar sozinho, você se jogaria berrando aos meus pés, implorando para eu não lhes contar mais nada. Vou poupá-los disso. Não vão soletrar nem a primeira palavra do que está escrito no altar de um deus desconhecido.

– Eu conheço o deus desconhecido – disse o pequenino padre numa inconsciente e grandiosa certeza que se elevou como torre de granito. – Eu sei o nome dele: é Satã. O verdadeiro Deus fez-se homem e viveu e habitou entre nós. E posso dizer a você que, onde quer que você encontre homens comandados apenas pelo mistério, esse é o mistério da maldade, do pecado e da injustiça. Se o diabo lhe diz que algo é pavoroso demais para ser olhado, olhe. Se ele lhe diz que algo é terrível demais para ser ouvido, ouça. Se você acha que algumas verdades são insuportáveis, suporte-as. Peço encarecidamente a Sua Graça que acabe com esse pesadelo agora e aqui, nesta mesa.

– Se eu fizesse isso – disse o duque em voz baixa –, o senhor e tudo em que o senhor acredita, e toda a fé pela qual o senhor vive, seriam os primeiros a definhar e a sucumbir. O senhor teria um instante para conhecer o grande Nada antes de morrer.

– Que a cruz de Cristo esteja entre mim e o mal – disse o Padre Brown. – Tire a peruca.

Eu estava debruçado sobre a mesa, numa ansiedade ingovernável; ao escutar aquele extraordinário duelo, parte de uma ideia me veio ao pensamento.

– Sua Graça – implorei –, prove o que o senhor está dizendo. Estou pagando para ver. Tire essa peruca... Ou eu mesmo a tirarei.

Acho que posso ser processado por agressão física, mas estou bem satisfeito de ter feito o que fiz. Quando ele disse, na mesma voz empedernida: "Eu me recuso", simplesmente me atirei para cima dele. Por três longos instantes ele forcejou contra mim como se tivesse todo o inferno a ajudá-lo, mas eu empurrei sua cabeça até que o chapéu cabeludo cedeu. Admito que, em plena luta, fechei meus olhos quando a peruca caiu.

Fui acordado por um berro de Mull, o bibliotecário, que àquela altura já estava ao lado do duque. A cabeça dele e a minha estavam inclinadas na direção da cabeça careca e sem peruca do duque. Então o silêncio foi quebrado com a voz de Mull, exclamando:

– O que significa isso? Ora, o homem não tem nada a esconder. As orelhas dele são iguais às de todo mundo.

– Sim – disse Padre Brown –, era isso o que ele precisava esconder.

O padre caminhou reto em direção ao duque, mas, estranhamente, nem sequer olhou para as orelhas dele. Examinou com seriedade quase cômica a careca do homem e apontou uma cicatriz triangular, bem antiga, mas ainda discernível.

– Sr. Green, eu suponho – disse ele, educado. – E ele ficou de fato com todas as propriedades no final das contas.

E agora deixe-me contar aos leitores do *Daily Reformer* o que penso ser a coisa mais notável de todo o caso. Aquela cena de transformação, que pode parecer a vocês tão louca e colorida quanto um conto persa das *Mil e uma noites*, foi (exceto pelo meu ato de agressão) estritamente legal e constitucional desde o início. Aquele homem com a bizarra cicatriz e orelhas comuns não é um impostor. Embora (em um sentido) use a peruca de outro homem e diga serem suas as orelhas de outro homem, ele não roubou o trono de outro homem. Ele é de fato o verdadeiro e único duque de Exmoor. O que aconteceu foi o seguinte: o antigo duque de fato possuía uma leve deformidade na orelha, que era mais ou menos hereditária. Ele realmente era mórbido em relação a esse assunto, e é provável que o tenha invocado como uma maldição durante aquela cena violenta (que sem dúvida aconteceu), na qual ele acertou o sr. Green com a garrafa de cristal. Mas a disputa terminou de maneira muito diferente. Green entrou com um processo e ganhou as terras; o nobre desapossado deu-se um tiro e morreu sem deixar herdeiros. Após um decente intervalo de tempo, o belo Governo Britânico reviveu a "extinta" linhagem de Exmoor e presenteou-a, como é usual, à pessoa mais importante, aquela que ficou com a propriedade.

Esse homem valeu-se das velhas fábulas feudais; em sua alma esnobe, ele de fato invejava e admirava os nobres. De modo que milhares de pobres cidadãos ingleses estremeciam diante de um líder misterioso com um destino antiquíssimo, rodeado por uma constelação de astros de mau agouro – quando na verdade estão estremecendo diante de um representante da ralé que, há menos de doze anos, era um advogado inescrupuloso e um agiota. Considero este caso como sendo típico da realidade que testemunha contra a nossa aristocracia como ela é e como continuará sendo, até que Deus nos envie homens de mais coragem.

O sr. Nutt largou o manuscrito sobre a mesa e chamou em tom autoritário e pouco usual:

– Srta. Barlow, por favor, tome o ditado de uma carta para o sr. Finn.

Caro Finn,
Você deve estar louco; não podemos tocar nesse assunto. Eu queria vampiros, os dias ruins de antigamente e a aristocracia de mãos dadas com a superstição. Eles gostam disso. Mas você deve saber que os Exmoor nunca perdoariam essa sua história. E o que não diria o nosso pessoal, isso sim, eu adoraria saber! Ora, Sir Simon é um dos melhores amigos dos Exmoor; e isso iria arruinar aquele primo dos Eyre que nos representa em Bradford. Além disso, o velho fabricante de sabão estava doente por não ter recebido o seu título

de duque no ano passado; ele me demitiria com certeza, e por telex, se eu o prejudicasse com uma insanidade dessas. E o Duffey, então? Ele está nos fazendo uma série de ótimas matérias sobre "a violência dos normandos". E como ele vai escrever sobre os normandos se o homem é só um advogado consultivo? Por favor, seja razoável.
Cordialmente, E. Nutt.

Enquanto a srta. Barlow datilografava animada, ele amassou a cópia e jogou-a na lixeira; mas não antes de, automaticamente e por força do hábito, alterar a palavra "Deus" pela palavra "Circunstâncias".

8
O FIM DOS PENDRAGON

Padre Brown não estava com disposição para aventuras. Há pouco tempo tinha ficado doente de tanto trabalhar, e, quando começou a se recuperar, seu amigo Flambeau levou-o a uma viagem em um pequeno iate com Sir Cecil Fanshaw, jovem fidalgo da Cornualha e entusiasta da paisagem costeira daquela região. Mas Brown ainda estava fraco; não era do tipo marinheiro feliz e, embora não fosse homem de resmungar nem se desesperar, seu ânimo não foi além da paciência e civilidade. Quando os outros dois homens elogiavam o turbulento pôr do sol violeta ou os irregulares penhascos vulcânicos, ele concordava. Quando Flambeau apontava um rochedo em forma de dragão, ele olhava e achava que parecia mesmo um dragão. Quando Fanshaw, mais animado ainda, mostrava um rochedo que parecia o mago Merlin, também olhava e concordava. Quando Flambeau perguntava se aquele portão formado por rochas no rio sinuoso não era o portão para um reino de fadas, dizia que sim. Ouvia as coisas mais importantes e as mais triviais com a mesma atenção desinteressada. Ouviu que a costa só não era fatal para marinheiros cuidadosos; também ouviu que o gato do navio estava dormindo. Ouviu que Fanshaw não conseguia encontrar a piteira de seu charuto em lugar nenhum; também ouviu o piloto proferir o oráculo "olhos brilhantes, segue adiante; olho que pisca, naufrágio à vista". Ouviu Flambeau dizer a Fanshaw que sem dúvida isso queria dizer que o piloto deveria manter os dois olhos abertos e ficar atento. E ouviu Fanshaw responder a Flambeau que, por estranho que fosse, o significado não era esse: significava que, enquanto eles vissem duas das luzes na costa, uma próxima e a outra distante, exatamente lado a lado, eles estavam no canal certo do rio; mas, se uma das luzes estivesse escondida atrás da outra, estavam indo na direção das rochas. Ouviu Fanshaw acrescentar que seu país era cheio dessas fábulas e máximas curiosas; era o verdadeiro lar do romance; até mesmo lançou esta parte da Cornualha contra Devonshire, como pretendente às glórias da habilidade náutica elisabetana. Segundo ele, existiram capitães entre aquelas enseadas e ilhotas que Drake, ao ser comparado com eles, seria praticamente considerado um marinheiro de primeira viagem. Ouviu Flambeau rir e perguntar se talvez o destemido rótulo de "A Oeste! Avante!" significava apenas que todos os homens de Devonshire desejavam estar vivendo na Cornualha. Ouviu Fanshaw responder que não precisava debochar; que os capitães da Cornualha não só haviam sido heróis, mas que ainda eram heróis, e que perto daquele mesmo lugar havia um velho almirante, já aposentado, que carregava cicatrizes de suas emocionantes viagens repletas de aventuras; alguém que, na juventude, descobrira o último grupo de oito ilhas do Pacífico que foram acrescentadas ao mapa do mundo. O tal Cecil Fanshaw era, em pessoa, do tipo que costumava incitar esses entusiasmos grosseiros mas agradáveis; um rapaz muito jovem, cabelos claros, tez ruborizada, de perfil impetuoso; com impetuosidade infantil, mas delicadeza quase feminina de toque e estilo. Os ombros fortes, sobrancelhas pretas e a sombria arrogância de mosqueteiro de Flambeau faziam um grande contraste.

Todas essas trivialidades eram ouvidas e vistas por Brown; mas eram ouvidas como um homem cansado ouve uma melodia nas rodas do trem, e eram vistas como um homem doente olha a estampa do papel de parede de seu quarto. Ninguém pode prever as mudanças de humor durante a convalescença; mas a depressão de Padre Brown devia ter uma grande relação com sua mera falta de familiaridade com o mar. Pois, à medida que a boca do rio se estreitava como o gargalo de uma garrafa e a água se tornava mais calma e o ar mais quente e mais terreno, ele parecia acordar e prestar atenção a tudo como se fosse uma criança. Tinham chegado naquela hora logo após o pôr do sol, quando o ar e a água parecem brilhar, mas a terra e todas as coisas que crescem nela parecem quase pretas em comparação. Nessa noite em particular, no entanto, havia algo excepcional. Era uma daquelas raras atmosferas em que a lâmina de vidro enfumaçado que nos separa da natureza parece ter sido removida, de maneira que até as cores mais escuras naquele dia pareciam mais resplandecentes do que as cores vivas em dias mais anuviados. O solo pisoteado das margens do rio e a crosta de limo nas lagoas não pareciam opacos, mas de um intenso castanho amarelado, e os escuros bosques agitados pela brisa não pareciam, como de costume, azuis-marinhos pela simples profundidade da distância, mas sim um sem-número de flores de cor violeta intensa agitadas pelo vento. A magia na claridade e na intensidade das cores foi realçada aos sentidos lentamente reanimados de Brown por algo romântico e até secreto na simples forma da paisagem.

O rio ainda era largo e profundo o suficiente para um barco de passeio tão pequeno como o deles; mas as curvas da região rural sugeriam que estava se tornando mais estreito; as árvores pareciam estar fazendo tentativas irregulares e apressadas de construir uma ponte – como se o barco estivesse passando do encanto de um vale para o encanto de uma bacia e somente então para o supremo encanto de um túnel. Além dessa simples aparência das coisas, havia pouco para alimentar a fértil imaginação de Brown; ele não avistou nenhuma pessoa, com exceção de alguns ciganos que caminhavam ao longo da margem do rio, com feixes e vimeiros cortados da floresta; e uma visão não mais considerada muito diferente, mas ainda incomum naquelas regiões remotas: uma moça de cabelos morenos, sem chapéu, remando suavemente a sua canoa. Se Padre Brown atribuiu importância a algum desses fatos, com certeza se esqueceu deles na próxima virada do rio, que deixou à vista um objeto singular.

A água parecia alargar-se e dividir-se, fendida pela fatia escura de uma ilhota arborizada e em formato de peixe. Na velocidade em que navegavam, a ilhota parecia deslizar na direção deles como um navio; um navio de proa muito alta... ou, para ser mais exato, de chaminé muito alta. Pois na extremidade mais próxima a eles erguia-se um edifício de aspecto estranho, diferente de qualquer coisa que pudessem lembrar ou associar a qualquer fim. Não era especialmente alto, mas era muito alto em comparação com sua largura para ser chamado de outra coisa que não uma torre. No entanto, parecia ser todo construído de madeira de um modo muito assimétrico e exótico. Algumas das tábuas e vigas eram de carvalho curtido de boa qualidade e outras de carvalho recente e toscamente cortado; ainda outras, por sua vez, eram de pinho branco, e boa parte desse pinho estava pintado de preto, com piche. Essas vigas pretas foram colocadas arqueadas ou entrecruzadas em todos os ângulos possíveis, dando à estrutura uma aparência remendada e confusa. Tinha uma ou duas janelas que pareciam coloridas e providas de caixilhos de chumbo, de estilo antigo, mas rebuscado. Os viajantes olhavam para a estrutura com aquele sentimento contraditório que temos quando alguma coisa nos faz lembrar de algo e ainda assim estamos convictos de que é alguma coisa bem diferente.

Padre Brown, mesmo quando estava perplexo, era brilhante em analisar sua própria perplexidade. E ponderou que a estrutura esquisita parecia consistir numa forma peculiar talhada em material incongruente; como se alguém visse uma cartola feita de zinco ou uma sobrecasaca feita de lã xadrez. Estava certo de que vira madeiras de tonalidades diferentes dispostas assim em outro lugar, mas nunca naquelas proporções arquitetônicas. No momento seguinte, um rápido olhar através das árvores escuras lhe mostrou tudo o que queria saber, e ele riu. Por uma brecha na folhagem apareceu, por um momento, uma daquelas velhas casas de madeira, revestida de vigas pretas, que ainda podem ser encontradas aqui e ali na Inglaterra, mas que a maioria de nós vê imitada em alguma exposição chamada "A Antiga Londres" ou "A Inglaterra de Shakespeare". Ficou visível o tempo suficiente para que o padre pudesse vê-la; apesar de antiquada, era uma casa de campo confortável e bem cuidada, com canteiros de flores na frente. Não tinha nada da aparência heterogênea e desconjuntada da torre que parecia ter sido feita de seu refugo.

– Mas que diabo é isso? – perguntou Flambeau, ainda olhando para a torre.

Os olhos de Fanshaw brilhavam, e ele falou triunfante:

– Ah! Vocês nunca viram um lugar como este antes, imagino eu; por isso é que eu os trouxe aqui, meus amigos. Agora vão ver se exagero a respeito dos marinheiros da Cornualha. Esse lugar pertence ao velho Pendragon, a quem chamamos de Almirante; embora ele tenha se aposentado antes de alcançar o posto. O espírito de Raleigh e Hawkins é uma lembrança para o povo de Devon; para os Pendragon, é uma realidade. Se a Rainha Elizabeth levantasse de seu túmulo e viesse até este rio numa barcaça dourada, seria recebida pelo almirante em uma casa tal e qual estava acostumada, em todos os cantos e revestimentos, em cada painel de parede e cada prato na mesa. E encontraria o capitão inglês ainda falando com ardor das terras novas a serem descobertas em pequenos navios, como se ela tivesse jantado com Drake.

– Ela encontraria uma estrutura esquisita no jardim – disse Padre Brown – que não agradaria à sua visão renascentista. Aquela arquitetura doméstica elisabetana é encantadora à sua maneira; mas é contra à sua própria natureza ser transformada em pequenas torres.

– E, mesmo assim – respondeu Fanshaw –, aquela é a parte mais romântica e elisabetana do negócio. Foi construída pelos Pendragon na época das guerras espanholas; e, embora tenha sido necessário reformá-la e até reconstruí-la por outro motivo, sempre foi reconstruída à moda antiga. Reza a lenda que a esposa de Sir Peter Pendragon construiu a casa neste lugar e nesta altura porque do topo pode-se ver a margem onde os navios desembocam na foz do rio; e ela queria ser a primeira a avistar o navio do marido quando ele navegasse de volta para casa.

– Por qual outro motivo o senhor acha que ela foi reconstruída? – perguntou Padre Brown.

– Ah, existe uma história estranha a respeito disso também – disse o jovem escudeiro com alegria. – Os senhores estão realmente numa terra de estórias estranhas. O rei Artur esteve aqui, e Merlin, o Mago, e as fadas antes dele. A lenda conta que Sir Peter Pendragon, que (receio eu) reunia os defeitos dos piratas e as virtudes dos marinheiros, estava trazendo para a Inglaterra três nobres espanhóis como prisioneiros de guerra, com a intenção de escoltá-los até a Corte de Elizabeth. Mas ele era homem de temperamento violento e sanguinário e, tendo trocado insultos com um deles, agarrou-o pelo pescoço e jogou o infeliz, por acidente ou de propósito, no mar. O segundo espanhol, irmão do primeiro, de imediato puxou a espada e atacou Pendragon, e, depois de um combate curto mas violento, cada um deles recebeu três ferimentos em número igual de minutos, Pendragon cravou sua espada no corpo do outro, e o segundo espanhol sucumbiu também. Isso aconteceu quando o navio já desembocava na foz do rio e estava perto de águas relativamente rasas. O terceiro espanhol saltou por cima da mureta do navio, partiu em direção à margem e logo estava perto o suficiente para erguer-se com água pela cintura. E então, voltando-se mais uma vez em direção ao navio e erguendo os dois braços para o céu (como um profeta rogando pragas sobre uma cidade cruel), gritou para Pendragon numa voz penetrante e terrível que pelo menos ele ainda estava vivo e que seguiria vivendo e que viveria para sempre; e que, geração após geração, a família de Pendragon jamais o veria, nem ninguém ligado aos Pendragon o veria, mas todos saberiam, por meio de sinais inquestionáveis, que ele e sua vingança permaneciam vivos. Dizendo isso, ele mergulhou sob as ondas e... ou se afogou ou nadou para longe embaixo d'água, porque nem um fio de seu cabelo foi visto depois disso.

– Lá está aquela menina na canoa de novo – disse Flambeau, distraído, pois jovens bonitas desviavam a atenção dele de qualquer tópico. – Ela também parece intrigada com a torre esquisita, assim como nós.

De fato, a jovem de cabelos negros deixava a canoa passar lenta e silenciosamente pela estranha ilhota; e olhava com atenção para a estranha torre com um forte brilho de curiosidade no rosto moreno e oval.

– Deixe as meninas para lá – disse Fanshaw com impaciência –, existem muitas delas no mundo, mas pouquíssimas coisas como a Torre Pendragon. Como vocês podem facilmente imaginar, muitas superstições e escândalos seguiram no rastro da praga espanhola; e, sem dúvida, como vocês poderiam supor, qualquer acidente que acontecesse com essa família da Cornualha seria sempre relacionado com a praga pela crendice rural. Mas é verdade que essa torre já foi destruída pelo fogo duas ou três vezes; e a família não pode ser chamada de sortuda, acho eu: mais de dois parentes próximos do almirante morreram em naufrágios; e, que eu saiba, pelo menos um quase no mesmo local onde Sir Peter jogou o espanhol no mar.

– Que pena! – exclamou Flambeau. – Ela está indo embora.

– Quando o seu amigo almirante lhe contou essa história de família? – perguntou Padre Brown, enquanto a menina na canoa se afastava remando, sem demonstrar a menor intenção em estender seu interesse da torre para o iate, que Fanshaw já ancorara à margem da ilha.

– Faz muitos anos – retrucou Fanshaw. – Já faz tempo que ele não navega mais, embora ainda demonstre um grande entusiasmo pelo mar. Penso que existe um pacto de família ou coisa que o valha. Bem, aí está a plataforma de desembarque. Vamos desembarcar e visitar o velho marinheiro.

Eles o seguiram ilha adentro, bem abaixo da torre, e Padre Brown, seja apenas por pisar em terra firme ou pelo interesse em alguma coisa na outra margem do rio (que ele olhou fixo por alguns segundos), pareceu especialmente bem disposto. Penetraram numa alameda arborizada entre duas cercas de madeira estreita e cinzenta, como as que costumam circundar parques e jardins, e em cujo topo as árvores escuras agitavam-se para lá e para cá como plumas pretas e roxas sobre o carro fúnebre de um gigante. A torre, à medida que a deixavam para trás, parecia ainda mais exótica, porque tais acessos são em geral ladeados por duas torres; e aquela parecia distorcida. Mas, apesar disso, a alameda tinha a aparência comum de acessos a terras de nobres: era tão curva que a casa ficava por um momento fora de vista, dando a impressão de que o parque era bem mais extenso do que na realidade poderia ser numa ilhota pequena como aquela. Talvez Padre Brown estivesse um pouco delirante em seu cansaço, mas quase teve a impressão de que todo o lugar estava crescendo, como acontece em um pesadelo. De qualquer forma, uma monotonia mística era o único personagem da caminhada deles, até que Fanshaw parou de repente e apontou para algo que se projetava por cima da cerca cinzenta; algo que, à primeira vista, parecia o chifre preso de uma fera. Uma observação mais atenta mostrou ser uma lâmina de metal ligeiramente curva, brilhando tênue no crepúsculo.

Flambeau, que, como todos os franceses, tinha sido soldado, inclinou-se sobre ela e disse com surpresa na voz:

– Ora essa! Um sabre! Acho que conheço o tipo, pesado e curvado, mas mais curto do que os da cavalaria; costumava ser usado pela artilharia, e o...

Enquanto falava, a lâmina saltou da fenda que ela mesma tinha feito e caiu de novo com um golpe pesado, partindo a cerca de cima a baixo com um barulho lacerante. Em seguida, foi arrancada de novo, passou como um relâmpago sobre a cerca um pouco mais adiante e de novo a partiu a meio caminho do chão com o primeiro golpe; e depois de oscilar um pouco para se liberar (acompanhada de blasfêmias na escuridão), partiu a cerca até o chão com um segundo golpe. Então um chute de energia diabólica lançou o quadrado de madeira solta e fina em direção à trilha, e um grande buraco escuro abriu-se na cerca.

Fanshaw espiou pelo buraco escuro e emitiu uma exclamação de surpresa:

– Meu caro almirante! – exclamou. – O senhor costuma abrir uma nova porta da frente toda vez que sai para dar uma volta?

A voz na escuridão praguejou de novo e então desatou a rir com animação.

– Não – disse. – Preciso mesmo cortar esta cerca de qualquer jeito; está estragando as plantas, e ninguém mais aqui sabe fazer isso. Mas vou só cortar um pouquinho da porta da frente e então vou recebê-los.

E, assim dizendo, levantou sua arma mais uma vez e, com dois golpes certeiros, derrubou outro pedaço igual da cerca, fazendo a abertura ficar quatro metros mais larga. A seguir, através dessa passagem mais ampla do bosque, saiu para a luz do entardecer, com uma lasca de madeira cinzenta ainda presa à lâmina da espada.

Por um instante, satisfez as fantasias de Fanshaw de um velho comandante corsário; embora os detalhes parecessem depois se decompor em incidentes. Por exemplo, usava um chapéu de abas largas como proteção contra o sol; mas a aba da frente estava virada para cima em direção ao céu e os dois cantos estavam puxados mais abaixo das orelhas, de modo que o chapéu ficava atravessado como meia-lua na testa, como o velho chapéu de duas pontas usado pelo almirante Nelson. Vestia um reles casaco azul escuro com nada de especial nos botões, mas, combinado com as calças de linho branco, lhe dava de certo modo a aparência de um marinheiro. Era alto e desajeitado e caminhava com certa arrogância, o que não era estilo de marinheiro, mas mesmo assim lembrava um lobo do mar; e trazia na mão o sabre curto que parecia um espadim da marinha, só que duas vezes maior. Sob o chapéu, seu rosto de águia parecia muito alerta, não só porque estava bem barbeado, mas porque não tinha sobrancelhas. Parecia que todo o cabelo tinha sido arrancado do rosto em decorrência de intempéries. Seus olhos eram salientes e penetrantes. Sua cor era atraente de um modo curioso, embora em parte fosse tropical; lembrava vagamente uma laranja avermelhada. Isto é, embora fosse corado e sanguíneo, tinha um toque de amarelo nada doentio; parecia, em vez disso, brilhar como pomos dourados das Hespérides. Padre Brown achou que nunca tinha encontrado personagem tão expressiva em todos os romances sobre os países mediterrâneos.

Quando Fanshaw apresentou seus dois amigos ao anfitrião, voltou ao tom de zombaria anterior sobre a demolição da cerca e seu aparente acesso de fúria profana. O almirante fez pouco caso do assunto, como sendo, a princípio, um trabalho de jardinagem maçante, apesar de necessário. Por fim, o som de sua risada voltou a ter uma energia verdadeira, e ele proclamou num misto de impaciência e bom humor:

— Bem, é possível que eu faça isso de maneira meio violenta e sinta até um certo prazer em destruir qualquer coisa. Vocês também fariam o mesmo se o seu único prazer fosse navegar em busca de novas ilhas de canibais e tivessem que ficar presos neste pequeno e barrento jardim de pedras numa espécie de lago rústico. Quando lembro de como cortava mais de três quilômetros de selva intocada e perigosa com uma espada velha e bem menos afiada do que esta... e depois lembro que tenho que ficar aqui e cortar estas lascas de madeira por causa de um maldito e velho pacto rabiscado numa bíblia da família, ora essa, eu...

Brandiu a pesada espada de novo; e desta vez cortou a parede de madeira de cima a baixo com um único golpe.

– Eu me sinto assim – disse rindo, ao arremessar a espada com violência alguns metros adiante. – E agora vamos para casa; vocês precisam comer alguma coisa.

O semicírculo de gramado na frente da casa era formado por três canteiros circulares, um de tulipas vermelhas, outro de tulipas amarelas e um terceiro de flores brancas, que pareciam de cera, e que os visitantes não conheciam e presumiram ser exóticas. Um jardineiro forte, cabeludo e carrancudo estava pendurando um pesado rolo de mangueira de jardim. Os derradeiros raios do pôr do sol pareciam apegar-se aos cantos da casa; davam aqui e ali lampejos das cores dos canteiros mais afastados; e, num espaço sem árvores em um lado da casa que dava para o rio, via-se um tripé alto, de bronze, sobre o qual se apoiava um grande telescópio de bronze. No lado de fora dos degraus do pórtico havia uma mesa de jardim pequena, pintada de verde, posta como se alguém tivesse acabado de tomar chá ali. A entrada era ladeada por dois daqueles blocos de pedra meio moldados com buracos no lugar dos olhos que dizem serem ídolos dos mares do Sul; e, sobre a viga de carvalho escuro do outro lado do vão da porta, viam-se alguns entalhes confusos, que pareciam quase bárbaros.

Quando entraram, o clérigo baixinho de repente subiu em cima da mesa e, de pé sobre ela, com naturalidade, pôs-se a examinar a moldura de carvalho através de seus óculos. O almirante Pendragon mostrou-se muito surpreso, mas de maneira nenhuma aborrecido; ao passo que Fanshaw divertiu-se tanto com aquela cena que lembrava um ator pigmeu representando em seu pequeno palco, que não conseguiu controlar a risada. Mas Padre Brown não pareceu notar nem a risada nem o espanto.

Olhava com atenção para três símbolos entalhados, que, embora muito gastos e obscuros, pareciam ter algum sentido para ele. O primeiro parecia ser o contorno de uma torre ou outra edificação, coroado com o que pareciam ser fitas de pontas encaracoladas. O segundo era mais claro: uma antiga galé elisabetana com ondas decorativas embaixo, mas interrompidas no meio por uma curiosa pedra pontuda, que podia ser um defeito na madeira ou uma representação convencional da água que invadia o navio. O terceiro representava a metade superior de uma figura humana que terminava numa linha recortada como as ondas; o rosto estava apagado e sem feições, e os dois braços rigidamente erguidos para o ar.

– Bem – murmurou Padre Brown, piscando –, aqui está a lenda do espanhol bem evidente. Aqui está ele, erguendo os braços e praguejando no mar; e aqui estão as duas pragas: o navio naufragado e o incêndio da Torre de Pendragon.

Pendragon balançou a cabeça numa espécie de divertimento respeitoso.

– E quantas outras coisas não poderiam ser também? – disse ele. – O senhor não sabe que aquele tipo de meio-homem, como meio-leão ou meio-cervo é bem comum na heráldica? Aquela linha atravessando o navio não poderia ser uma daquelas linhas *parti-per-pale*, denteadas, acho que é assim que chamam? E, embora a terceira coisa não seja tão heráldica, seria mais heráldico supor que fosse uma torre encimada por uma coroa de louros em vez de fogo; e me parece exatamente isso.

– Mas parece um tanto estranho – disse Flambeau – que confirmasse exatamente a antiga lenda.

– Ah – retrucou o viajante, cético –, mas o senhor não sabe quanto da antiga lenda pode ter sido inventado a partir das velhas figuras. Além disso, não é a única lenda antiga. Fanshaw, que gosta dessas coisas, pode confirmar que existem outras versões da história, e algumas delas muito mais horríveis. Uma versão acredita que meu infeliz antepassado cortou o espanhol em dois; e isso também se encaixa muito bem com a figura. Outra versão amavelmente atribui à nossa família a posse de uma torre cheia de cobras, explicando assim aquelas pequenas coisas que se contorcem daquele jeito. E uma terceira teoria supõe que a linha tortuosa no navio seja um raio estilizado; mas só isso, se examinado com seriedade, mostraria como essas coincidências infelizes não levam a lugar nenhum.

– Como assim? – perguntou Fanshaw.

– Acontece – respondeu o anfitrião num tom frio – que não havia nem trovão nem relâmpago em nenhum dos dois ou três naufrágios que fazem parte da história da minha família.

– Ah! – exclamou Padre Brown, pulando da mesinha.

Houve outro silêncio, durante o qual ouviram o murmúrio contínuo do rio; então, Fanshaw disse em tom de dúvida e, talvez, de decepção:

– Então o senhor não acha que exista alguma coisa de verdadeiro nas histórias da torre em chamas?

– Existem histórias, é claro – disse o almirante dando de ombros. – E algumas delas, não nego, com evidências até bem razoáveis, dadas as circunstâncias. Alguém viu fogo aqui por perto, quem sabe, quando caminhava para casa pelo bosque; alguém conduzindo ovelhas para a região montanhosa do interior pensou que viu uma chama pairando sobre a Torre de Pendragon.

– Que fogo é aquele lá? – perguntou Padre Brown suave e de repente, apontando para o bosque na margem esquerda do rio. Eles ficaram um tanto confusos, e Fanshaw, o mais imaginativo, sentiu certa dificuldade para se recuperar, quando avistaram um feixe de fumaça azulada, longo e fino, subindo em silêncio na luz do fim de tarde.

Então Pendragon desatou a rir, mais uma vez com desdém.

– Ciganos! – disse. – Estão acampados aqui por essas bandas há quase uma semana. Meus caros, vocês precisam comer – e se virou, como se fosse entrar em casa.

Mas a superstição de antiquário de Fanshaw ainda estava palpitando, e ele disse de maneira apressada:

– Mas, almirante, que barulho sibilante é este tão perto da ilha? Parece fogo.

– Mais parece do que é – disse o almirante aos risos, caminhando na frente. – É só uma canoa passando.

Quase no mesmo instante em que o almirante falou, o mordomo, um magrinho vestido de preto, cabelos bem escuros e rosto comprido de tez amarelada, apareceu à entrada da casa e anunciou que o jantar estava servido.

A sala de jantar era tão náutica como a cabine de um navio; mas com o estilo de um capitão mais moderno do que elisabetano. Havia, na verdade, três antiquadas adagas dentro de um troféu sobre a lareira; um mapa escuro do século XVI com Tritão, o deus marítimo da mitologia grega; e pequenas embarcações espalhadas no mar ondulado. Mas essas coisas chamavam menos atenção nos painéis brancos da parede do que algumas gaiolas de aves sul-americanas, de colorido exótico, cientificamente empalhadas; conchas fantásticas do Pacífico e vários instrumentos tão rudimentares e de formas tão esquisitas que os selvagens poderiam tê-los usado tanto para matar inimigos quanto para cozinhá-los. Mas o colorido estranho culminou no fato de que, além do mordomo, os únicos empregados do almirante eram dois negros, trajados de maneira meio exótica, em uniformes amarelos e ajustados ao corpo. O hábito instintivo do padre, de analisar suas próprias impressões, determinou que a coloração e as casacas elegantes e curtas daqueles bípedes sugeriam a palavra "canário", e, assim, com um simples trocadilho associou-os a uma viagem ao sul. Quase no final do jantar eles retiraram suas roupas amarelas e rostos pretos da sala, deixando apenas as roupas pretas e o rosto de pele amarela do mordomo.

– Lamento muito que o senhor não leve isso mais a sério – disse Fanshaw a seu anfitrião. – Pois a verdade é que eu trouxe estes meus amigos com a intenção de ajudá-lo, já que eles conhecem muito essas coisas. O senhor realmente não acredita nem um pouco na história da sua família?

– Não acredito em nada – respondeu Pendragon animado, olhando de esguelha para um pássaro tropical vermelho. – Sou um homem de ciência.

Para a surpresa de Flambeau, seu amigo clérigo, que parecia inteiramente desperto, aproveitou o momento e passou a falar sobre história natural com seu anfitrião numa torrente de palavras e informações um tanto inesperadas, até que a sobremesa e as garrafas de licor fossem colocadas à mesa e o último dos empregados tivesse desaparecido. Então, comentou sem alterar o tom de voz:

– Por favor, não leve a mal a minha impertinência, almirante Pendragon. Não pergunto por mera curiosidade, mas, na verdade, para minha orientação e sua conveniência. Eu estaria dando um palpite errado se achasse que o senhor não quer falar dessas coisas antigas na presença de seu mordomo?

O almirante levantou o sobrolho sem pelos e exclamou:

– Ora, não sei de onde o senhor tirou isso, mas a verdade é que não suporto o camarada, embora não tenha nenhuma razão para demitir um empregado da família. Fanshaw, com suas histórias de fadas, diria que o meu sangue corre mais rápido nas veias diante de homens com cabelo preto ao estilo espanhol.

Flambeau bateu na mesa com seu punho pesado.

– Por Deus! – exclamou. – Aquela moça era assim!

– Espero que tudo termine esta noite – continuou o almirante –, quando o meu sobrinho chegar em segurança com seu navio. Os senhores parecem surpresos. Os senhores não vão entender, suponho eu, a menos que eu lhes conte a história. Vejam bem, meu pai teve dois filhos; eu nunca me casei, mas meu irmão mais velho se casou e teve um filho que se tornou marinheiro, assim como todos nós, e vai herdar a propriedade. Bem, meu pai era um sujeito estranho; combinava, de certa forma, a superstição de Fanshaw com uma grande dose do meu ceticismo... vivia sempre num conflito interno; e, depois das minhas primeiras viagens, desenvolveu a noção de que ele podia, de alguma forma, provar, definitivamente, se a praga sobre a família era real ou não. Se todos os Pendragon navegassem pelo mundo, a qualquer hora, conforme o raciocínio dele, haveria a probabilidade de catástrofes naturais, o que não provaria muita coisa. Mas, se navegássemos um de cada vez, seguindo a rígida ordem da sucessão dos herdeiros da propriedade, para ele isso poderia vir a provar se algum destino agourento perseguia a família enquanto família. Era uma ideia tola, a meu ver, e tive discussões acaloradas com meu pai por causa disso. Eu era um homem ambicioso e era o último na linha de sucessão, atrás do meu próprio sobrinho.

– E seu pai e seu irmão – disse o padre, com muita suavidade – morreram no mar.

– Sim – gemeu o almirante. – Por uma dessas coincidências brutais que levam o homem a construir todos os mitos mentirosos da humanidade, os dois morreram em naufrágios. Meu pai, aproximando-se da costa pelo Atlântico, afundou nos rochedos da Cornualha. O navio de meu irmão afundou ninguém sabe onde, quando voltava da Tasmânia. O corpo dele nunca foi encontrado. Digo a vocês que foi um acidente absolutamente natural; muitos outros além dos Pendragon morreram; e os dois desastres são discutidos com naturalidade pelos navegadores. Mas, é claro, isso atiçou fogo nesta floresta de superstição; e teve gente que enxergou a torre flamejante em toda parte. É por isso que digo que tudo ficará bem com o retorno de Walter. A noiva dele devia chegar hoje; mas fiquei com medo de que a mínima possibilidade de atraso a deixasse assustada e então telegrafei, pedindo que não venha até que eu mande chamá-la. Mas é quase certo que ele chega hoje a qualquer hora da noite, e então tudo vai acabar em fumaça... fumaça de cachimbo. Vamos acabar com essa velha mentira quando esvaziarmos uma garrafa deste vinho.

– Vinho de excelente qualidade, por sinal – disse Padre Brown, erguendo a taça solenemente –, mas, como pode ver, sou um péssimo bebedor. Peço sinceramente que o senhor me desculpe.

Desculpou-se por ter derramado um pouco de vinho na toalha de mesa. Tomou um gole e descansou a taça na mesa com o rosto tranquilo; mas sua mão estremeceu quando ele notou um rosto olhando pela janela do jardim logo atrás do almirante... o rosto de uma mulher, morena, cabelos e olhos ibéricos, jovem, mas aparentando ser a máscara de tragédia.

Após uma pausa, o padre falou uma vez mais em seu tom conciliatório:

– Almirante, o senhor me faria um favor? Deixaria, a mim e aos meus amigos se eles quiserem, passar a noite na sua torre? Sabe que os padres são, antes de tudo, exorcistas?

Pendragon levantou-se de um salto e caminhou rápido de um lado para o outro ao longo da parede oposta à janela de onde o rosto feminino desapareceu de imediato.

– Afirmo que não há nada lá – gritou com violência incontida. – Alguma coisa eu sei sobre este assunto. Pode me chamar de ateu. Sou ateu.

Neste instante, virou-se e encarou Padre Brown com uma expressão de espantosa seriedade.

– Tudo isso é perfeitamente natural. Não existe maldição nenhuma.

Padre Brown sorriu.

– Neste caso – disse –, não existe nenhum problema que me impeça de dormir na sua agradável residência de verão.

– A ideia é absolutamente ridícula – respondeu o almirante tamborilando nas costas da sua cadeira.

– Queira me desculpar por tudo – disse Padre Brown em seu tom de voz mais complacente –, inclusive por ter derramado o vinho. Mas me parece que o senhor não está tão à vontade em relação à torre flamejante como quer parecer.

O almirante Pendragon sentou-se de novo, da mesma forma brusca como se levantara; mas sentou-se bem quieto e, quando voltou a falar, disse em voz mais baixa:

– Faça como quiser, o risco é todo seu – disse –, mas o senhor não seria considerado um ateu por manter-se calmo com toda essa bruxaria?

Cerca de três horas depois, Fanshaw, Flambeau e o padre ainda perambulavam pelo jardim, no escuro; os outros dois começaram a perceber que Padre Brown não tinha nenhuma intenção de recolher-se para dormir, nem na torre nem na casa.

– Acho que o gramado precisa de capina – disse ele, divagando. – Se eu encontrasse uma pá ou uma enxada, eu mesmo o faria.

Eles o acompanharam, rindo e reclamando um pouco; mas Padre Brown retrucou com extrema seriedade, explicando a eles, num sermão curto e irritante, que sempre é possível achar alguma ocupação que seja útil aos outros. Não encontrou uma pá; mas descobriu uma vassoura velha feita de ramos; e, com vigor, começou a varrer as folhas caídas na grama.

– Sempre há pequenas coisas para se fazer – disse ele com uma jovialidade tola. – Como diz George Herbert:* "Quem varre o jardim de um almirante na Cornualha conforme Vossas leis, Senhor, torna dignos o jardim e a ação". E agora – acrescentou repentinamente, atirando a vassoura longe – vamos molhar as flores.

---

* Poeta, orador e sacerdote natural do País de Gales (1593-1633). (N.T.)

Com as mesmas emoções confusas, eles observaram Padre Brown desenrolar uma considerável extensão da grande mangueira do jardim, dizendo com ar de sagacidade melancólica:

– Primeiro as tulipas vermelhas, depois as amarelas, acho eu. Parecem um pouco murchas, não acham?

Girou a torneirinha da mangueira e a água jorrou direta e firme como um chicote de aço.

– Preste atenção, Sansão – gritou Flambeau. – Você cortou a cabeça da tulipa.

Padre Brown parou e, com pesar, contemplou a planta decapitada.

– Parece que tanto posso matar quanto curar quando molho as plantas – admitiu, coçando a cabeça. – Que pena que eu não encontrei uma pá de jardineiro. Vocês precisavam me ver com uma pá na mão! Falando em ferramentas, Flambeau, está com a sua bengala de reserva que sempre carrega com você? Certo, e, Sir Cecil, poderia pegar aquela espada que o almirante atirou por cima da cerca? Como tudo parece cinzento!

– O nevoeiro está subindo do rio – disse Flambeau, olhando espantado ao redor.

Neste mesmo instante, a enorme figura do jardineiro cabeludo apareceu num barranco mais alto do jardim de valetas e terraços, chamou por eles brandindo um ancinho e com uma voz assustadoramente alta:

– Larguem a mangueira – gritou –, larguem a mangueira e vão para seu...

– Sou terrivelmente desajeitado – replicou o respeitável cavalheiro católico com delicadeza. – Sabe, derramei um pouco de vinho no jantar.

Padre Brown, desculpando-se, deu uma meia-volta hesitante em direção ao jardineiro, segurando nas mãos a mangueira ainda jorrando. O jardineiro recebeu o impacto da água gelada direto no rosto, como o impacto de uma bala de canhão; cambaleou, escorregou e estatelou-se no chão com as pernas para o ar.

– Que horror! – disse Padre Brown, olhando ao redor com uma espécie de surpresa. – Minha nossa, atingi um homem!

Parou com a cabeça inclinada por um momento, como se olhando ou ouvindo; e então saiu correndo em direção à torre, sempre levando a mangueira consigo. A torre estava bem próxima, mas a silhueta estava curiosamente indistinta.

– O seu nevoeiro – disse ele – tem cheiro de rum.

– Por Deus, é verdade! – gritou Fanshaw, muito pálido. – Mas isso não quer dizer...

– Quero dizer – retorquiu Padre Brown – que uma das previsões científicas do almirante está se confirmando esta noite. Esta história vai acabar em fumaça.

Enquanto falava, uma luz vermelha muito bonita pareceu irromper-se em flor como gigantesca rosa; mas acompanhada por um ruído crepitante e estrondoso que parecia a risada de demônios.

– Meu Deus! O que é isso? – gritou Sir Cecil Fanshaw.

– O anúncio de que a torre está em chamas – disse Padre Brown, dirigindo o jato de água da mangueira para o centro da mancha vermelha.

– Que sorte não termos ido dormir! – exclamou Fanshaw. – Suponho que o fogo não vá se alastrar até a casa.

– Você deve lembrar – disse Padre Brown com calma – que a cerca de madeira que poderia conter o fogo foi cortada.

Flambeau lançou um olhar de surpresa para o amigo, mas Fanshaw apenas disse, meio distraído:

– Bem, pelo menos ninguém vai sair ferido.

– É um tipo de torre bastante curiosa – observou Padre Brown. – Quando resolve matar alguém, sempre mata quem está em outro lugar.

No mesmo instante, a figura monstruosa do jardineiro com a barba escorrida postou-se de novo no barranco verdejante: uma silhueta recortada contra o céu ao fundo, acenando para que outros se aproximassem. Desta vez, porém, acenando com uma adaga em vez de um ancinho. Atrás dele vinham os dois negros, também com adagas, aquelas antigas, tiradas de dentro do troféu. Mas, no clarão vermelho como sangue, com seus rostos pretos e roupas amarelas, pareciam demônios carregando instrumentos de tortura. No jardim escuro atrás deles, uma voz distante foi ouvida dando instruções breves. Quando o padre ouviu aquela voz, uma terrível mudança transformou seu semblante.

Contudo, permaneceu sereno; e nunca tirou os olhos da mancha de fogo que começara a se espalhar, mas que agora parecia ter diminuído um pouco à medida que se ouvia o barulho sibilante das chamas quando atingidas pelo longo jato d'água. Manteve o dedo no esguicho da mangueira para manter o alvo, e não se preocupou com mais nada, percebendo apenas pelo barulho e pelo canto dos olhos os emocionantes incidentes que começavam a se desenrolar no jardim da ilha. Deu duas breves instruções a seus amigos:

– Derrubem aqueles três de qualquer jeito e os amarrem, não importa quem sejam eles – foi a primeira instrução. – Podem encontrar corda perto daqueles feixes. Estão vindo para me tirar a mangueira das mãos. – A outra instrução foi a seguinte: – Assim que tiverem uma chance – disse –, chamem a moça da canoa; ela está no outro lado do rio, com os ciganos. Perguntem se eles podem conseguir uns baldes e enchê-los no rio.

Então se calou e continuou a molhar as novas flores vermelhas com a mesma crueldade com que molhara a tulipa vermelha.

Nunca voltou a cabeça para olhar a estranha luta que se seguiu entre os inimigos e os amigos do misterioso fogo. Quase sentiu a ilha sacudir quando Flambeau chocou-se contra o enorme jardineiro; simplesmente imaginava o que acontecia ao redor de si enquanto os outros lutavam. Ouviu o barulho da queda e o grito sufocado de triunfo de seu amigo quando ele se atirou sobre o primeiro negro; e os gritos de Flambeau e Fanshaw enquanto amarravam seus prisioneiros. A enorme força de Flambeau mais do que compensara a diferença na luta, especialmente porque o quarto homem ainda rondava a casa, apenas sombra e voz. Padre Brown também ouviu o barulho dos remos na água; a voz da moça dando ordens, as vozes dos ciganos respondendo e se aproximando, o barulho dos baldes pegando água na corrente do rio; e, por fim, o som de muitos passos ao redor do fogo. Mas isso tudo não significava nada além do fato de que a fenda vermelha, que há pouco tinha aumentado, outra vez diminuíra sensivelmente.

Então ouviu um grito que quase fez com que voltasse a cabeça. Flambeau e Fanshaw, agora com a ajuda de alguns ciganos, correram atrás do misterioso homem perto da casa. E ouviu, vindo do outro lado do jardim, o grito de horror e surpresa do francês. Ressoou como um lamento que não poderia ser chamado de humano quando o ser se livrou de seus captores e correu pelo jardim. Correu pelo menos três vezes ao redor de toda a ilha, num alvoroço tão pavoroso quanto a perseguição de um lunático, não só pelos gritos do perseguido, mas também pelas cordas carregadas pelos perseguidores. No entanto era ainda pior, porque de certa forma a cena lembrava os jogos de pega-pega de crianças ali no jardim. Então, sentindo-se acuado por todos os lados, a figura jogou-se do barranco mais alto e desapareceu com um mergulho no escuro e turbulento rio.

– Acho que agora vocês não podem fazer mais nada – disse Brown com uma voz desanimada e sofrida. – A esta altura ele já foi jogado contra as pedras, para onde ele mesmo atirou tantos outros. Soube fazer uso de uma lenda de família.

– Ah, pare de usar parábolas – gritou Flambeau com impaciência. – Não dá para ser mais objetivo?

– Claro – respondeu Brown, com os olhos na mangueira. – "Olhos brilhantes, segue adiante; olho que pisca, naufrágio à vista."

O fogo crepitava e encolhia cada vez mais, como uma coisa sufocada, à medida que se extinguia sob a corrente de água dos baldes e da mangueira, mas Padre Brown ainda mantinha o olhar no incêndio enquanto falava:

– Pensei em pedir a esta jovem aqui, se já fosse de manhã, para olhar a foz e observar o curso do rio por aquele telescópio. Ela poderia ter visto algo que a interessasse: o sinal do navio ou o sr. Walter Pendragon voltando para casa, ou até mesmo o rastro do meio--homem, pois, embora ele já esteja em segurança, pode muito bem ter avançado com dificuldade em direção à praia. Por um triz esteve à beira de outro naufrágio; e nunca teria escapado, se a moça não tivesse suspeitado do telegrama do velho almirante e não tivesse vindo até aqui para vigiá-lo. Não vamos falar do velho almirante. Não vamos falar de coisa nenhuma. Basta dizer que toda vez que esta torre, com sua madeira de piche e resina, realmente pegava fogo, a centelha no horizonte sempre parecia ser as luzes do farol na costa.

– E foi assim – disse Flambeau – que pai e filho morreram. O tio cruel das lendas da família quase conseguiu sua propriedade no final.

Padre Brown não respondeu a esse comentário; na realidade, não falou mais, a não ser por educação, até que estivessem todos salvos em volta de uma caixa de charutos na cabine do iate. Viu que o incêndio frustrado estava extinto; então se recusou a perder tempo em delongas, embora na verdade pudesse ouvir o jovem Pendragon, escoltado por uma multidão entusiasmada, chegar, percorrendo grandes distâncias a pé até a boca do rio; e poderia (se fosse movido por curiosidades românticas) ter recebido os agradecimentos conjuntos do homem do navio e da moça da canoa. Mas o cansaço mais uma vez dominou-o, e ele só se sobressaltou uma única vez, quando Flambeau lhe disse, de maneira brusca, que havia deixado cair cinza de charuto nas calças.

– Não é cinza de charuto – disse bastante cansado. – São as cinzas do incêndio, mas você não pensa assim porque todos estão fumando charutos. Foi exatamente assim que tive a minha primeira e leve suspeita sobre o mapa.

– Está se referindo ao mapa de Pendragon, das suas Ilhas do Pacífico? – perguntou Fanshaw.

– Vocês pensaram que era um mapa das Ilhas do Pacífico – respondeu Brown. – Coloca-se uma pluma de pássaro com fóssil e pedaços de coral e todos vão pensar que é algum espécime. Coloca-se a mesma pluma com laço e flor artificial e todos vão pensar que é material para o chapéu de uma dama. Coloca-se a mesma pluma com vidro de tinta, livro e maço de papel, e a maioria das pessoas vai jurar que viu uma pena de escrever. Assim, vocês viram o mapa entre pássaros tropicais e conchas e pensaram que era um mapa das Ilhas do Pacífico. Era o mapa deste rio.

– Mas como o senhor sabe? – perguntou Fanshaw.

– Percebi o rochedo que você achou parecido com um dragão, e aquele que parecia Merlin, e...

– Parece que o senhor observou tudo quando chegamos aqui – exclamou Fanshaw. – E nós, pensando que o senhor estava bem distraído.

– Estava enjoado – disse Padre Brown com simplicidade. – Sentia-me muito mal. Mas sentir-se mal não tem nada a ver com enxergar coisas.

E fechou os olhos.

– Acha que a maioria das pessoas poderia ter enxergado isso? – perguntou Flambeau.

Não recebeu nenhuma resposta. Padre Brown tinha adormecido.

9
O DEUS DOS GONGOS

Era uma daquelas tardes vazias e geladas do início do inverno quando, a luz do dia é mais prata do que ouro e mais estanho do que prata. Se já estava lúgubre numa centena de escritórios gelados e entediantes salas de estar, estava ainda mais lúgubre na faixa litorânea da costa plana de Essex, de monotonia ainda mais desumana, porque interrompida aqui e ali por um poste de luz menos civilizado do que uma árvore, ou por uma árvore mais feia do que um poste de luz. A neve fofa semiderretera em poucas faixas cor de chumbo em vez de prateadas, fixada novamente pela marca do congelamento; não havia nevado mais, mas uma faixa da neve antiga corria ao longo da orla do mar, paralela à pálida faixa da espuma.

A linha do oceano parecia congelada na própria vividez de seu azul-violeta, como a veia de um dedo congelado. Por milhas e milhas, adiante e para trás, não havia uma alma viva, exceto dois pedestres, caminhando a passo lépido, embora um deles tivesse pernas bem mais longas e desse passos bem maiores do que o outro.

Não parecia ser o local nem a época muito apropriados para férias, mas Padre Brown raramente tirava férias, e tinha de aproveitá-las quando podia, sempre preferindo, se possível, tirá-las na companhia do velho amigo Flambeau, ex-criminoso e ex-detetive. O padre teve vontade de visitar sua velha paróquia em Cobhole, e estava indo em direção ao nordeste ao longo da costa.

Depois de caminharem mais um ou dois quilômetros, verificaram que a praia estava começando a ser aterrada, de modo a formar algo como um passeio público; os postes de iluminação tornaram-se menos raros e mais decorativos, embora igualmente feios. Um pouco adiante, Padre Brown foi confundido pelos pequenos labirintos de potes de flores sem flores, cobertos por plantas baixas, achatadas e de colorido discreto que se pareciam menos com um jardim do que com um pavimento marchetado, entre trilhas um pouco onduladas crivadas de assentos com encostos de madeira de fibras onduladas. De leve, farejou a atmosfera de um tipo de cidade costeira pela qual ele não se interessava e, olhando adiante ao longo do passeio público nas cercanias do mar, viu algo que colocou a questão fora de qualquer dúvida. Na distância cinzenta, o grande coreto de um balneário erguia-se como um cogumelo gigante de seis pernas.

– Suponho – disse Padre Brown, levantando o colarinho e ajeitando uma manta de lã ao redor do pescoço – que estamos nos aproximando de uma estação de águas.

– Acho – respondeu Flambeau – que é uma estação de águas que poucas pessoas só agora têm o prazer de desfrutar. Tentam reanimar esses locais no inverno, mas isso nunca dá certo, exceto com Brighton e aqueles locais de férias antigos. Este deve ser Seawood, acho eu... o experimento de Lord Pooley; ele trazia os Sicilian Singers no Natal e há comentários sobre a realização de uma das maiores lutas de boxe aqui. Mas terão que jogar ao mar esse podre; é tão lúgubre quanto um vagão de trem abandonado.

Tinham chegado sob um enorme coreto, e o padre examinava com curiosidade algo estranho, com a cabeça inclinada um pouco para um lado, como a de um pássaro. O coreto era o tipo de construção convencional, muito berrante para seu propósito: um domo ou dossel achatado, com detalhes dourados aqui e ali, erguido sobre seis finos pilares de madeira pintada; a coisa toda erguia-se a um metro e meio acima do cortejo numa plataforma de madeira redonda como um tambor. Mas algo de fantástico na neve combinado com algo de artificial no ouro assombrou Flambeau e seu amigo, numa conexão que ele não conseguiu decifrar, mas que sabia ser ao mesmo tempo artística e estranha.

– Descobri – disse por fim. – É japonês. É como aquelas imaginativas gravuras japonesas, onde a neve no topo da montanha parece açúcar e o dourado no topo dos pagodas é como ouro em pão de mel. É como se fosse um pequeno templo pagão.

– Sim – disse Padre Brown. – Vamos dar uma olhada no deus. – E com uma agilidade que não se esperaria dele, galgou a plataforma proeminente.

– Ah, muito bem – disse Flambeau, rindo; e no instante seguinte tornou sua própria figura altaneira visível naquela elevação singular.

Leve como era a diferença de altura, dava naquela solitude plana a sensação de avistar cada vez mais longe terra e mar. Terra adentro, os pequenos jardins hibernais obscureciam-se numa mistura cinzenta de arbustos; além dali, à distância, viam-se celeiros baixos e compridos de uma fazenda longe de tudo, e além dela, nada a não ser as extensas planícies da região de *East Anglia*. Para o lado do mar, não havia velas nem sinal de vida, exceto raras gaivotas; até mesmo elas pareciam os últimos flocos de neve: flutuavam em vez de voar.

Flambeau virou-se de modo abrupto em resposta a uma exclamação atrás dele. Parecia vir de mais baixo do que podia se esperar e ser dirigida aos calcanhares em vez de à cabeça. De pronto estendeu a mão, mas não conseguiu deixar de rir pelo que viu. Por uma ou outra razão, a plataforma cedera sob os pés de Padre Brown, e o desafortunado homenzinho despencara até o nível do passeio público. Era alto o suficiente, ou baixo o suficiente para que só a cabeça ficasse para fora do buraco na madeira quebrada, parecendo a cabeça de São João Batista na bandeja. O rosto exibia uma expressão desconcertada como, talvez, a de São João Batista.

Logo ele começou a rir um pouco.

– Esta madeira deve estar podre – disse Flambeau. – Embora pareça estranho ela ter me aguentado e o senhor ter pisado no ponto fraco. Deixe-me ajudá-lo a sair.

Mas o padre estava olhando com bastante curiosidade para os cantos e beiradas da madeira supostamente podre, e havia um ar de preocupação em sua testa.

– Venha – gritou Flambeau, impaciente, ainda com a grande mão bronzeada estendida. – Não quer sair?

O padre segurava uma lasca da madeira quebrada entre o indicador e o polegar e não respondeu de imediato. Por fim, disse pensativo:

– Se eu quero sair? Não, que esperança. Prefiro pensar que quero entrar. – E mergulhou na escuridão sob o piso de madeira de forma tão abrupta que chegou a arrancar o grande chapéu curvo e deixá-lo nas tábuas acima, sem nenhuma cabeça clerical nele.

Flambeau olhou mais uma vez para a terra e em direção ao mar, e mais uma vez não avistou nada exceto mares tão gelados quanto a neve, e neves tão planas quanto o mar.

Veio um barulho de corrida por detrás dele, e o padre saiu do buraco mais rápido do que caíra. Sua expressão não era mais de perplexidade, ao contrário: estava resoluta, e, talvez, apenas devido ao reflexo da neve, um pouco mais pálida do que o usual.

– E então? – perguntou seu amigo alto. – Encontrou o deus do templo?

– Não – respondeu Padre Brown. – Encontrei o que já foi mais importante. O sacrifício.

– Que diabos está querendo dizer? – gritou Flambeau, alarmado.

Padre Brown não respondeu. Mirava fixo para a paisagem, com uma ruga na testa; de repente, apontou o dedo.

– Que casa é aquela ali adiante? – perguntou ele.

Acompanhando o gesto com o olhar, Flambeau viu pela primeira vez o canto de um prédio mais próximo do que a casa da fazenda, mas praticamente todo cercado de árvores. Não era um prédio grande, e ficava bem longe da praia; porém, um brilho de ornamentação nela sugeria ser parte do mesmo esquema de decoração da estação de águas, o coreto, os pequenos jardins e os assentos de ferro de encostos ondulados.

Padre Brown saltou para fora do coreto, seguido pelo amigo; e, enquanto caminhavam na direção indicada, as árvores balançavam-se à direita e à esquerda, até enxergarem um hotelzinho um tanto espalhafatoso, como é comum em estações de água – o hotel com botequim em vez de salão de chá. Quase toda a frente era feita de reboco dourado e de vitrais e, no meio daquela paisagem marítima cinzenta e das árvores também cinzentas que lembravam bruxas, sua aparência barata tinha algo de espectral em sua melancolia. Ambos tiveram a leve sensação de que, se alguma comida ou bebida fosse oferecida numa estalagem daquele tipo, seria o presunto de papelão e a caneca vazia de uma pantomima.

Nisso, entretanto, eles não estavam certos. À medida que se aproximavam cada vez mais do local, viram em frente ao bufê, aparentemente fechado, um dos bancos de jardim de ferro de encostos ondulados que adornavam os jardins, mas muito mais comprido, ocupando quase toda a extensão da fachada. Talvez tivesse sido colocado para que os visitantes pudessem sentar e olhar para o mar, mas não se esperaria encontrar alguém fazendo isso naquele clima.

No entanto, bem na frente da extremidade do banco de ferro havia uma pequena mesa de restaurante redonda e, nela, uma pequena garrafa de Chablis e um prato de amêndoas e passas de uva. Atrás da mesa, no banco, estava sentado um jovem de cabelos escuros, sem chapéu, fitando o mar num estado de espantosa imobilidade.

Contudo, embora parecesse um boneco de cera, quando chegaram mais perto, ele saltou como se fosse um boneco de molas e disse de modo respeitoso, mas não subserviente:

— Vão entrar, cavalheiros? Estou sem funcionários no momento, mas eu mesmo posso conseguir alguma coisa simples para os senhores.

— Muito obrigado — disse Flambeau. — Então, o senhor é o proprietário?

— Sim — disse o moreno, voltando um pouco a seu estado imóvel. — Vejam, meus garçons são todos italianos, e eu achei que seria justo que pudessem ver seu conterrâneo derrotar o negro, se é que ele consegue. Ouviram falar que a grande luta entre Malvoli e o negro Ned vai sair afinal?

— Lamento, mas não vamos ficar tempo suficiente para abusar de sua hospitalidade — disse Padre Brown. —

Mas tenho certeza que meu amigo ficaria feliz com uma taça de xerez, para espantar o frio e brindar ao sucesso do campeão latino.

Flambeau não compreendeu o pedido de Padre Brown, porém não fez a mínima objeção. Ele apenas disse, em tom amistoso:

– Ah, muito obrigado.

– Xerez, senhor... é claro – disse o hospedeiro, voltando-se para sua pousada. – Me desculpem se tiverem que esperar alguns minutos. Como eu disse, estou sem funcionários...

E foi em direção às janelas escuras da pousada de venezianas fechadas e sem luz.

– Não faz mal – começou Flambeau, mas o homem virou-se para tranquilizá-lo.

– Eu tenho as chaves – disse. – Consigo achar meu caminho no escuro.

– Não quis dizer... – começou Padre Brown.

Foi interrompido por um berro humano vindo das entranhas do hotel desabitado. Vociferava um nome estrangeiro em tom alto, mas inaudível, e o proprietário do hotel se movimentou com mais ímpeto em direção ao berro do que o fizera para buscar o xerez de Flambeau. Conforme comprovado de imediato, o proprietário não havia dito nada além da verdade literal. Porém, tanto Flambeau quanto Padre Brown têm com frequência confessado que, nada em suas aventuras (muitas vezes chocantes), nada lhes havia enregelado tanto o sangue quanto aquela voz de ogro, vinda de repente de uma pousada silenciosa e vazia.

– Meu cozinheiro! – gritou o proprietário mais que depressa. – Tinha esquecido do meu cozinheiro. Ele logo vai começar a trabalhar para mim... Xerez, senhor?

E, de fato, apareceu na porta um grande volume branco de chapéu branco e avental branco, como convém a um cozinheiro, mas com a desnecessária ênfase de um rosto preto. Flambeau sempre ouvira falar que os negros são ótimos cozinheiros. Porém, de alguma forma, algo no contraste entre cor e casta aumentou a surpresa dele de que o proprietário do hotel devesse responder ao chamado do cozinheiro e não o cozinheiro ao chamado do proprietário. Mas ele ponderou que os mestre-cucas são proverbialmente arrogantes; e, além disso, o hospedeiro tinha voltado com o xerez, e isso era o mais importante.

– Imagino – ponderou Padre Brown – que vai ter poucas pessoas pela praia quando afinal acontecer essa grande luta. Encontramos só um homem em todo o percurso.

O proprietário do hotel deu de ombros.

– Elas vêm do outro lado da cidade... da estação, a cinco quilômetros daqui. Estão apenas interessadas no esporte e vão ficar nos hotéis só para o pernoite. Afinal de contas, o tempo não está para ficar ao sol.

– Nem no banco – disse Flambeau, apontando para a mesinha.

– Tenho que ficar alerta – disse o homem com o semblante imóvel. Era um sujeito calado, bem apessoado, um tanto pálido; suas roupas escuras nada tinham de característico, exceto a gravata preta apertada como coleira e presa por um alfinete de ouro adornado com uma cabeça grotesca. Nem sequer havia qualquer coisa de notável no rosto, exceto algo que muito provavelmente era um tique nervoso – o hábito de abrir um olho menos do que o outro, dando a impressão que o outro era maior, ou, talvez, artificial.

O silêncio que se seguiu foi quebrado pelo estalajadeiro dizendo, em voz baixa:

– Onde vocês encontraram o único homem durante a caminhada?

– Por incrível que pareça – respondeu o padre – perto daqui... do lado daquele coreto.

Flambeau, que tinha sentado no banco comprido de ferro para acabar seu Xerez, largou a taça e levantou-se, olhando o amigo com espanto. Abriu a boca para falar e logo a fechou de novo.

– Curioso – disse o homem de cabelos escuros, de modo pensativo. – Como era ele?

– Estava bem escuro quando eu o vi – começou Padre Brown – mas ele era...

Conforme já foi dito, ficou provado que o dono do hotel disse a pura verdade. Sua frase de que o cozinheiro estaria começando em breve foi confirmada ao pé da letra, pois o cozinheiro surgiu, calçando as luvas, enquanto falavam.

Mas era uma figura bem diferente da massa confusa de branco e preto que aparecera por um instante na porta. Abotoado e afivelado da maneira mais brilhante dos pés à cabeça e de olhos arregalados. Um chapéu preto de copa alta estava inclinado na cabeça grande e negra – um chapéu do tipo que o espírito francês compararia a oito espelhos. Mas, de alguma forma, o negro era como o chapéu preto. Também era preto, embora a pele lustrosa refletisse a luz em oito ângulos ou mais. Desnecessário dizer que usava polainas brancas e forro por baixo do colete. A flor vermelha permanecia em pé na lapela de forma agressiva, como se tivesse de repente nascido ali. E do jeito que ele segurava a bengala numa das mãos e o charuto na outra, havia certa pose – uma pose que sempre vamos lembrar quando falarmos a respeito de preconceitos raciais, algo inocente e insolente... a dança negra *cake walk*.

– Algumas vezes – disse Flambeau, observando o homem – não me surpreende que eles sejam linchados.

— Nunca me surpreendo – disse Padre Brown – com qualquer trabalho do inferno. Mas, como estava dizendo – voltou ele, enquanto o negro, ainda vestindo de forma ostensiva suas luvas amarelas, dirigiu-se a passos rápidos rumo à estação de águas, uma esquisita silhueta de teatro contra aquele cenário congelado e cinzento –, como eu estava dizendo, eu não poderia descrever o homem com muita precisão, mas ele tinha suíças viçosas e antiquadas e bigode escuro e tingido como nas fotos de financistas estrangeiros; em torno de seu pescoço estava enrolado um lenço que esvoaçava ao vento enquanto ele caminhava. Estava junto à garganta bem do jeito que as babás colocam mantas nas crianças com um alfinete de segurança. Com a diferença que – adicionou o padre, olhando calmamente para o mar – não era um alfinete de segurança.

O homem sentado no longo banco de ferro também olhava para o mar com tranquilidade. Agora que ele estava mais uma vez em repouso, Flambeau percebeu com certeza que um dos olhos dele era maior do que o outro. Ambos estavam agora bem abertos, e ele podia quase supor que o olho esquerdo ficava maior quando ele olhava fixo.

— Era um alfinete de ouro muito comprido, e tinha a cabeça de um macaco, ou algo assim gravado – continuou o clérigo – e estava fixo de uma forma bem estranha. Ele usava pincenê e um grande e preto...

O homem estático continuou a fitar o mar e os olhos em sua cabeça poderiam ter pertencido a dois homens diferentes. Então, fez um movimento de ofuscante rapidez.

Padre Brown estava de costas para ele e, naquele lampejo, poderia ter caído morto no chão. Flambeau não tinha arma, e suas grandes mãos escuras estavam pousadas na extremidade do longo banco de ferro. Seus ombros se ergueram num movimento brusco e ele suspendeu todo o imenso objeto sobre sua cabeça, como o machado de um verdugo prestes a cair. A simples altura da coisa, enquanto a firmava na posição vertical, parecia uma escada de ferro comprida pela qual ele estava convidando pessoas a uma escalada em direção às estrelas. Mas a longa sombra, nivelada pela luz do fim da tarde, parecia um gigante brandindo a Torre Eiffel. Foi o choque dessa sombra, antes do choque da queda do ferro, que levou o estranho a recuar e esquivar-se, e então disparar para dentro de sua hospedaria, deixando a adaga brilhante e plana exatamente onde a havia largado.

– Temos que sair daqui em seguida – gritou Flambeau, arremessando o grande banco longe, com áspera frieza, na praia.

Pegou o pequenino padre pelo cotovelo e o fez correr por uma espécie de jardim dos fundos, cinzento e mal cuidado, ao fim do qual havia uma porta traseira cerrada. Flambeau inclinou-se junto à porta um instante em veemente silêncio e então disse:

– Está trancada.

Enquanto falava, uma pluma preta de um dos abetos ornamentais caiu, raspando a borda do seu chapéu. Isso o sobressaltou mais do que a detonação distante e esmaecida ouvida um pouco antes. Nesse instante ocorreu outra detonação longínqua, e a porta que ele estava tentando abrir sacudiu sob uma bala cravada nela. Os ombros de Flambeau outra vez se dilataram e se alteraram de súbito. Três dobradiças e uma fechadura romperam no mesmo instante, e ele saiu para a passagem vazia do outro lado, carregando consigo a grande porta do jardim, como Sansão carregou os portões de Gaza.

Então jogou a porta por cima do muro do jardim, no exato momento em que um terceiro tiro atingia um torrão de neve e de terra atrás de seu calcanhar. Sem a menor cerimônia, ele jogou o pequeno padre a cavalo em seus ombros e se foi correndo para Seawood tão rápido quanto suas longas pernas permitiam. Só uns três quilômetros adiante é que ele colocou o pequenino companheiro no chão. Dificilmente havia sido uma fuga dignificante, apesar do modelo clássico de Anquises, mas o rosto do Padre Brown ostentava apenas um largo sorriso.

– Bem – disse Flambeau após um silêncio impaciente, enquanto retomavam sua caminhada habitual pelas ruas da periferia da cidade, já livres de perigo –, eu não sei o que tudo isso significa, mas garanto que até onde confio em meus olhos o senhor nunca se encontrou com o homem que descreveu tão bem.

– De certa forma eu o encontrei – disse Brown, mordendo nervoso um dedo –, de fato encontrei. E estava demasiado escuro para vê-lo bem, porque ele estava debaixo daquele tipo de coreto. Mas temo que não o tenha descrito de modo exato, afinal de contas, pois seu pincenê estava quebrado, sob o corpo dele, e o alfinete comprido de ouro não estava fincado no seu lenço roxo, mas sim no seu coração.

– E suponho – disse o outro, abaixando a voz – que o cara de olho de vidro tinha algo a ver com isso.

– Eu teria preferido que tivesse só um pouco – respondeu Brown num tom de voz quase transtornado –, e que eu pudesse estar enganado quanto ao que fiz. Agi por impulso. Mas temo que esse assunto tenha raízes profundas e obscuras.

Eles caminharam em silêncio ao longo de muitas ruas. As lâmpadas amarelas estavam começando a serem acesas no crepúsculo azulado e frio, e eles já se aproximavam das partes mais centrais da cidade. Cartazes muito coloridos anunciando a luta de boxe entre Negro Ned e Malvoli estavam afixados nos muros.

– Bem – disse Flambeau –, eu nunca matei ninguém, mesmo nos meus dias de criminoso, mas posso até entender alguém que faça isso num lugar tão melancólico. De todas as latas de lixo da natureza esquecidas por Deus, o que me corta o coração são lugares como esse coreto, destinados a festas e depois esquecidos. Posso até imaginar um homem perturbado pensando que deve matar seu rival na solidão e na agonia de tal cenário. Isso me faz lembrar uma vez em que eu andava perambulando em suas magníficas colinas do Surrey, não pensando em nada além de tojos e cotovias, quando dei num vasto círculo aberto, e ao meu redor se erguia uma vasta e silenciosa estrutura, com fileiras e mais fileiras de assentos, tão imensa como um anfiteatro romano e tão vazia como uma nova prateleira de cartas. Um pássaro planou sobre o local. Era o Grande Estádio de Epsom. E senti que ninguém jamais seria feliz ali outra vez.

– Curioso você mencionar Epsom – disse o padre. – Lembra o que ficou conhecido como o Mistério de Sutton, porque dois suspeitos, sorveteiros acho, por coincidência moravam em Sutton? No final eles acabaram libertados. Dizia-se que um homem fora encontrado estrangulado nos baixios em volta desse lugar. Na verdade, fiquei sabendo (por um policial irlandês meu amigo) que ele foi descoberto próximo ao Grande Estádio de Epsom... Na verdade, apenas escondido por uma das portas inferiores.

– Isso é esquisito – concordou Flambeau. – Mas até confirma minha visão de que esses lugares de entretenimento parecem terrivelmente solitários fora de estação, ou o homem não teria sido morto ali.

— Eu não estou tão certo de que ele... — começou Brown, e parou.

— Não tão certo de ele ter sido assassinado? — inquiriu seu companheiro.

— Não tão certo de ele ter sido assassinado fora da estação —, respondeu o pequenino padre, com simplicidade. — Não acha que há algo ardiloso nessa solidão, Flambeau? Acha mesmo que um assassino sensato sempre procuraria um lugar por ser solitário? É muito, muito raro alguém estar completamente só. E, além disso, quanto mais sozinho maior a certeza de ser visto. Não, eu penso haver alguma outra... Ei! Estamos no Pavilhão ou Palácio, ou sei lá como chamam isto.

Tinham desembocado numa pequena praça, toda iluminada, na qual o prédio principal era brilhante de dourado, ornado com cartazes e ladeado por duas fotos gigantes de Malvoli e Nigger Ned.

— Caramba! — gritou Flambeau muito surpreso, enquanto o amigo clérigo subia direto pelos amplos degraus. — Eu não sabia que pugilismo era seu novo passatempo. Vai ver a luta?

— Acho que não vai ter luta alguma — respondeu Padre Brown.

Passaram rapidamente por antessalas e salas internas. Passaram pelo próprio ringue, elevado e guarnecido de cordas, tendo ao redor inumeráveis assentos e camarotes e, ainda assim, o clérigo não olhou em volta nem parou, até chegar a um funcionário numa mesa do lado de fora de uma porta com a inscrição "Comitê". Então parou e pediu para ver Lord Pooley.

O atendente disse que o patrão dele estava muito ocupado, pois a luta ia se realizar em breve, mas Padre Brown tinha um bem-humorado enfado em se repetir, e mentes oficiais em geral não estão preparadas para isso.

Em poucos minutos, um Flambeau bastante atarantado encontrava-se na frente de um homem que terminava de gritar ordens para outro homem que saía da sala.

– Tenha cuidado, sabe, com as cordas depois do quarto round... bem, e o que vocês querem, gostaria de saber!

Lord Pooley era um cavalheiro e, como a maioria dos poucos remanescentes de nossa raça, era preocupado – com dinheiro em especial. Metade grisalho, metade loiro, tinha olhos febris e nariz pontudo e ulcerado pelo frio.

– Só uma palavrinha – disse Padre Brown. – Eu vim evitar que um homem seja assassinado.

Lord Pooley saltou da cadeira como se uma mola o tivesse arremessado para fora dela.

– Que um raio caia em minha cabeça se eu aguentar mais um pouco disso! – gritou. – Vocês e seus comitês e párocos e petições! Não havia párocos nos tempos antigos, quando lutavam sem luvas? Agora estão lutando com as luvas do regulamento, e não há um fiapo de possibilidade de qualquer um dos boxeadores serem mortos.

– Não estou me referindo a um boxeador – disse o padre pequenino.

– Ora, ora, ora! – disse o nobre senhor, com um requinte de humor gelado. – Quem vai ser morto? O árbitro?

– Não sei quem vai ser morto – respondeu Padre Brown, com olhar pensativo. – Se eu soubesse, eu não precisaria estragar o seu prazer. Eu poderia apenas deixá-lo escapar. Nunca vi nada de errado no boxe profissional. Assim sendo, devo lhe pedir para anunciar que a luta está cancelada, por ora.

– Nada mais? – gracejou o cavalheiro de olhos febris. – E o que dizer aos dois mil espectadores esperando para ver a luta?

– Eu diria que mil novecentos e noventa e nove estarão vivos quando tiverem visto.

Lord Pooley olhou para Flambeau.

– Seu amigo é maluco? – perguntou.

– Longe disso – foi a resposta.

– E olhe aqui – prosseguiu Pooley com seu jeito inquieto –, é pior do que isso. Um bando de italianos decidiu apoiar Malvoli... De qualquer modo, sujeitos morenos e selvagens do mesmo país. Sabe como são essas raças do Mediterrâneo. Se eu divulgar que a luta está cancelada teremos Malvoli aqui, bramindo à frente de um clã inteiro da Córsega.

– Meu senhor, é uma questão de vida ou morte – disse o padre. – Toque sua campainha. Dê seu recado. E veja se é Malvoli quem responde.

O nobre soou a campainha sobre a mesa com um estranho ar de curiosidade renovada. Disse ao funcionário que, de repente, apareceu na porta:

– Tenho uma importante comunicação a fazer aos espectadores, em breve... Enquanto isso, tenha bondade de dizer aos dois campeões que a luta terá de ser cancelada.

O funcionário arregalou os olhos por alguns segundos, como se tivesse visto o demônio, e sumiu.

– Com que autoridade o senhor está dizendo isso? – perguntou Lord Pooley abrupto. – Quem o senhor consultou?

– Consultei um coreto – disse Padre Brown coçando a cabeça. – Pensando bem, estou enganado: consultei um livro também. Peguei numa tenda de livros em Londres, muito barato também.

Tirou do bolso um volume em couro, pequeno e resistente, e Flambeau, olhando por sobre os ombros dele, pode ver um livro de viagens antigas, e que tinha uma folha dobrada, para referência.

– "A única forma em que o vodu..." – começou Padre Brown, lendo em voz alta.

– Em que o quê? – perguntou o lorde.

– O vodu – repetiu o leitor, quase com prazer – está amplamente organizado fora da própria Jamaica é sob a forma conhecida de Macaco, o Deus dos Gongos, poderoso em muitas partes das duas Américas, especialmente entre mestiços, muitos dos quais se parecem muito com os homens brancos. Difere da maioria de outras formas de adoração ao demônio e de sacrifícios humanos no fato de que o sangue não é derramado formalmente no altar, mas por uma espécie de assassinato no meio da multidão. Os gongos batem com um alarido ensurdecedor à medida que as portas do templo abrem e o deus-macaco é revelado; quase todos os assistentes cravam os olhos nele. Mas depois...

A porta da sala foi aberta de modo tempestuoso, e um negro elegante parou emoldurado nela, os olhos girando e o turbante de seda enviesado de modo insolente na cabeça.

– Uh – gritou ele, mostrando dentes simiescos. – Que que é isso? Uh, Uh. Roubam o prêmio de um cavalheiro de cor, prêmio dele já, cês tão pensando que cês salvam aquele lixo branco italiano...

– A coisa apenas foi adiada – disse o nobre, tranquilo. – Vou procurar você para explicar, em um ou dois minutos.

– Quem cê pensa que é pra... – gritou o Negro Ned, começando a ribombar.

– Meu nome é Pooley – replicou o outro, com elogiável frieza. – Sou o secretário organizador, e o aconselho a deixar esta sala agora.

– Quem é este sujeito? – perguntou o campeão moreno, apontando o padre, com desdém.

– Meu nome é Brown – foi a resposta. – E o aconselho a deixar o país de imediato.

O lutador profissional mediu-os com o olhar por alguns segundos, e então, para a surpresa de Flambeau e dos outros, saiu a passos largos, jogando a porta com estrépito atrás dele.

– Bem – perguntou Padre Brown, eriçando os cabelos, com os dedos –, o que pensam do Leonardo da Vinci? Uma bela cabeça italiana.

– Olhe aqui – disse Lord Pooley –, assumi uma grande responsabilidade com base apenas em sua palavra. Acho que deve me contar mais sobre isso.

– Tem toda a razão – respondeu Brown. – E não levarei tempo para contar.

Colocou o livrinho de couro no bolso do sobretudo.

– Acho que sabemos tudo o que isso pode nos dizer, mas é bom o senhor ver se estou certo. Esse negro que acabou de sair daqui é um dos mais perigosos homens da terra, pois tem o cérebro de um europeu e os instintos de um canibal. Ele transformou o que era simples carnificina entre camaradas bárbaros numa moderna e científica sociedade secreta de assassinos. Ele não sabe que eu sei disso, tampouco que não posso prová-lo.

Estabeleceu-se um silêncio, e o homenzinho continuou.

– Mas se eu quiser matar alguém, será realmente o melhor plano me assegurar de que estou sozinho com ele?

Os olhos de Lord Pooley recuperaram seu piscar gélido à medida que olhava para o clérigo. Disse apenas:

– Se quisesse matar alguém, eu aconselharia.

Padre Brown sacudiu a cabeça, como se fosse um assassino de grande experiência.

– Assim falou Flambeau – ele respondeu com um suspiro. – Mas pense bem. Quanto mais um homem se sente só, tanto menos ele pode estar seguro de estar só. Tem de haver espaços vazios em volta, e é justo o que lhe parece óbvio. Alguma vez já avistaram da colina um lavrador no vale ou do vale um pastor na colina? Nunca subiram rochedos e de lá avistaram um homem caminhando na areia da praia? Saberiam quando ele matou um caranguejo ou saberiam se houve uma testemunha? Não! Não! Não! Para um assassino inteligente, como vocês ou eu poderíamos ser, é um plano impossível garantir que ninguém nos esteja vendo.

– Mas que outro plano há?

– Somente um – disse o padre. – Garantir que todas as pessoas estejam olhando para alguma outra coisa. Um homem é estrangulado perto do grande estádio de Epsom. Qualquer um poderia ter visto enquanto as arquibancadas estivessem vazias... qualquer vagabundo sob as cercas vivas ou qualquer motorista nas colinas. Mas ninguém teria visto quando o estádio estivesse cheio e todos estivessem berrando, quando o favorito estivesse chegando em primeiro lugar ou não. Um pescoço torcido numa gravata, um corpo arremessado atrás de uma porta... tudo num instante... por mais que durasse esse instante. Foi isso que aconteceu, é claro – disse ele virando-se para Flambeau –, com aquele pobre sujeito sob o coreto. Foi largado pelo buraco (não era um buraco acidental) bem no apogeu dramático de um espetáculo, quando o manejo do arco de algum grande violinista ou a voz de um grande cantor chegou ao seu clímax... E aqui, é claro, quando o nocaute viesse, não seria o único. Esse é o pequeno truque que o Negro Ned adotou de seu velho Deus dos Gongos.

– A propósito, Malvoli... – começou Pooley.

– Malvoli – disse o padre –, não tem nada a ver com isto. Arrisco-me a dizer que ele tem alguns italianos com ele, mas nossos amáveis amigos não são italianos. São mulatos e africanos mestiços de várias tonalidades. Mas temo que nós ingleses consideremos todos os estrangeiros como tal, desde que sejam pardos e sujos. Também – acrescentou com um sorriso –, temo que os ingleses declinem de traçar qualquer linha divisória entre o caráter moral produzido pela minha religião e a que surge do vodu.

O brilho da estação primaveril irrompera em Seawood, enchendo a praia de fome, banhistas, pregadores nômades e trovadores negros, antes que os dois amigos a vissem de novo e muito antes que a onda de perseguição à sociedade secreta tivesse desvanecido. Quase em todas as ocasiões o segredo do propósito da sociedade sucumbira com eles. O homem do hotel fora encontrado boiando no mar entre os sargaços, o olho direito fechado em paz, mas o esquerdo bem aberto e brilhando como vidro ao luar. Negro Ned tinha sido alcançado quilômetros adiante e matado três policiais com o punho esquerdo cerrado. O guarda remanescente ficou espantado – ou, melhor dizendo, atordoado –, e o negro fugiu. Mas isso foi o suficiente para colocar todos os jornais ingleses em polvorosa, e por um ou dois meses a principal meta do Império Britânico foi evitar que o grande negro (nos dois sentidos) escapasse por algum porto inglês. Pessoas com aspecto meramente parecido com ele foram submetidas a investigações extraordinárias, obrigadas a esfregar seu rosto antes de subirem a bordo, como se cada cara branca fosse uma máscara pintada de graxa. Todo e qualquer negro na Inglaterra foi colocado sob regulamentos especiais e levado a se apresentar; os navios de saída não poderiam levar nada mais negro do que um basilisco. Pois as pessoas tinham descoberto o quão temível, vasta e silenciosa era a força de uma sociedade selvagem secreta, e no momento em que Flambeau e o Padre Brown debruçavam-se no parapeito em abril, o Homem Negro significava na Inglaterra quase o que já significara na Escócia um dia.

– Ele ainda deve estar na Inglaterra – observou Flambeau. – E muito bem escondido. Seria encontrado em algum porto, se tivesse clareado o rosto.

– Sabe, ele é um homem astucioso – disse Padre Brown. – Tenho certeza de que não clareou o rosto.

– Então o que faria ele?

– Acho – disse Padre Brown –, que escureceu o rosto.

Flambeau, inclinando-se imóvel no parapeito, riu e disse:

– Meu caro companheiro!

Padre Brown, também inclinado no parapeito, moveu um dedo por um instante na direção dos negros mascarados com fuligem, cantando na areia.

10
A SALADA DO CORONEL CRAY

Padre Brown voltava da missa para casa, numa clara e estranha manhã em que a bruma se dissipava lentamente – uma dessas manhãs em que o próprio elemento luz parece algo misterioso e novo. As árvores espalhadas surgiam da névoa com maior nitidez, como se tivessem sido delineadas, primeiro em giz cinza e depois a carvão. Em intervalos ainda mais distantes apareciam as casas na silhueta irregular do subúrbio; seus perfis tornaram-se cada vez mais nítidos, até que ele reconheceu muitas casas nas quais moravam meros conhecidos e muitas outras cujos donos ele conhecia de fato. Mas todas as janelas e portas estavam fechadas; nenhuma das pessoas era do tipo que estaria de pé a essas horas, muito menos com tal propósito. Quando passou por baixo da sombra de um bonito casarão, com varandas e amplos jardins ornamentados, ouviu um barulho que o fez parar de modo quase involuntário. Sem dúvida, tinha sido um disparo de carabina ou qualquer arma leve; mas não foi isso que mais o intrigou. O primeiro ruído foi logo seguido por uma série de outros ruídos mais fracos: uns seis, conforme sua conta. Pensou que devia ser o eco, mas o curioso é que o eco em nada se assemelhava ao ruído original. Nada que o fizesse lembrar de algum som parecido; os três sons mais próximos seriam: o barulho de um sifão de água mineral gasosa, um dos muitos sons que um animal pode produzir e o ruído emitido por uma pessoa tentando abafar uma gargalhada. Nenhum deles parecia fazer muito sentido.

Padre Brown era composto de dois homens. Havia o homem de ação, modesto como uma margarida e pontual como um relógio, que desempenhava seu pequeno rol de atividades, sem jamais sonhar em alterá-lo. Havia também o homem de reflexão, muito mais simples, porém muito mais forte, que não era freado com facilidade, e cujo pensamento era sempre (no único sentido inteligente da expressão) o livre pensamento. Ele não podia deixar de fazer, mesmo em seu subconsciente, todas as perguntas que deviam ser feitas e de responder tantas quantas fossem possíveis; tudo isso se desencadeava nele como a respiração ou como a circulação do sangue. Mas nunca, em sã consciência, avançava além da esfera de seus deveres; e, nesse caso, as duas atitudes foram habilmente testadas. Estava prestes a retomar sua penosa caminhada ao alvorecer, dizendo a si mesmo que aquilo não era de sua conta, mas, instintivamente, fiando e desfiando vinte teorias sobre o significado daqueles ruídos esquisitos. Então a silhueta cinzenta das casas brilhou em tom prata, e no clarear do dia ele se deu conta: aquela casa pertencia ao major anglo-indiano de nome Putnam; o major tinha um cozinheiro, natural de Malta, que era de sua paróquia. Começou a lembrar, também, que disparos de pistola são, às vezes, coisa séria, com cujas consequências ele tinha uma preocupação legítima. Deu meia-volta e entrou pelo portão do jardim, dirigindo-se à porta da frente.

Lá pela metade de um dos lados da casa algo se sobressaía, era uma espécie de puxadinho; tratava-se, como ele descobriu mais tarde, de um grande latão de lixo. Dobrando esse canto da casa surgiu um vulto, à

primeira vista uma mera sombra na névoa, esgueirando-
-se como se tentasse ver algo. Depois, mais de perto,
solidificou-se num vulto real e inusitadamente sólido.
O Major Putnam era calvo, pescoço taurino, espadaú-
do, com um desses rostos apopléticos, produzidos pela
tentativa prolongada de combinar um clima oriental
com luxos ocidentais. Mas o rosto era bem-humorado e,
embora estivesse naquele instante claramente perplexo
e inquiridor, não deixava de exibir algo como um largo
sorriso inocente. Trazia um chapéu panamá na nuca
(sugerindo um halo incompatível com o rosto) e vestia
um pijama de cores muito vívidas, com listras em es-
carlate, e calças amarelas; o qual, embora pomposo o
suficiente para chamar a atenção, deve ter sido, numa
manhã fria, agasalho insuficiente. Com certeza saíra de
casa com pressa, e o padre não se surpreendeu quando
ele perguntou em voz alta, sem cerimônia:

– O senhor ouviu aquele barulho?

– Sim – disse Padre Brown –, achei até melhor
verificar, caso fosse algo importante.

O major olhou para ele com um jeito meio estranho,
com seus bem-humorados olhos de groselha.

– O que o senhor acha que foi aquele barulho? –
perguntou.

– Parecia uma arma ou coisa assim – respondeu
o outro, com uma ponta de hesitação –, mas parecia ter
um tipo especial de eco.

O major ainda olhava para ele sem falar, mas
com olhos arregalados, quando a porta da frente foi
escancarada, liberando uma torrente de luz de gás
sobre a névoa que se dissipava. Outro vulto de pijama
saltou ou caiu para dentro do jardim. Era bem mais
alto, mais esguio e mais atlético; o pijama, também
de estilo tropical, era de mais bom gosto, branco com

uma listra verde-limão. O homem tinha aspecto perturbado, mas era bonito e mais queimado do sol do que o outro. Tinha um perfil aquilino, olhos profundos, um leve ar de estranheza, oriundo da combinação do cabelo preto-carvão com o bigode bem mais claro. Tudo isso Padre Brown absorveu em detalhe quando mais descansado. Por hora, ele só viu uma coisa no homem: o revólver em sua mão.

– Cray! – exclamou o Major, fitando-o. – Foi você quem disparou aquele tiro?

– Sim – retrucou exasperado o cavalheiro de cabelos pretos –, e você teria feito o mesmo em meu lugar, se estivesse sendo perseguido por demônios por todos os lados e quase...

O major pareceu intervir com rapidez.

– Este é meu amigo Padre Brown – disse.

E, virando-se para Brown:

– Eu não sei se você já conhecia o Coronel Cray, da Armada Real.

– Já ouvi falar dele, claro – disse o padre com inocência. – O senhor... o senhor acertou alguma coisa?

– Acredito que sim – respondeu Cray sério.

– Ele – perguntou o Major Putnam em voz mais baixa –, ele caiu ou gritou, ou fez alguma coisa?

Coronel Cray fitava seu anfitrião de forma estranha e firme.

– Vou lhe contar exatamente o que ele fez. Espirrou.

Padre Brown levou a mão em direção à cabeça, no gesto de quem lembra o nome de alguém. Agora ele sabia o que não era nem água mineral gasosa nem o espirro de um cachorro.

– Bem – proferiu afoito o major de olhar fixo –, eu nunca tinha ouvido antes que um revolver do exército fosse algo que provocasse espirros.

– Nem eu – disse Padre Brown timidamente. – Ele teve sorte que o senhor não voltou sua artilharia contra ele, ou o senhor teria lhe provocado um bom resfriado. – Então, depois de uma pausa desconcertante, disse: – Era um ladrão?

– Vamos entrar – disse Major Putnam, um tanto áspero, guiando todos para dentro de casa.

O interior exibia um paradoxo digno de ser notado nas primeiras horas da manhã: as salas pareciam mais luminosas do que o céu lá fora; mesmo depois de o major ter desligado a luz a gás no vestíbulo. Padre Brown ficou surpreso ao ver a mesa de jantar arrumada para um almoço festivo, com guardanapos nos anéis, taças de vinho de uns seis desnecessários formatos ao lado de cada prato. Era bastante comum, a essa hora da manhã, encontrar as sobras do banquete da noite anterior; mas encontrar a mesa recém-posta, tão cedo, era estranho.

Enquanto Padre Brown tremia no vestíbulo, Major Putnam passou por ele rápido, lançando um olhar de ira sobre a toalha de mesa oval. Por fim, falou aos borbotões:

– Foram-se todos os talheres de prata! – falou como se lhe faltasse o ar – levaram as facas para peixe e os garfos, levaram o velho galheteiro e levaram a antiga jarrinha para nata! E agora, Padre Brown, estou pronto para lhe responder se foi um ladrão.

– Eles são simplesmente cegos – insistiu Cray. – Eu sei melhor do que vocês porque as pessoas perseguem essa casa; eu sei melhor do que vocês porque...

O major deu uma batidinha no ombro de Padre Brown com um gesto peculiar de quem acalma uma criança doente e disse:

– Foi um ladrão. É obvio que foi um ladrão.

– Um ladrão muito resfriado. Isso deve ajudar a rastreá-lo na vizinhança.

O major sacudiu a cabeça de maneira sombria.

– Acho que agora já deve estar longe.

Então, o homem inquieto com o revólver voltou-se de novo à porta que dava para o jardim, acrescentando, numa voz rouca e confidencial:

– Tenho lá minhas dúvidas quanto a chamar a polícia, pois meu amigo aqui foi um tanto liberal com sua munição e ficou na contramão da lei. Ele já viveu em lugares muito selvagens e, para ser franco com o senhor, eu acho que, às vezes, ele "imagina coisas".

– Eu acho que uma vez o senhor me falou – disse Brown – que uma sociedade secreta indiana o persegue.

O Major Putnam concordou, mas, ao mesmo tempo, deu de ombros.

– Acho melhor irmos atrás dele aí fora. Eu não quero mais saber de, como vou dizer... espirros?

Eles saíram para a luz da manhã, tingida pelos raios do sol, e avistaram a figura alta do Coronel Cray, curvada à frente examinando as condições do pedregulho e da grama. Enquanto o major caminhava como quem não quer nada em direção a ele, o padre também adotou um andar indolente que o levou até o canto seguinte da casa, a uns dois metros do proeminente latão de lixo.

Ficou olhando esse sinistro objeto por volta de um minuto e meio. Então, avançou em sua direção, levantou a tampa e enfiou a cabeça lá dentro. Fazer isso levantou poeira e matéria descolorante, mas Padre Brown observava tudo menos a própria aparência. Permaneceu assim por algum tempo, como se estivesse às voltas com misteriosas orações. Depois retirou a cabeça com cinzas no cabelo e afastou-se, distraído.

Quando retornou à porta do jardim, encontrou um grupo que parecia dissipar a morbidez da mesma forma que a luz do sol já dissipara a bruma. De modo algum era reconfortante; era apenas muito cômico, como um grupo de personagens de Dickens. O Major Putnam tinha conseguido entrar e enfiar-se em camisa e calças adequadas, com faixa carmim na cintura e um casaco leve por cima; assim vestido seu rosto festivo avermelhado parecia explodir numa cordialidade rotineira. Era mesmo enfático, mas falava com seu cozinheiro – o filho moreno de Malta, cujo rosto magro, amarelo e bastante extenuado contrastava de modo curioso com o chapéu e com o uniforme brancos como a neve. O cozinheiro bem podia estar extenuado, afinal a culinária era o passatempo do major. Era um desses amadores que sempre sabem mais do que o profissional. A única pessoa, além dele mesmo, que ele admitia saber julgar uma omelete era seu amigo Cray. E quando Brown se lembrou disso, voltou-se para olhar o outro oficial. Agora, à luz do dia, com as pessoas vestidas e pensando com lucidez, a visão dele era mesmo um choque. O homem mais elegante e mais alto ainda estava em roupas de dormir, com o cabelo preto despenteado, rastejando pelo jardim, à procura de vestígios do ladrão e, de quando em quando, batendo no solo com a mão, furioso por não encontrar nada. Ao vê-lo assim, como um quadrúpede na grama, o padre levantou meio triste as sobrancelhas e, pela primeira vez, ocorreu-lhe que "imaginar coisas" poderia ser um eufemismo.

    O terceiro componente do grupo do cozinheiro e do epicurista, também conhecido de Padre Brown, era Audrey Watson, a enfermeira e governanta do major e, neste momento, a julgar pelo avental, pelas mangas arregaçadas e pela maneira resoluta, muito mais governanta que enfermeira.

    – Bem feito. Estou sempre lhe dizendo para não usar aquele galheteiro fora de moda.

– Eu prefiro ele – disse Putnam de modo conciliador. – Eu mesmo sou fora de moda e as coisas se desgastam juntas.

– E desaparecem juntas, como pode ver – retorquiu ela. – Se o senhor não vai se preocupar com o ladrão, não tenho por que me preocupar com o almoço. É domingo, e não podemos comprar vinagre e tudo o mais na cidade; e os senhores, cavalheiros indianos, não conseguem desfrutar do que chamam de refeição sem uma série de pratos quentes. Como eu gostaria que o senhor não tivesse pedido ao primo Oliver para me levar a essa missa musical! Não acaba até às doze e meia e o coronel tem que sair por essa hora. Não creio que vocês homens vão conseguir se virar sozinhos.

– Claro que sim, minha cara – disse o major, olhando amavelmente para ela. – Marco tem todos os molhos, e temos nos virado muito bem em lugares rústicos, como você já deve estar sabendo. Já é hora de você ter uma folga Audrey. Você não precisa ser governanta a cada hora do dia, além disso, sei que você quer ouvir a música.

– Eu quero ir à igreja – disse ela com olhar severo.

Ela era uma dessas mulheres bonitas que sempre serão bonitas, porque a beleza não está na expressão ou matiz, mas na própria estrutura da cabeça e nos traços. Embora ela não estivesse ainda na meia-idade e seu cabelo cor de avelã tivesse a forma e a cor de um quadro de Ticiano, havia algo na sua boca e ao redor de seus olhos que sugeriam um desgaste por mágoas passadas, assim como os ventos desgastam as quinas de um templo grego. Pois na verdade a pequena dificuldade doméstica da qual falava de forma tão decidida era mais cômica do que trágica. Padre Brown entendeu, pela conversação, que Cray, o outro gourmet, precisava ir embora antes da hora costumeira do almoço, mas Putnam, seu anfitrião, para não perder o final de um banquete com um velho parceiro, havia mandado preparar um *déjeuner* especial com iguarias para serem servidas e consumidas durante a manhã, enquanto Audrey e as outras pessoas mais sisudas participavam da missa matinal. Ela seria acompanhada pelo parente e velho amigo, Dr. Oliver Oman, que, apesar de ser um homem científico de um tipo meio amargo, era um entusiasta pela música e iria a qualquer igreja para ouvi-la. Nada, em tudo isso, poderia explicar a tragédia estampada no rosto da srta. Watson; e, por um instinto meio consciente, Padre Brown voltou-se de novo para o sujeito aparentemente lunático remexendo na grama.

Quando caminhou em direção a ele, a cabeça de cabelos negros e desgrenhados ergueu-se de forma abrupta, como em certa surpresa pela demorada presença do padre. Na verdade, Padre Brown, por razões que só ele conhecia, havia demorado além do que a etiqueta exigia, ou até, normalmente, permitia.

– Ora, ora – falou Cray com olhos esbugalhados –, suponho que o senhor vai pensar que sou louco como os outros.

– Eu aventei essa possibilidade – respondeu sereno o homem de pequena estatura. – Estou inclinado a pensar que não.

– O que o senhor quer dizer? – perguntou Cray com aspereza.

– Os verdadeiros loucos – explicou Padre Brown – sempre nutrem sua própria morbidez. Nunca lutam contra ela. Mas o senhor está tentando encontrar pistas do ladrão, mesmo quando não há nenhuma. Está lutando contra a morbidez. Deseja o que nenhum louco jamais deseja.

– E o que é isso?

– Quer que provem que o senhor está errado – disse Padre Brown.

Durante essas últimas palavras, Cray saltara cambaleante e passou a fitar o clérigo com o olhar agitado.

– Que o diabo me carregue, mas o que disse é mesmo verdade – gritou. – Estão todos contra mim aqui, afirmando que o intruso queria apenas a prataria, como se acreditar nisso não me fizesse mais feliz! *Ela* sempre está contra mim – disse sacudindo a cabeleira preta despenteada em direção à Audrey, mas o outro não tinha necessidade da indicação. – Ela está contra mim hoje, porque fui cruel ao atirar no coitado do indefeso larápio, e porque sou malvado contra os pobres nativos indefesos. Mas já fui um homem de boa índole, tão bom quanto Putnam.

Após uma pausa, disse:

– Olhe aqui, eu nunca vi você antes, mas você vai julgar toda a história. O velho Putnam e eu fazíamos as refeições juntos, mas devido a alguns acidentes na fronteira afegã, eu recebi meu comando muito antes do que a maioria dos outros homens; só que nós dois fomos considerados inválidos e mandados para casa por um tempo. Eu estava noivo de Audrey lá; e nós todos viajamos juntos de volta. Mas, na volta para casa, algumas coisas aconteceram. Coisas curiosas. O resultado disso é que Putnam quer que acabe, e a própria Audrey fica enrolando, e eu sei o que eles querem com isso. Eu sei o que eles pensam de mim. E você também.

"Bem, esses são os fatos. O último dia em que nós estávamos numa cidade indiana, perguntei a Putnam onde poderia conseguir alguns charutos Trichinopoli. Ele me indicou um lugarzinho defronte a seu alojamento. Desde então, descobri que ele estava correto, mas "defronte" é uma palavra perigosa quando uma casa decente fica defronte a cinco ou seis casas miseráveis, e eu devo ter errado a porta. Eu a abri com dificuldade e, depois, só escuridão, mas, quando voltei, a porta atrás de mim fechou com um barulho de inúmeros ferrolhos. Não havia nada para fazer a não ser andar para a frente, o que eu fiz, passagem após passagem, numa escuridão absoluta. Cheguei a um lance de escadas e, logo, a uma porta secreta, fechada por um cadeado de ferro trabalhado no estilo ocidental, que eu só pude sentir pelo tato, mas que, finalmente, consegui destravar. Emergi numa escuridão meio esverdeada por uma multitude de lâmpadas pequeninas mas constantes, que deixavam entrever apenas os rodapés ou bordas de uma enorme construção vazia. Bem à minha frente, havia algo que parecia uma montanha. Confesso que quase caí na grande plataforma de pedra onde eu havia emergido, para me dar conta de que era um ídolo. E, o pior de tudo, o ídolo estava de costas para mim.

"Mal poderia ser considerado meio humano, imaginei; a julgar pela pequena cabeça atarracada e, mais ainda, por uma coisa atrás que parecia um rabo ou membro adicional virado para cima e apontando, como um grande dedo abominável, para um enorme símbolo gravado no centro das grandes costas de pedra. Eu tinha começado, na penumbra, a tentar decifrar os hieróglifos, não sem horror, quando algo mais horrível aconteceu. Uma porta se abriu silenciosamente na parede do templo atrás de mim, por onde saiu um homem de rosto marrom e casaco preto. Tinha um sorriso esculpido no rosto, pele cor de cobre e dentes de marfim, mas a coisa mais odiosa a seu respeito era sua vestimenta europeia. Eu estava preparado, acredito, para sacerdotes paramentados ou faquires nus. Mas aquele parecia anunciar que a diabrura estava por toda a terra. E, na verdade, assim foi.

"– Se você tivesse visto os pés do Símio – disse com um sorriso contínuo e sem outro preâmbulo –, teríamos sido muito gentis: você seria apenas torturado e morreria. Se você tivesse visto o rosto do Símio, ainda assim seríamos muito moderados, muito tolerantes: você seria apenas torturado e viveria. Mas, como você viu o rabo do Símio, temos de pronunciar a pior sentença. Qual seja: vá embora livre.

"Quando ele pronunciou essas palavras, escutei o elaborado ferrolho com o qual eu havia lutado abrir-se automaticamente. Depois, muito adiante das passagens escuras pelas quais havia passado, ouvi a pesada porta fechar seus ferrolhos outra vez.

"– Não adianta clamar por misericórdia, você está livre – disse o homem sorridente. – Daqui por diante, um fio de cabelo degolará você como a lâmina de uma espada, e o sopro de uma respiração o ferirá como uma adaga; armas surgirão do nada contra você, e você morrerá muitas mortes.

"Dito isso, ele foi tragado mais uma vez pela parede dos fundos e eu saí para a rua."

Cray fez uma pausa, e Padre Brown sentou-se impassível na grama e começou a colher margaridas.

Então o militar continuou:

– Putnam, é claro, com seu bom senso, menosprezou todos os meus medos e, desde então, permanece a dúvida sobre meu equilíbrio mental. Simplesmente vou lhe contar, em pouquíssimas palavras, as três coisas que aconteceram desde então, e você vai julgar quem de nós está certo.

"A primeira aconteceu numa vila indiana, nas cercanias da floresta, mas a centenas de quilômetros do templo, da cidade, ou do tipo de tribos e costumes onde a maldição havia sido lançada sobre mim. Acordei na escuridão da meia-noite e continuei deitado, sem pensar em nada especial, quando senti uma cócega leve, como uma linha ou um fio de cabelo roçando meu pescoço. Eu me afastei fora de sua trajetória e não consegui deixar de pensar nas palavras ouvidas no templo. Mas quando levantei à procura de luz e espelho, a linha ao redor de meu pescoço era uma linha de sangue.

"A segunda aconteceu numa estalagem, em Porto Said, mais tarde, em nossa jornada de retorno para casa. Era uma mistura de taverna e lojinha de curiosidades, e, embora não houvesse nada que remotamente sugerisse o culto ao Símio, é possível que algumas de suas imagens ou talismãs existissem em tal lugar. De qualquer maneira, sua maldição estava lá. Acordei, novamente, no escuro, com uma sensação que não poderia ser posta em palavras mais frias ou literais do que um sopro semelhante a uma adaga. A existência era uma agonia da extinção; joguei a cabeça contra a parede, até que a joguei contra uma janela e mais caí do que pulei lá embaixo no jardim. Putnam, o coitado, que havia chamado o outro episódio de um arranhão eventual, ficou inclinado a levar a sério o fato de ter me encontrado meio zonzo na grama, de manhã cedinho. Acredito que ele levou a sério meu estado mental e não a minha história.

"A terceira coisa aconteceu em Malta. Estávamos lá, numa fortaleza; e por acaso nossos quartos davam para o mar aberto, quase alcançando o peitoril de nossas janelas, com exceção da parede branca externa, lisa e limpa como o mar. Acordei novamente, mas não estava escuro. A lua era cheia, e caminhei até a janela; eu poderia ter visto um pássaro no beiral nu ou uma vela navegando no horizonte. O que vi mesmo foi uma espécie de galhinho ou ramo dando voltas, autossustentado, no vazio do céu. Voou direto para dentro de minha janela, espatifando a lâmpada ao lado do travesseiro que eu recém havia abandonado. Era um daqueles cacetes de guerra, de forma estranha que algumas tribos orientais usam. Mas não havia sido arremessado por nenhuma mão humana.

Padre Brown jogou fora a corrente de margaridas que ele estava fazendo e ergueu-se com um olhar melancólico.

– O major Putnam – indagou ele – tem objetos orientais excêntricos, ídolos, armas, de onde pudéssemos obter alguma pista?

– Muitos, na verdade, mas acredito que de pouco valia – respondeu Cray. – Mas, por gentileza, entre no gabinete dele.

Ao entrar passaram pela srta. Watson, que abotoava as luvas para ir à igreja, e ouviram a voz de Putnam no andar de baixo, ainda dando uma palestra sobre culinária ao cozinheiro. No gabinete do major, ao mesmo tempo um depósito de excentricidades, depararam-se com uma terceira pessoa, com chapéu de seda e roupas de passeio, que olhava com atenção um livro aberto sobre a mesa de fumar – livro que ele largou com ar meio culpado antes de se virar.

Cray apresentou-o cordialmente como dr. Oman, mas ele demonstrou tal desprazer em seu rosto que Brown julgou que os dois homens, quer Audrey soubesse ou não, eram rivais. Nem o padre era totalmente contra o preconceito. O dr. Oman era de fato um cavalheiro muito bem-vestido; bem apessoado, embora escuro o suficiente para parecer asiático. Mas Padre Brown teve de ser ríspido consigo mesmo, para lembrar-se de que deveria ser caridoso até mesmo com aqueles que enceravam o cavanhaque, que tinham mãos pequenas enluvadas e que falavam com voz perfeitamente modulada.

Cray parecia achar algo de irritante no pequeno livro de orações que Oman portava em sua mão com luvas escuras.

– Eu não sabia que você era disso – disse Cray um tanto rude.

Oman riu com suavidade, sem demonstrar ofensa.

– Este é mais meu estilo, eu sei – colocando a mão sobre o livro grande que havia derrubado –, um dicionário de drogas e coisas semelhantes. Mas é grande demais para levar à igreja. – Então fechou o livro maior, com um leve toque de pressa e embaraço.

– Acredito – disse o padre, que parecia ansioso para mudar de assunto – que todas essas lanças e coisaradas sejam da Índia?

– De todas as partes – respondeu o doutor. – Putnam é um velho guerreiro, já esteve no México e na Austrália, e nas Ilhas Canibais, tanto quanto eu saiba.

– Espero que não tenha sido nas Ilhas Canibais – disse Brown – que ele aprendeu a arte culinária. – E correu os olhos nas caçarolas e outros estranhos objetos sobre a parede.

Nesse momento, o engraçado assunto da conversa deles enfiou o rosto risonho, com cara de lagosta, dentro da peça.

– Venha comigo, Cray – chamou ele. – Seu almoço já vai ser servido. E os sinos estão tocando para os que querem ir à igreja.

Cray subiu para trocar-se. O dr. Oman e a srta. Watson solenemente iniciaram sua caminhada calçada abaixo, junto a uma procissão de fiéis da igreja; mas Padre Brown observou que o doutor olhou para trás duas vezes a fim de inspecionar a casa; e até mesmo voltou da esquina para olhá-la de novo.

O padre ficou intrigado.

– Ele não pode ter estado dentro da lata de lixo – murmurou. – Não naquelas roupas. Ou será que esteve lá mais cedo hoje?

No que dizia respeito a outras pessoas, Padre Brown era tão sensível quanto um barômetro, mas hoje parecia tão sensível quanto um rinoceronte. Por nenhuma lei de etiqueta social, rígida ou implícita, deveria demorar-se no almoço de seus amigos anglo-indianos; no entanto, ele se demorou, marcando sua posição com enxurradas de assuntos interessantes mas desnecessários. O mais intrigante é que parecia que não queria comer nada. À medida que risotos de arroz, peixe, ovos e curry temperados com equilíbrio eram postos à frente dos outros dois, acompanhados de vinho envelhecido, ele apenas repetia que estava num de seus dias de jejum; mordiscava um pedaço de pão e mal e mal dava um golinho no copo de água fria, quase intocado. Sua conversa, porém, era exuberante.

– Eu sei o que vou fazer para os senhores. Vou preparar uma salada! Não posso comê-la, mas vou preparar uma salada celestial! Vocês têm uma alface aqui.

– Infelizmente, é a única coisa que temos – respondeu o bem-humorado major. – Não esqueça que a mostarda, o vinagre, o azeite e o resto sumiram com o galheteiro e o ladrão.

– Sei – respondeu o Padre Brown um tanto vagamente. – Eu sempre tinha medo que isso acontecesse um dia. Por isso, sempre carrego comigo um galheteiro. Gosto muito de saladas.

Para o espanto dos dois homens, ele tirou um potinho de pimenta do colete e colocou-o em cima da mesa.

– Fico me perguntando por que será que o ladrão ia querer mostarda também – continuou ele, tirando um vidro de mostarda de outro bolso. – E vinagre. – E, mostrando o condimento: – Será que ouvi algo sobre vinagre e papel de embrulho? Quanto ao azeite, acho que aqui no meu bolso esquerdo...

Sua tagarelice foi suspensa por um segundo, pois, ao levantar os olhos, ele viu o que ninguém havia visto – a figura escura do Dr. Oman, em pé no gramado banhado de sol, olhando fixamente para a sala. Antes que ele pudesse recuperar-se, Cray intrometeu-se.

– Você é um tipo muito intrigante – disse, olhando-o fixamente. – Vou aparecer para ouvir seus sermões, se forem tão interessantes quanto seu modo de agir.

Sua voz alterou-se um pouco, e ele se recostou na cadeira.

– Ah, também há sermões num galheteiro – disse Padre Brown bastante severo. – Já ouviu falar da fé como um grão de mostarda ou da caridade que lubrifica como azeite? Quanto ao vinagre, como é que algum soldado pode esquecer daquele soldado solitário que, quando o sol escureceu...

O coronel Cray inclinou-se um pouco à frente, agarrando a toalha da mesa.

O Padre Brown, que estava preparando a salada, colocou duas colheres de sopa de mostarda no copo de água ao lado dele, levantou-se e, com um novo tom de voz, alto e repentino disse:

– Beba isso!

Nesse momento, o doutor, imóvel no jardim, veio correndo e, abrindo a janela, gritou:

– Precisam de mim? Ele foi envenenado?

– Por um triz – disse Brown com um sorriso discreto, pois o emético agira muito rapidamente. Cray estava numa espreguiçadeira, engasgando como quem se agarra à vida, mas ainda vivo.

O major Putnam pôs-se de pé num salto, o rosto púrpura cheio de manchas.

– Um crime! – gritou com voz rouca. – Vou chamar a polícia!

O padre escutou-o puxando o chapéu panamá do cabide, projetando-se porta da frente afora e batendo a porta do jardim. Permaneceu olhando para Cray e, depois de um período de silêncio, disse com tranquilidade:

– Não vou falar muito, direi apenas o que o senhor quer saber. Não há nenhuma maldição sobre o senhor. O templo do Símio foi uma coincidência ou parte de uma brincadeira; a brincadeira de um homem branco. Só uma arma faz aflorar o sangue com aquela simples leveza de pluma: a navalha de um homem branco. Só há um jeito de encher um simples aposento com veneno invisível e poderoso: ligando o gás... um crime de homem branco. E só há um tipo de bastão que pode ser jogado por uma janela, fazer uma volta no meio do ar e retornar à janela mais próxima: o bumerangue australiano. O senhor vai encontrar alguns no gabinete do major.

Dito isso, saiu para o lado de fora e falou com o doutor por alguns momentos. Em seguida, Audrey Watson entrou correndo em casa e jogou-se de joelhos ao lado da cadeira de Cray. Ele não pôde ouvir o que diziam um para o outro; mas seus rostos se comoveram de espanto e não de infelicidade. O doutor e o padre caminharam lentamente rumo ao portão do jardim.

– Acredito que o major estava apaixonado por ela também – disse com um suspiro. E, quando o outro concordou, disse: – O senhor é muito generoso, doutor. Fez uma bela ação. Mas o que o fez suspeitar?

– Uma coisa insignificante – disse Oman –, mas que me manteve inquieto na igreja até voltar e verificar que tudo estava bem. Aquele livro, em cima da mesa de dele, era uma obra sobre venenos; e havia sido aberto justo na página onde afirmava que certo veneno indiano, embora mortal e difícil de identificar, era de fácil reversão pelo uso dos eméticos mais comuns. Acredito que ele leu aquilo no último momento...

– E lembrou que havia eméticos no galheteiro – falou Padre Brown. – Exatamente. Ele jogou o galheteiro no latão de lixo, onde o encontrei, junto com parte da prataria, para simulação de roubo. Mas, se observar aquele potinho de pimenta que coloquei na mesa, verá um pequeno furinho. Foi ali que a bala de Cray atingiu, sacudindo a pimenta e fazendo o criminoso espirrar.

Houve um momento de silêncio. Depois o dr. Oman disse com ar severo:

– Já faz um bom tempo que o major está atrás da polícia.

– Ou que a polícia está atrás do major? Bem, até breve.

11

O ESTRANHO CRIME DE JOHN BOULNOIS

O sr. Calhoun Kidd era um cavalheiro muito jovem de rosto muito envelhecido, um rosto ressecado pela própria ansiedade, emoldurado por um cabelo preto azulado e usando uma gravata-borboleta preta. Era o correspondente na Inglaterra do influente jornal norte-americano chamado *Western Sun*,* também descrito de modo irônico como *Rising Sunset*** em alusão à extravagante declaração jornalística (atribuída ao próprio sr. Kidd) de que "ele acreditava que no futuro o sol poderia nascer no Ocidente se os cidadãos americanos se empenhassem um pouco mais". Aqueles, entretanto, que debocham do jornalismo norte-americano partindo do ponto de vista tradicional, um tanto antiquado, esquecem certo paradoxo que em parte o redime: enquanto o jornalismo dos Estados Unidos permite embustes grosseiros que passam ao largo de tudo que é inglês, ele também mostra um real entusiasmo por problemas mentais sérios, nos quais os jornais ingleses são inexperientes, ou melhor, incompetentes. O *Sun* era cheio de assuntos muito formais abordados da maneira mais ridícula. William

---

* Sol do Ocidente. (N.T.)

** Pôr do Sol Nascente. (N.T.)

James* era mencionado bem como Weary Willie,** e pragmatistas alternavam-se com pugilistas na longa procissão de retratos do jornal.

Assim, quando um sujeito muito discreto de Oxford, chamado John Boulnois, escreveu na raramente lida revista *Natural Philosophy Quarterly* uma série de artigos sobre supostos pontos fracos na teoria da evolução de Darwin, não houve nenhuma comoção e nem mesmo sequer uma notinha sobre o assunto foi publicada nos jornais ingleses, embora a teoria de Boulnois (de um universo relativamente estacionário assolado de modo ocasional por choques que causavam mudanças) tenha sido um modismo passageiro em Oxford e progredido a ponto de ser chamada de "Catastrofismo". Porém, muitos jornais americanos tomaram o desafio como um grande evento, e o *Sun* lançou de maneira grandiosa a sombra do sr. Boulnois por todas as suas páginas. Pelo paradoxo já mencionado, artigos valiosos, entusiásticos e inteligentes eram apresentados com manchetes que pareciam ter sido escritas por um maníaco ignorante, manchetes como: "*Darwin come poeira: o crítico Boulnois diz ir além dos escandâlos*" ou "*Mantenha-se catastrófico, diz Boulnois, o pensador*". E o sr. Calhoun Kidd, do *Western Sun*, foi intimado a levar a gravata-borboleta e a cara lúgubre até a casinha nos arredores de Oxford onde Boulnois, o pensador, vivia na feliz ignorância desse título.

Aquele predestinado filósofo concordou, com certa hesitação, em receber o repórter e determinou o horário

---

* Filósofo e psicólogo norte-americano (1842-1910), fundou o pragmatismo. Irmão do escritor Henry James. (N.T.)

** Palhaço representado pelo norte-americano Emmett Kelly (1898-1979). (N.T.)

das nove horas daquela noite. Um finzinho de pôr do sol de verão cobria Cumnor e as baixas colinas cobertas de árvores; o ianque romântico estava não só em dúvida sobre o caminho a tomar, mas também curioso sobre seus arredores e, vendo escancarada a porta de uma genuína taverna feudal do velho país, a Champion Arms, entrou em busca de informações.

No salão do bar, tocou o sino e teve de esperar um pouco por uma resposta. A outra única pessoa presente era um homem magro de cabelo ruivo cortado rente e roupas largas ao estilo dos aristocratas, que bebia um uísque péssimo, mas fumava um charuto ótimo. O uísque, é claro, era da marca servida na Champion Arms; o charuto ele provavelmente trouxera de Londres. Nada podia ser mais diferente de seu desleixo ao estilo dos cínicos do que a asseada indiferença do jovem americano; mas algo no seu lápis e caderno aberto ou talvez na expressão de seus vivos olhos azuis fez Kidd achar, com razão, que estava diante de um colega jornalista.

– Pode me fazer um favor? – perguntou Kidd, com o estilo cortês de seu país. – Me indicar a direção do Grey Cottage, onde, se não estou enganado, mora o sr. Boulnois.

– Fica a alguns metros descendo a rua – disse o ruivo, tirando o charuto da boca. – Daqui a pouco vou passar por lá, mas vou continuar até Pendragon Park tentar assistir e participar da diversão.

– Pendragon Park? O que é isso? – perguntou Calhoun Kidd.

– A casa de Sir Claude Champion. Não veio até aqui por causa disso, também? – perguntou o outro homem da imprensa, levantando os olhos. – Você é jornalista, não é?

– Eu vim para ver o sr. Boulnois – disse Kidd.

— Eu vim para ver a sra. Boulnois — retorquiu o outro. — Mas não devo encontrá-la em casa — e riu de um jeito um tanto desagradável.

— Está interessado no catastrofismo? — perguntou o ianque admirado.

— Estou interessado em catástrofes, e acontecerão algumas — respondeu o companheiro de um jeito sombrio. — Meu trabalho é sujo e nunca finjo que não é.

Ao dizer isso, cuspiu no chão; mas algo naquele ato deixou claro que o homem tinha sido criado como um cavalheiro.

O jornalista norte-americano observou o outro com mais atenção. Ele tinha um rosto pálido e dissoluto, com a promessa de formidáveis paixões ainda a serem liberadas, mas também tinha um rosto inteligente e sensível; as roupas eram ordinárias e descuidadas, no entanto usava um belo anel de brasão num dos dedos longos e finos. O nome dele, revelado durante a conversa, era James Dalroy; filho de um fazendeiro irlandês falido e vinculado a um jornal para mulheres chamado *Smart Society*, que ele desprezava profundamente na qualidade de repórter e de algo penoso como um espião.

O *Smart Society*, lastimo dizer, não se interessou pela opinião de Boulnois sobre Darwin, considerada tão importante pelos corações e mentes do *Western Sun*. Dalroy viera, ao que parece, para farejar um escândalo que poderia muito bem terminar na Corte de Divórcios, mas que no momento pairava entre Grey Cottage e Pendragon Park.

Sir Claude Champion era tão conhecido dos leitores do *Western Sun* como o sr. Boulnois, como também o eram o Papa e o vencedor do *Derby*,* mas a ideia de que

---

* Tipo de corrida de cavalos. (N.T.)

eles eram íntimos soaria também como um disparate para Kidd. Ele já ouvira falar de (e escrevera sobre, ou, melhor dizendo, fingira conhecer) Sir Claude Champion como "um dos mais brilhantes e mais ricos entre *Os Dez Mais da Inglaterra*"; como o grande esportista que participava de corridas de iate ao redor do mundo; como o grande viajante que escreveu livros sobre o Himalaia, o político que entusiasmou seus eleitores com um surpreendente tipo de Democracia Conservadora e o aficionado das artes, música, literatura e, acima de tudo, teatro. Sir Claude era, sem dúvida, muito importante aos olhos não americanos. Existia algo de príncipe renascentista em seu apetite cultural diversificado e sua publicidade incansável; ele era não só amador nobre, mas ardente. Não existia nele nada da antiga frivolidade definida na palavra "diletantismo".

Aquele perfil de falcão, impecável, o olhar italiano preto, sensual, tantas vezes fotografado pelo *Smart Society* e pelo *Western Sun*, dava a todos a impressão de um homem consumido pela ambição como pelo fogo, ou até por uma doença. Mas embora Kidd soubesse muita coisa sobre Sir Claude – bem mais do que, na verdade, havia para se saber –, jamais, nem em seus sonhos mais loucos, teria feito a ligação entre um aristocrata exibido e o recém-descoberto fundador do Catastrofismo, nem adivinharia que Sir Claude Champion e John Boulnois pudessem ser amigos íntimos. Isso, de acordo com o relato de Dalroy, entretanto, era um fato. Os dois tinham sido parceiros de caçadas na escola e na faculdade e, apesar de seus destinos na sociedade terem sido muito diferentes (já que Champion era um grande proprietário de terras, quase milionário, enquanto Boulnois era um pobre erudito e, até recentemente, desconhecido), eles ainda eram muito íntimos. De fato, o chalé de Boulnois ficava junto aos portões de Pendragon Park.

Mas saber se os dois homens continuariam amigos por muito tempo se tornara uma pergunta sinistra e sombria. Um ou dois anos antes, Boulnois casara-se com uma atriz linda de certo sucesso, a quem era devotado a seu modo tímido e enfadonho; e a proximidade de sua casa com a de Champion deu a este célebre excêntrico oportunidade para agir de um modo que só poderia causar uma dolorosa e infame agitação. Sir Claude atingira a perfeição na arte da autopromoção; e parecia sentir um louco prazer em se expor da mesma forma num romance cuja consequência não seria motivo de orgulho. Criados de *Pendragon* a toda hora entregavam buquês para a sra. Boulnois; carruagens e carros a toda hora eram enviados ao chalé para a sra. Boulnois; bailes e festas a fantasia a toda hora enchiam os jardins onde o *baronete* fazia um desfile para sra. Boulnois, como se fosse para a rainha do amor e da beleza num torneio. Justo na mesma noite em que o sr. Kidd combinara de receber a explicação do Catastrofismo, Sir Claude Champion escolhera para uma apresentação ao ar livre de *Romeu e Julieta*, na qual ele representaria o Romeu para uma Julieta cujo nome é desnecessário mencionar.

– Não acredito que o evento possa acontecer sem uns sopapos – disse o jovem ruivo, levantando e sacudindo-se. – O velho Boulnois pode ter se enquadrado... ou ser quadrado. Mas se é quadrado, é quadrado e grosso... o que se pode chamar de cúbico. Mas não acredito nesta possibilidade.

– É um homem de grandes poderes intelectuais – disse Calhoun Kidd, com voz grave.

– Sim – respondeu Dalroy –, mas mesmo um homem com poderes intelectuais não pode ser tão atrasado e burro diante de tudo isso. Não tem que ir? Eu vou em seguida, daqui um minuto ou dois.

Mas Calhoun Kidd, tendo terminado o leite e a água mineral, espertamente dirigiu-se à rua que levava ao Grey Cottage, deixando o cínico informante com seu uísque e tabaco. O resto da luz do dia desaparecera; o céu estava cinza-esverdeado, escuro como ardósia, pontilhado aqui e ali por estrelas, porém mais claro do lado esquerdo do firmamento, com a promessa do nascer da lua.

Grey Cottage ficava, por assim dizer, entrincheirado por um quadrado maciço de trepadeiras altas e com espinhos, tão perto dos pinheiros e da cerca do Park que a princípio Kidd se enganou, pensando ser a casa do zelador. Mas, encontrando o nome da casa escrito no estreito portão de madeira e vendo em seu relógio que estava na hora exata de seu compromisso com o "Pensador", ele entrou e bateu à porta da frente. No jardim, percebeu que o chalé, apesar de despretensioso, era maior e mais luxuoso do que parecia à primeira vista e bem diferente de uma casa de zelador. Havia um canil e uma colmeia no pátio, como símbolos do velho estilo de vida rural inglês; a lua nascia atrás de um pomar de produtivas pereiras; o cachorro que saiu do canil tinha um olhar respeitoso e parecia estar com medo de latir; e o empregado, um velhote inexpressivo que abriu a porta, foi breve, mas distinto.

– O sr. Boulnois pediu que apresentasse suas desculpas ao senhor – disse ele –, mas ele se viu obrigado a sair de uma hora para outra.

– Mas, olhe aqui, eu tinha um encontro marcado – retrucou o entrevistador, levantando a voz. – Sabe aonde ele foi?

– Pendragon Park, senhor – disse o empregado um pouco carrancudo e começou a fechar a porta.

Kidd deu alguns passos.

— Ele foi com a senhora... e com o resto do grupo? — perguntou de modo um tanto vago.

— Não, senhor — disse o homem em seguida —, ele ficou para trás e saiu sozinho. — E fechou a porta com força, mas com um ar de missão não cumprida.

O americano, aquela mistura curiosa de arrogância e sensibilidade, ficou irritado. Sentiu um forte desejo de sacudir todo mundo e ensinar-lhes as regras de comportamento do mundo dos negócios; ao cachorro ancião e ao mordomo velho e decrépito, com aquela cara de dono da verdade e aquela camisa pré-histórica; à velha lua sonolenta; e principalmente ao cabeça-oca do velho filósofo que não fora capaz de respeitar o compromisso marcado.

— Se esse é o seu modo de agir, ele bem que merece perder a plena dedicação de sua esposa — disse o sr. Calhoun Kidd. — Mas talvez ele tenha ido até lá para brigar. Nesse caso, acho que um homem do *Western Sun* estará no local.

E, virando a esquina ao sair pelo portão do chalé, partiu pisando firme ao longo da avenida de pinheiros pretos que apontavam para os jardins internos de Pendragon Park.

As árvores eram pretas e alinhadas como as plumas de um carro fúnebre; já havia algumas estrelas no céu. Ele era um homem que fazia mais associações com a literatura do que diretamente com a natureza; a palavra *Ravenswood** veio a sua cabeça repetidas vezes. Em parte, pela cor de corvo dos pinheiros, mas também pela atmosfera indescritível quase descrita na grande tragédia de Walter Scott,** o cheiro de algo que morre-

---

* Bosque dos corvos. (N.T.)

** Ravenswood: personagem do livro *The Bride of Lammermoor* de Sir Walter Scott (1771-1832). (N.T.)

ra no século XVIII; o cheiro de jardins úmidos e urnas funerárias quebradas, de erros que, agora, nunca mais seriam corrigidos; de algo não menos incuravelmente triste por ser estranhamente irreal.

Mais de uma vez, enquanto subia aquela rua estranha e preta, lugar ideal para uma tragédia, ele estacou sobressaltado, acreditando ter ouvido passos a sua frente. Não podia ver nada adiante além das sombras idênticas dos muros de pinheiros e uma fatia de céu estrelado acima deles. Primeiro pensou ter sido sua imaginação, ou ter sido enganado pelo simples eco de seus próprios passos. Porém, ao continuar a caminhada, ele estava mais e mais inclinado a concluir, com o pouco de racionalidade que lhe restava, que era real: outros pés trilhavam a mesma rua. Pensou, meio confuso, em fantasmas e ficou surpreso com a rapidez com que visualizou a imagem do fantasma apropriado para o local, com o rosto tão branco quanto o de um Pierrô, mas quadriculado de preto. O vértice do triângulo do céu azul escuro tornava-se mais claro e mais azulado, mas ele ainda não percebera o motivo: estava se aproximando das luzes da enorme casa e do jardim. Só sentia o ambiente tornando-se mais intenso; havia mais violência e mistério naquela tristeza... mais... hesitou em usar a palavra e então disse, rompendo em riso: Catastrofismo.

Mais pinheiros, mais trilhas passavam deslizando por ele, e então ele estacou enraizado como que por um passe de mágica. É desnecessário dizer que ele se sentiu como se tivesse entrado num sonho; mas dessa vez teve quase certeza de que estava dentro de um livro. Pois nós, seres humanos, estamos habituados a coisas inadequadas, estamos acostumados ao ruído do absurdo; é uma melodia que pode nos fazer dormir. Se algo adequado acontece, nos desperta como o acorde perfeito de um instrumento de cordas. Acontecera algo do tipo que teria acontecido num lugar como aquele numa história esquecida.

Acima dos pinheiros pretos passou uma espada voando e cintilando sob a lua – um tipo de sabre tão fino e brilhante como muitos usados em vários duelos injustos naquele parque antigo. A espada caiu na trilha muito à frente dele e lá ficou resplandecendo como uma grande agulha. Ele correu como uma lebre e curvou-se para examiná-la. De perto, era de aparência bem vistosa: as grandes pedras vermelhas no punho e na guarda eram um pouco duvidosas. Mas outros pingos vermelhos na lâmina não deixavam dúvidas.

Correu o olhar frenético na direção de onde viera o ofuscante míssil e notou que naquele ponto a fachada sombria de abetos e pinheiros era interrompida por uma estradinha em ângulos retos; ao tomar essa estrada teve a vista completa da ampla e iluminada casa com lago e fontes na frente dela. Contudo, ele não olhou para isso; havia algo mais interessante para olhar.

Acima dele, formando um ângulo reto com o monte verde e íngreme do jardim em terraços, estava uma dessas pequenas e pitorescas surpresas, comuns no estilo antigo de paisagismo; uma espécie de colina pequena e redonda ou cúpula de grama, como uma toca gigante de toupeira, anelada e coroada por três cercas concêntricas de rosas, tendo um relógio de sol no centro do ponto mais alto. Kidd pôde ver o ponteiro escuro erguido contra o céu como a barbatana de um tubarão e o vão luar fixo naquele relógio fútil. Mas viu também, por um momento fugaz, outra coisa fixada ao relógio: o vulto de um homem.

Apesar de tê-lo visto só por um momento, apesar da roupa estranha e inacreditável, da cabeça aos pés em carmim com reflexos dourados, mesmo assim descobriu quem era num raio de luar. Aquele rosto branco virado para o céu, escanhoado e tão artificialmente jovem, como Byron com um nariz romano, aqueles cachos pretos já um pouco grisalhos, ele vira em milhares de fotos publicadas: era Sir Claude Champion. O vulto vermelho e extravagante oscilou um segundo contra o relógio de sol e pouco depois rolou abaixo o barranco verde e íngreme, indo parar aos pés do americano, fazendo um movimento fraco com o braço. Um adorno espalhafatoso de ouro falso no braço fez num instante Kidd lembrar-se de *Romeu e Julieta*; é claro que a veste cor de carmim fazia parte da peça. Mas havia uma comprida mancha vermelha descendo o barranco por onde o homem tinha rolado; aquilo não era parte da peça. Era um líquido que correra dentro do corpo.

O sr. Calhoun Kidd gritou e gritou de novo. Mais uma vez teve a sensação de ouvir passos fantasmagóricos e começou a achar que já existia outro vulto perto dele. Ele conhecia o vulto e mesmo assim estava aterrorizado. O jovem libertino, que se apresentara como Dalroy era terrivelmente silencioso; se Boulnois não comparecia a encontros agendados, Dalroy tinha um jeito sinistro de comparecer a encontros não agendados. O luar confundia as cores; em contraste com o cabelo ruivo, a face pálida de Dalroy não parecia esbranquiçada, e sim esverdeada.

Todo esse mórbido impressionismo deve ter sido a desculpa para Kidd ter gritado grosseiramente e sem nenhum motivo:

– Foi você que fez isso, seu demônio?

James Dalroy esboçou seu sorriso desagradável; mas antes que pudesse falar, o corpo caído fez outro movimento com o braço, abanando vagamente em direção ao local onde a espada caíra; então veio um gemido, e depois ele conseguiu falar:

– Boulnois... Boulnois, eu digo... Boulnois fez isto... por ciúmes de mim... ele estava com ciúmes... ele estava, ele estava...

Kidd abaixou a cabeça para ouvir mais alguma coisa e só conseguiu pegar as palavras:

– Boulnois... com a minha própria espada... ele a jogou...

Outra vez a mão enfraquecida acenou em direção à espada e então caiu rígida, com um baque. Aflorou em Kidd, lá do fundo todo o seu humor mordaz, o tempero excêntrico da seriedade da sua raça.

– Veja só – disse ríspido, em tom de comando –, você têm que ir buscar um médico. Este homem está morto.

– E um padre também, suponho – disse Dalroy de um modo indecifrável. – Todos esses Champion são católicos.

O americano ajoelhou-se junto ao corpo, verificou a pulsação, segurou a cabeça e executou alguns derradeiros procedimentos na tentativa de ressuscitá-lo; mas até o outro jornalista reaparecer seguido de um médico e um padre, ele já estava preparado para afirmar que eles haviam chegado tarde demais.

– E você, também chegou tarde demais? – perguntou o médico, homem de aparência sensata, jeito bem-sucedido e bigode e suíças convencionais, mas olhos perspicazes que observavam Kidd com desconfiança.

– Num certo sentido sim – provocou o representante do *Sun*. – Cheguei muito tarde para salvar o homem, mas em tempo para ouvir algo importante. Ouvi o morto denunciar seu assassino.

– E quem é o assassino? – perguntou o médico, franzindo a testa.

– Boulnois – disse Calhoun Kidd com um leve assobio.

O médico o fitou melancólico com o semblante avermelhado, mas não o contradisse. Então, o padre, uma baixa figura em segundo plano, disse com voz suave:

– Que eu saiba, o sr. Boulnois não viria esta noite ao Pendragon Park.

– De novo – disse com severidade o ianque –, talvez eu possa esclarecer um fato ou dois ao velho país. Sim, senhor, John Boulnois não sairia de casa esta noite; ele tinha um encontro marcado comigo. Mas John Boulnois mudou de ideia. John Boulnois saiu de casa de repente e veio sozinho para este maldito Park há mais ou menos uma hora. O mordomo dele me contou. Acho que temos o que a polícia especializada chama de pista... mandaram avisar a polícia?

– Sim – disse o médico –, mas ainda não notificamos mais ninguém.

– A sra. Boulnois sabe? – perguntou James Dalroy, e de novo Kidd teve a consciência de seu desejo irracional de bater naquela boca retorcida e debochada.

– Não contei a ela – disse o médico com a voz rouca, mas a polícia já está vindo.

O pequenino padre caminhara até a avenida principal, e agora voltava com a espada, que parecia ridiculamente grande e cenográfica junto a sua aparência rechonchuda, ao mesmo tempo sacerdotal e insignificante.

– Antes que a polícia chegue – disse, desculpando-se – alguém tem uma lanterna ou coisa parecida?

O jornalista ianque tirou do bolso uma lanterna, que o padre segurou bem próxima à espada, direcionando o feixe de luz para o meio da lâmina, que ele examinou com extremo cuidado. Então, sem olhar a ponta nem o punho, entregou a arma ao médico.

– Sinto que não sou útil por aqui – disse com um leve suspiro. – Desejo boa noite aos senhores – e saiu caminhando rumo à casa pela avenida escura, com as mãos entrelaçadas nas costas e a cabeça grande inclinada, pensativo.

O resto do grupo caminhou em passos cada vez mais rápidos em direção à guarita junto aos portões, onde um inspetor e dois policiais já podiam ser vistos conversando com o empregado que trabalhava na guarita. Porém, o padre baixinho apenas caminhou cada vez mais devagar na escuridão dos pinheiros até finalmente parar, estático, nos degraus da casa. Foi o seu jeito silencioso de registrar outra aproximação silenciosa; porque vinha em sua direção um vulto que talvez satisfizesse até mesmo o desejo de Calhoun Kidd por um fantasma encantador e aristocrático. Era uma jovem num vestido de cetim prateado em estilo renascentista, com o cabelo dourado preso em duas longas tranças e o rosto tão assustadoramente pálido entre elas que poderia ser de criselefantino – isto é, feito como algumas estátuas gregas antigas, revestido de ouro e marfim. Mas os olhos eram muito brilhantes, e a voz baixa mas confiante.

– Padre Brown? – perguntou.

– Sra. Boulnois? – respondeu ele, sério. Então olhou para ela e disse no mesmo instante: – Estou vendo que já sabe sobre Sir Claude.

– Como sabe que eu sei? – perguntou ela, calma.

Ele não respondeu a pergunta, mas fez outra:

– Tem visto o seu marido?

– Meu marido está em casa – respondeu ela. – Ele não tem nada a ver com isso.

Outra vez ele não respondeu, e a mulher aproximou-se dele, com uma expressão de intensa curiosidade no rosto.

– Quer que eu lhe diga mais? – perguntou com um sorriso um tanto temeroso. – Não acredito que ele tenha culpa, e *o senhor* também não acredita.

Padre Brown, por um longo tempo, fitou-a sério; então moveu a cabeça em sinal afirmativo, ainda mais sério.

– Padre Brown – disse a dama –, vou lhe contar tudo que sei, mas primeiro gostaria que me fizesse um favor. Poderia me contar por que não concluiu logo que o pobre John é o culpado, como os outros fizeram? Não se preocupe, pode falar; eu... eu sei que os boatos e as aparências estão contra mim.

Padre Brown, honestamente constrangido, passou a mão na testa.

– Dois detalhes mínimos – disse ele. – Um pelo menos é muito simples, já o outro é muito vago. Mas, assim como são, não se encaixam com a tese de que o sr. Boulnois é o assassino.

Ergueu o rosto pálido e redondo em direção às estrelas e continuou, absorto:

– Primeiro, a ideia mais vaga. Eu dou muita importância às ideias vagas. Todas essas coisas que "não provam nada" são as que me convencem. Acredito que a impossibilidade moral é a maior das impossibilidades. Conheço muito pouco o seu marido, mas acho que esse suposto crime dele, de modo geral, é algo bem parecido a uma impossibilidade moral. Por favor, não pense que eu quero dizer que Boulnois não pode ser tão cruel. Qualquer um pode ser cruel... tão cruel quanto quiser ser. Podemos decidir moralmente nossas atitudes, mas em geral não podemos mudar nossas preferências instintivas e nosso modo de fazer as coisas. Boulnois poderia cometer um assassinato, mas não este. Ele não arrancaria a espada do Romeu de sua bainha enfeitada; nem assassinaria seu inimigo em um relógio de sol como numa espécie de altar; nem deixaria o corpo entre as rosas, nem arremessaria a espada para longe entre os pinheiros. Se Boulnois matasse alguém, ele o faria de modo intenso e sigiloso, como faria qualquer outra coisa escusa... como tomar o décimo cálice de Porto, ou ler um licencioso poeta grego. Não, o cenário romântico não era coisa de Boulnois. Era mais coisa de Champion.

— Ah! — disse a sra. Boulnois o mirando com olhos de diamante.

— O detalhe simples é o seguinte — disse Brown. — Havia impressões digitais na espada; digitais podem ser detectadas bastante tempo depois de terem sido feitas se elas estiverem sobre uma superfície polida como vidro ou aço. Essas estavam numa superfície polida. Estavam no meio da lâmina da espada. De quem são as digitais eu não tenho nenhuma pista, mas por que alguém seguraria uma espada pelo meio da lâmina? Era uma espada longa, mas o comprimento é uma vantagem para dar uma estocada no inimigo. Pelo menos, na maioria dos inimigos. Em todos os inimigos, exceto um.

— Exceto um — ela repetiu.

— Só existe um único inimigo — disse o padre Brown — a quem é mais fácil matar com uma adaga do que com uma espada.

— Eu sei — disse a mulher. — Você mesmo.

Houve um silêncio prolongado, então o padre disse de modo calmo, mas súbito:

— Então estou certo? Sir Champion se matou?

— Sim — disse ela, com um rosto de mármore. — Presenciei o fato.

– Ele morreu – perguntou o Padre Brown – por amor a você?

Uma expressão inesperada cruzou o rosto dela, algo muito diferente de pena, modéstia, remorso e qualquer outra coisa que seu interlocutor estivesse esperando: de repente a voz dela tornou-se forte e inabalável.

– Não acredito – disse ela – que ele realmente gostasse de mim. Ele odiava meu marido.

– Por quê? – volveu o outro baixando o rosto redondo do céu para a dama.

– Ele odiava meu marido porque... é tão estranho, eu nem sei como dizer isso... porque...

– Sim? – disse Brown com paciência.

– Porque meu marido não o odiava.

Padre Brown apenas assentiu com a cabeça e pareceu ainda estar escutando; ele se diferenciava da maioria dos detetives reais ou fictícios por um pequeno detalhe: nunca fingia não entender quando entendia perfeitamente.

A sra. Boulnois, mais uma vez, aproximou-se dele com a mesma convicção contida.

– Meu marido – disse ela – é um grande homem. Sir Claude não era um grande homem; ele era um homem célebre e bem-sucedido. Meu marido nunca foi célebre, nem bem-sucedido, e a mais pura verdade é que ele nunca sonhou em ser. Não sonha em ser mais famoso por pensar do que por fumar charutos. Essas atitudes demonstram uma espécie de grandiosa burrice. Ele nunca cresceu. Ele ainda gosta de Champion do mesmo jeito que gostava quando eles estavam na escola; ele o admira como admiraria um truque de mágica feito durante o jantar. Mas ele não conseguiria conceber a ideia de *invejar* Champion. E Champion *queria ser invejado*. Enlouqueceu e se matou por causa disso.

– Sim – disse o Padre Brown –, acho que comecei a entender.

– Ah! O senhor não enxerga? – gritou ela. – Todo o cenário foi montado para isso; o local foi escolhido para isso. Champion colocou John numa casinha, bem junto à porta dele, como um dependente, para fazer John *sentir-se* um fracasso. Mas ele nunca se sentiu assim. Ele não pensa nesse tipo de coisas mais do que... do que pensaria um leão desatento. Nas horas em que John estava em seus piores trajes, ou fazendo a refeição mais trivial, Champion surgia com algo fascinante; um presente, um comunicado ou um convite para uma expedição que ele fazia parecer como uma visita de Haroun Alraschid,* e John aceitava ou recusava de maneira amável, com o olhar enviesado, digamos assim, como um garoto de escola preguiçoso, concordando ou discordando do outro. Depois de cinco anos disso, John nem pestanejou, mas Sir Claude Champion estava obcecado.

– "E Haman começou a lhes contar" – disse o Padre Brown – "sobre todas as coisas com que o rei o honrara; e ele disse: 'Nenhuma dessas coisas me satisfaz enquanto eu ver Mordecai, o judeu, sentado junto ao portão'."

– E a crise veio – continuou a sra. Boulnois – quando persuadi John a permitir que eu redigisse suas investigações e as enviasse para uma revista. Elas começaram a chamar a atenção, especialmente na América do Norte, e um jornal quis entrevistá-lo. Quando Champion (que era entrevistado quase diariamente) ouviu falar dessa pequena migalha de sucesso caindo sobre seu rival involuntário, rompeu-se a última amarra que segurava seu ódio diabólico. Então começou a preparar este cerco insano ao meu amor e minha honra, que se tornou o assunto do condado. O senhor vai me perguntar por que eu

---

* Califa de Bagdá. (N.T.)

permiti esse tipo de galanteios intoleráveis. Eu respondo que eu não poderia ignorá-los a não ser explicando ao meu marido, e tem coisas que uma alma não pode fazer, assim como o corpo não pode voar. Ninguém poderia ter explicado ao meu marido. Ninguém pode fazer isso agora. Se o senhor dissesse a ele com todas as letras: "Champion está roubando a sua esposa", ele acharia que só podia ser uma piada de mau gosto, e essa informação não acharia uma brecha por onde entrar em sua enorme cabeça e se instalar. Bom, era para o John vir nos assistir atuar esta noite, mas quando íamos sair, ele disse que não viria, que ficaria em casa com um livro interessante e um charuto. Eu contei ao Sir Claude, e isso foi o sopro da morte. O obcecado de repente caiu em desespero. Golpeou a si mesmo com a espada gritando como um demônio que Boulnois o estava matando; jaz morto no jardim devido a sua própria inveja de produzir inveja; enquanto John lê um livro na sala de estar.

Novo silêncio e, então, o pequenino padre disse:

– Só existe um ponto fraco em toda a sua narrativa bastante intensa. Seu marido não está lendo um livro na sala de estar. O repórter americano me contou que esteve em sua casa, e seu mordomo disse a ele que no fim das contas o sr. Boulnois tinha vindo para Pendragon Park.

Os olhos brilhantes da sra. Boulnois arregalaram-se num olhar quase elétrico, mais de admiração do que perplexidade ou medo.

– Todos os empregados estavam fora de casa assistindo às encenações teatrais. E, graças aos céus, não temos mordomo!

Padre Brown teve um sobressalto e girou num semicírculo como um pião maluco.

– O quê? O quê? – gritou ele, parecendo ter sido de repente eletroestimulado de volta a vida. – Veja bem... será... que seu marido me ouviria se eu fosse até a sua casa?

– Bem, a esta hora os empregados já devem estar de volta – pressupôs a sra. Boulnois.

– Certo, certo! – replicou o sacerdote enérgico e saiu a passos rápidos em direção aos portões do Park, virando-se uma vez para dizer: – É melhor tratar de segurar o tal ianque ou "O Crime de John Boulnois" estará em letras garrafais por toda a República.

– O senhor não entende – disse a sra. Boulnois. – Ele não se importaria. Acho que para ele a América do Norte não é um lugar de verdade.

Quando o Padre Brown chegou à casa da colmeia e do cachorro sonolento, uma empregada, pequena e asseada, acompanhou-o até a sala de estar onde Boulnois lia sob um abajur exatamente como a esposa havia descrito. Um decantador com vinho do Porto e um cálice estavam próximos ao seu cotovelo, e, assim que entrou, o padre notou uma longa cinza presa ao charuto.

"Ele deve estar aqui há no mínimo meia hora", pensou o Padre Brown. De fato, ele tinha um ar de quem estivera sentado ali desde que acabara o jantar.

– Não levante, sr. Boulnois – disse o padre com seu jeito agradável e prosaico. – Não vou interrompê-lo nem por um momento. Temo ter interferido em algum de seus estudos científicos.

– Não – disse Boulnois –, eu estava lendo *O polegar sangrento*.

Falou sem franzir as sobrancelhas nem sorrir, e o visitante percebeu naquele homem certa indiferença profunda e viril, que a esposa chamava de grandeza. Fechou o romance sensacionalista sangrento sem nem ao menos sentir necessidade de comentar com humor o inusitado de sua escolha. John Boulnois era um homem grande, de gestos lentos, cabeça avantajada, metade grisalha e metade careca, e feições grosseiras e rudes. Usava um antiquado e gasto traje de noite com a camisa um pouco aberta; vestira-se assim aquela noite seguindo a ideia inicial de assistir sua esposa representar Julieta.

– Não vou mantê-lo longe de *O polegar sangrento* ou de quaisquer outros assuntos catastróficos por muito tempo – disse Padre Brown sorrindo. – Eu vim apenas perguntar sobre o crime que o senhor cometeu esta noite.

Boulnois olhou firme para ele, mas começou a aparecer uma faixa vermelha de um lado a outro de sua testa larga; e ele pareceu alguém descobrindo o constrangimento pela primeira vez.

– Sei que foi um crime estranho – vaticinou Brown em voz baixa. – Mais estranho que assassinato... para o senhor. Os pequenos pecados às vezes são mais difíceis de confessar que os grandes... mas é por isso que é tão importante confessá-los. O seu crime é cometido por toda dona de casa elegante seis vezes por semana; no entanto, o senhor tem as palavras presas na garganta como se ele fosse uma atrocidade inominável.

– A gente fica se sentindo – disse o filósofo, devagar – um tremendo idiota.

– Sei – concordou o outro –, mas muitas vezes é preciso escolher entre sentir-se um completo idiota e ser um.

– Não consigo me analisar muito bem – continuou Boulnois –, mas sentado naquela poltrona, lendo aquela história, eu estava feliz como um garoto de escola com a tarde livre. Sentia segurança, eternidade... não sei explicar... os charutos estavam à mão... os fósforos estavam à mão... o *Polegar* apareceria mais quatro vezes para... não era só paz, mas plenitude. Então, a sineta tocou, pensei por um longo e mortal minuto que eu não poderia levantar daquela poltrona, literal, física ou muscularmente, não poderia. Então, levantei, como um homem que carrega o peso do mundo, porque sabia que os empregados tinham saído. Abri a porta da frente, e lá estava um homem pequeno com sua boca aberta para falar e com sua caderneta aberta para anotar. Lembrei que eu tinha esquecido da entrevista com o ianque. O cabelo dele estava repartido no meio, e digo ao senhor que assassinato...

– Entendo – disse padre Brown –, eu o conheci.

– Não cometi assassinato – continuou o catastrofista suavemente –, apenas menti. Disse que tinha ido para Pendragon Park e fechei a porta na cara dele. Esse foi o meu crime, Padre Brown, e não sei qual a penitência o senhor vai me impor por causa dele.

– Não devo lhe impor nenhuma penitência – disse o padre como um cavalheiro, recolhendo seu pesado chapéu e seu guarda-chuva com um quê de divertimento. – Muito pelo contrário, vim até aqui especialmente para liberá-lo da pequena penitência que poderia ter sido imposta caso o senhor não tivesse cometido sua pequena ofensa.

– E qual é – perguntou Boulnois sorrindo – a pequena penitência da qual eu tive a sorte de ser liberado?

– Ser enforcado – afirmou Padre Brown.

12

O CONTO DE FADAS
DE PADRE BROWN

A pitoresca cidade-estado de Heiligwaldenstein foi um daqueles principados em miniatura que ainda hoje formam algumas partes do Império Germânico. Sucumbiu à hegemonia prussiana em um momento bastante tardio da história da Europa – menos de cinquenta anos antes do lindo dia de verão em que Flambeau e Padre Brown se viram sentados num dos parques da cidade, bebendo a cerveja local. Entre os que estão vivos para lembrar, como logo será visto, conta-se que o lugar foi palco de muitas guerras e de muitas decisões judiciais infames. No entanto, no mero fato de olhar a cidade, não se conseguia desfazer a impressão de infantilidade, que é o lado mais charmoso da Alemanha: aquelas pequenas monarquias paternalistas de pantomima, onde um rei parece ser figura tão doméstica quanto uma cozinheira. Os soldados alemães postados ao lado das incontáveis guaritas se pareciam de um modo estranho com os bonequinhos que turistas compram na Alemanha, e as bem delineadas ameias do castelo, douradas à luz do sol, se pareciam muito com dourados pães de mel. Pois aquele era um dia brilhante de sol. O céu estava de um azul prussiano, tão azul quanto podia querer a região de Potsdam, mas lembrava ainda mais o uso generoso e brilhante da cor que uma criança escolhe de uma caixa de bisnagas de tinta para brincar de pintar. Até mesmo as árvores, com suas costelas de cor cinza à mostra, pareciam jovens, pois os brotos, pontiagudos, ainda estavam rosados e, contra o azul intenso, formavam uma estampa e mais pareciam incontáveis figuras desenhadas por crianças.

Apesar de sua aparência prosaica e de seu modo prático de conduzir a vida, Padre Brown não deixava de ter um certo toque romântico em sua composição, embora geralmente guardasse para si seus devaneios, como o fazem muitas crianças. Entre as cores vivas e brilhantes de um dia como aquele, e dentro do contexto heráldico de uma cidade como aquela, ele se sentiu como uma pessoa que tivesse entrado em um conto de fadas. Encontrou um prazer infantil, como se fosse um irmão mais novo, só de ver a formidável bengala que escondia uma adaga e que Flambeau sempre agitava ao caminhar e que agora estava de pé junto a sua caneca alta de Munique. Não só isso, mas, em sua sonolenta ociosidade, deu-se conta de que estava olhando o seu próprio guarda-chuva: gasto, com a ponta desengonçada (quase uma maçaneta redonda), o que lhe trazia vagas lembranças da clava de um ogro num colorido livro de brinquedo. Mas ele nunca compôs nada em forma de ficção, a não ser o conto que se segue:

– Eu me pergunto – disse ele – se alguém poderia ter aventuras de verdade num lugar como este, mesmo que se esforçasse. É um pano de fundo esplêndido para aventuras, mas sempre me dá uma sensação de que as lutas seriam com sabres de papelão, e não com terríveis espadas de verdade.

– O senhor está enganado – disse seu amigo. – Neste lugar as pessoas não só lutam com espadas, como também matam sem elas. E tem coisa ainda pior.

– Ora, do que você está falando? – perguntou Padre Brown.

– Ora – respondeu o outro –, necessário se faz dizer que este foi o único lugar da Europa onde um homem já foi baleado sem armas de fogo.

– Você quer dizer com arco e flecha? – perguntou Padre Brown, de certa forma maravilhado.

– Quero dizer com uma bala no cérebro – respondeu Flambeau. – O senhor não conhece a história do falecido príncipe deste lugar? Foi um dos maiores mistérios policiais uns vinte anos atrás. Com certeza o senhor lembra que esta região aqui foi anexada à força, na época das primeiras tentativas de consolidação feitas por Bismarck, e "à força" não significa "com facilidade". O império (ou aquilo que tinha a pretensão de ser um império) enviou o Príncipe Otto de Grossenmark para governar este território em prol dos interesses imperiais. Nós vimos o retrato dele lá na galeria: um cavalheiro idoso, e seria bonito se tivesse cabelos e sobrancelhas e não estivesse enrugado como um abutre; mas ele tinha constantes preocupações, e isso eu já explico daqui a pouco. Ele foi um soldado de talento superior, um combatente de muito sucesso, mas não foi nada fácil governar esta pequena região. Foi derrotado em várias batalhas pelos célebres irmãos Arnhold, os três guerrilheiros patriotas; em homenagem a eles, Swinburne escreveu um poema. O senhor deve estar lembrado:

> Lobos de peruca no tribunal
> E urubus qual monarcas coroados
> Multiplicam-se que nem matagal.
> Serão todos pelos três derrotados.

Ou coisa parecida. De fato, é certo que a ocupação teria se consumado, não fosse um dos três irmãos, o desprezível Paul, ter decisivamente desistido de enfrentar os lobos e urubus; ao entregar todos os segredos da insurreição, assegurou não só o fracasso da revolta mas também sua promoção ao posto de tesoureiro do Príncipe Otto. Depois disso, Ludwig, o único herói genuíno entre os heróis do sr. Swinburne, foi morto, espada na mão, quando tentavam capturar a cidade. E o terceiro, Heinrich, que, embora não fosse considerado um traidor, sempre havia sido submisso e mesmo tímido se comparado aos seus atuantes irmãos, retirou-se de cena, quase como um eremita, se converteu a um quietismo cristão, quase como um *quaker*, e nunca mais se misturou aos homens, exceto para dar aos pobres praticamente tudo o que possuía. Me contaram que, não faz muito tempo, ainda era possível vê-lo por estas vizinhanças de vez em quando: de capote preto, quase cego, cabelo branco desgrenhado, mas no rosto uma surpreendente serenidade.

– Eu sei – disse Padre Brown. – Eu o vi uma vez.

Seu amigo olhou-o com um quê de surpresa.

– Não sabia que o senhor já havia estado aqui antes – disse. – Talvez então saiba tanto quanto eu. De qualquer maneira, essa é a história dos Arnhold, e ele foi o último sobrevivente dos três. Sim, e de todos os homens que desempenharam algum papel nesse drama.

– Quer dizer que o príncipe também morreu há muito tempo?

– Morreu – repetiu Flambeau –, e isso é tudo o que se pode dizer. O senhor precisa entender que, já mais para o fim da vida, ele começou a sofrer dos nervos, o que não é incomum de acontecer com os tiranos. Ele multiplicou a guarda do dia e também a da noite em volta do castelo, até que parecia ter mais guaritas do que casas na cidade, e qualquer pessoa suspeita levava bala sem dó nem piedade. Vivia quase que o tempo todo num quarto pequeno, bem no meio de um labirinto imenso e medonho formado por todos os outros quartos e, mesmo ali, levantou uma espécie de cabina ou armário central, revestido de aço, como um cofre ou um navio de guerra. Dizem que debaixo do piso desse quarto havia um buraco secreto na terra, do tamanho exato para ele caber dentro, de modo que, na ansiedade de escapar da sepultura, estava disposto a entrar num lugar que imitava uma sepultura. Mas ele foi ainda mais longe. O populacho já devia estar desarmado desde a supressão da revolta, mas Otto agora insistia, como raras vezes faz um governante, num literal e completo desarmamento. Isso foi realizado com extraordinário rigor e severidade por oficiais muito bem organizados em toda uma região pequena e conhecida, até onde a ciência e a força humana podem dar certeza de alguma coisa. O Príncipe Otto tinha absoluta certeza de que ninguém entraria com uma pistola, nem mesmo de brinquedo, em Heiligwaldenstein.

– A ciência humana nunca pode ter certeza de coisas assim – disse Padre Brown, ainda olhando para os brotos avermelhados dos galhos acima de sua cabeça –, nem que seja pela dificuldade sobre o que é definição e o que é conotação. O que é uma *arma*? Tem muita gente que foi assassinada com objetos domésticos tão inofensivos quanto um bule de chá, e provavelmente envolto o bule numa capinha de lã. Por outro lado, se você mostrasse um revólver a um bretão da Antiguidade, duvido que ele fosse adivinhar que era uma arma... até que alguém a disparasse contra ele, é claro. Talvez alguém tenha entrado no castelo com uma arma tão nova que nem se parecia com uma arma de fogo. Talvez fosse parecida com um dedal ou outra coisa qualquer. A bala era uma bala fora do normal?

– Não que eu saiba – respondeu Flambeau –, mas todas as informações que tenho são fragmentadas e vêm todas do meu velho amigo Grimm. Ele era um detetive muito hábil a serviço dos alemães e tentou me prender; mas, em vez disso, eu o prendi, e tivemos várias conversas interessantes. Ele estava encarregado aqui do inquérito sobre o Príncipe Otto, mas eu não lembrei de perguntar a ele sobre a bala. De acordo com Grimm, aconteceu o seguinte.

Flambeau parou por um momento para tomar, de um gole só, a maior parte de sua cerveja preta e então continuou:

– Na noite em questão, ao que parece, esperava-se que o príncipe aparecesse em uma das salas externas, pois receberia certos visitantes, os quais ele queria muito conhecer. Eram peritos em geologia, enviados para investigar a velha questão da suposta existência de ouro nas rochas que cercam este lugar. Era sobre esse potencial aurífero (dizia-se) que esta pequena cidade-estado havia mantido por tanto tempo seu crédito e fora capaz de negociar com seus vizinhos, mesmo sob bombardeio incessante de exércitos mais poderosos. Até esse ponto, nada havia sido encontrado, nem com as mais minuciosas investigações, do tipo que...

– Do tipo que com certeza descobriria uma pistola de brinquedo – disse Padre Brown com um sorriso. – Mas e quanto ao irmão que passou para o outro lado? Ele não tinha nada para dizer ao príncipe?

– Sempre afirmou que não sabia de nada – respondeu Flambeau –, e que esse era o único segredo que os irmãos não contaram a ele. Nada mais justo que dizer que isso foi corroborado até certo ponto por palavras entrecortadas ditas pelo grande Ludwig na hora de sua morte, quando, olhando para Heinrich mas apontando para Paul, ele disse: "Você não contou a *ele*...", e logo em seguida já não conseguiu mais falar. De qualquer modo, a delegação de importantes geólogos e mineralogistas de

Paris e Berlim estava ali, em seus trajes mais corretos e mais magníficos, pois não existe gente que goste mais de usar suas condecorações do que os homens da ciência, como bem sabem todos os que já estiveram presentes a uma *soirée* da Royal Society. Foi uma reunião esplêndida, mas começou muito tarde, e pouco a pouco o tesoureiro... aquele do retrato na galeria: um homem de sobrancelhas pretas, olhar compenetrado e uma espécie de sorriso inexpressivo... o tesoureiro, como eu disse, descobriu que tudo e todos estavam ali, exceto o próprio príncipe. Procurou por todos os salões externos e depois, lembrando os loucos ataques de medo do homem, correu até o quarto mais central. Também estava vazio, mas a cabina ou torre blindada construída ali no meio do quarto levou algum tempo para abrir. Quando abriu, também estava vazia. O tesoureiro entrou e examinou o buraco no chão, que parecia mais fundo e de algum modo se parecia ainda mais com uma sepultura. Esse é o relato dele, claro. Bem quando estava examinando o buraco no chão, escutou uma gritaria e um tumulto acontecendo nos compridos aposentos e nos corredores próximos.

"Logo de início, era uma barulheira ao longe e a comoção de algo impensável da perspectiva da multidão, mesmo para além do castelo. Depois, foi um clamor sem palavras, surpreendentemente próximo, e alto o suficiente para ser distinguido se uma palavra não atropelasse a outra. Depois, escutaram-se palavras de tenebrosa nitidez, cada vez mais próximas, e então um homem irrompeu na sala, dando a notícia da forma mais sucinta que se pode dar uma notícia dessas.

"Otto, o príncipe de Heiligwaldenstein e de Grossenmark, jazia no orvalho do lusco-fusco da tarde que caía no bosque atrás do castelo, braços abertos e o rosto virado para a lua. O sangue ainda pulsava, esvaindo-se da têmpora e do maxilar destroçados, mas era a única parte dele que se movia como uma coisa viva. Estava vestido em seu uniforme completo, branco e amarelo, como para receber os convidados, à exceção de uma faixa ou lenço que estava desamarrado e bem amarfanhado ao lado dele. Antes que pudessem levantá-lo, morreu. Mas, vivo ou morto, era um enigma; ele, que sempre se mantivera escondido no mais recôndito aposento, jazia agora no bosque úmido; desarmado e só."

– Quem encontrou o corpo? – perguntou Padre Brown.

– Uma jovem que trabalhava na Corte, chamada Hedwig von Alguma Coisa, e que estava no bosque colhendo flores silvestres – respondeu seu amigo.

– E ela colheu alguma flor? – perguntou o padre, dirigindo um olhar vago ao véu de galhos acima de sua cabeça.

– Sim – respondeu Flambeau. – Eu lembro em especial que o tesoureiro, ou o velho Grimm, ou alguém, disse como aquilo foi horrível, quando atenderam ao chamado da moça, ver que ela segurava na mão flores de primavera e inclinava-se sobre aquele... aquele colapso ensanguentado. Mas o principal foi que, antes de chegar socorro, ele estava morto, e a notícia, é claro, tinha que ser levada ao castelo. A consternação que causou foi algo além do que seria natural em uma Corte mesmo quando se tem a queda de um potentado. Os visitantes estrangeiros, em particular os especialistas em minas, ficaram confusos e aturdidos, e também vários oficiais prussianos importantes, e logo começou a ficar claro que os planos para encontrar o tesouro acarretavam um negócio muitíssimo maior do que se supunha. Aos peritos e oficiais haviam sido prometidas grandes recompensas e vantagens internacionais, e alguns diziam até mesmo que os aposentos secretos do príncipe e a forte proteção militar se deviam menos ao medo do populacho e mais à realização de uma investigação particular sobre...

– Os talos das flores eram compridos? – perguntou Padre Brown.

Flambeau fixou o olhar nele.

– Que pessoa estranha, o senhor – disse ele. – Isso foi exatamente o que o velho Grimm falou. Ele disse que o pior de tudo, a seu ver, mais do que o sangue e a bala, era o fato de as flores terem talos mínimos, pois tinham sido cortadas logo abaixo do cálice.

– Com certeza, quando uma moça está *realmente* colhendo flores, ela as colhe com o talo comprido. Se ela só arrancasse as flores, pelo conjunto de pétalas, como fazem as crianças, que puxam pela flor, fica parecendo... – e aqui ele hesitou.

– Parecendo o quê? – perguntou o outro.

– Bem, fica parecendo que ela apanhou as flores com nervosismo, como uma justificativa para estar ali depois de... bem, depois de já estar lá.

– Sei aonde você quer chegar – disse Flambeau com tristeza. – Mas essa suspeita, assim como qualquer outra, tem um ponto fraco: a ausência de uma arma. Ele poderia ter sido morto, como você está dizendo, com muitas outras coisas, até mesmo com sua própria faixa militar; mas o que nós temos de explicar não é como ele foi morto, e sim como ele foi baleado. E o fato é que não se consegue explicar como ele foi baleado. A moça foi investigada e revistada com brutalidade, pois, a bem da verdade, ela parecia um pouco suspeita, embora fosse a sobrinha e guardiã do antigo tesoureiro, o cruel Paul Arnhold. Mas ela era muito romântica, e suspeitava-se que simpatizava com o antigo entusiasmo revolucionário da família. De qualquer forma, por mais romântico que alguém seja, não há como imaginar uma enorme bala na mandíbula ou no cérebro de um homem sem o uso de uma pistola ou de um revólver. Mas não havia pistola e, no entanto, houve dois disparos de pistola. Essa, meu amigo, eu deixo com o senhor.

– Como você sabe que foram dois disparos? – perguntou o pequeno padre.

– Era um só na cabeça – disse o colega –, mas tinha outro furo de bala na faixa.

A testa lisa de Padre Brown de repente crispou-se.

– Encontraram a outra bala? – perguntou.

Flambeau ficou surpreso.

– Não me recordo – disse.

– Espere aí! Espere aí! Espere aí! – gritou Brown, franzindo cada vez mais a testa, como se sua curiosidade se aguçasse de um modo fora do usual. – Não pense que estou sendo grosseiro; me deixe pensar um momento.

– Está bem – disse Flambeau, rindo, e terminou de beber sua cerveja. Uma leve brisa sacudiu as árvores lotadas de novos brotos e soprou para o céu nuvenzinhas tingidas de branco e de rosa que deram a impressão de tornar o céu ainda mais azul e toda a cena colorida ainda mais pitoresca. As nuvenzinhas bem podiam ser querubins voando de volta para casa, para as vidraças de algum tipo de maternidade celestial. A mais antiga torre do castelo, a Torre do Dragão, erguia-se tão grotesca e tão familiar como um caneco de cerveja. Só que, para além da torre, resplandecia o bosque onde o homem havia sido encontrado morto.

– Que fim levou essa Hedwig? – perguntou o padre, por fim.

– Está casada com o General Schwartz – disse Flambeau. – Com certeza o senhor ouviu falar da carreira dele, muito romanesca. Distinguiu-se mesmo antes de seus feitos em Sadowa e Gravelott; na verdade, começou de baixo e ascendeu na carreira militar, o que é bastante incomum na Alemanha, mesmo nos menores...

Padre Brown aprumou-se de súbito na cadeira.

– Ascendeu na carreira militar! – gritou, e juntou os lábios como quem vai assobiar. – Ora, ora, que história mais estranha. Que estranha maneira de matar um homem; mas suponho que era a única maneira possível. Mas imaginar um ódio tão paciente...

– O que o senhor está querendo dizer? – perguntou o outro. – De que maneira mataram o homem?

– Com a faixa de condecoração – disse, com cautela, Padre Brown. E, como Flambeau protestasse, continuou: – Sim, sim, estou sabendo da bala. Talvez eu devesse dizer que a *causa mortis* foi "posse de faixa de condecoração". Sei que não é nem de perto uma doença.

– Suponho – disse Flambeau – que o senhor tem uma ideia na cabeça, mas isso não vai tirar a bala da cabeça do morto. Como eu já expliquei, ele *poderia* facilmente ter sido estrangulado. Mas *foi* baleado. Por quem? Por que arma?

– Ele foi baleado por suas próprias ordens – disse o padre.

– Quer dizer que ele cometeu suicídio?

– Eu não disse que ele foi baleado por sua própria vontade – respondeu Padre Brown. – Eu disse por suas próprias ordens.

– Bem, seja como for, qual é a sua teoria?

O padre riu.

– Estou de férias – disse ele –, não tenho nenhuma teoria. Só que este lugar me faz lembrar de contos de fadas e, se você quiser, vou lhe contar uma história.

As nuvenzinhas cor-de-rosa, que mais pareciam balas e docinhos, haviam flutuado até o topo das ameias do castelo dourado de pão de mel, e os dedinhos rosados de nenéns das árvores que brotavam pareciam expandir-se e esticar-se no intuito de alcançá-las; o céu azul começou a tomar um tom violeta brilhante, noturno, quando Padre Brown retomou de súbito sua fala:

– Foi numa noite funesta, com a chuva ainda gotejando das árvores e o orvalho já se acumulando, que o Príncipe Otto de Grossenmark saiu apressado por uma porta lateral do castelo e foi a passos largos até o bosque. Um dos inumeráveis sentinelas saudou-o, mas ele nem percebeu. Não tinha desejo algum de chamar atenção sobre sua pessoa. Ficou aliviado quando as imensas e imponentes árvores cinza e já lubrificadas pela chuva engoliram-no como o teria engolido um pântano. Havia escolhido deliberadamente o lado menos frequentado de seu palácio, mas mesmo ali o local estava mais frequentado do que ele gostaria. Não havia a menor chance de ele ser seguido por um contato oficioso ou diplomático, pois aquela sua saída era a resposta a um impulso repentino. Nenhum dos diplomatas engalanados que deixara para trás era importante. Deu-se conta, numa fração de segundo, de que não precisava deles.

"Sua grande paixão não era o medo da morte, muito mais digno, e sim a estranha avidez por ouro. Por aquela lenda do ouro havia abandonado Grossenmark e invadido Heiligwaldenstein. Por isso, e tão somente por isso, havia comprado o traidor e assassinado o herói; por isso havia interrogado longamente, mais de uma vez, o falso tesoureiro, na tentativa de fazê-lo cair em contradição, até chegar à conclusão de que, ao tocar sua ignorância, o renegado realmente disse a verdade. Por isso ele havia, e não sem certa relutância, pago e prometido dinheiro, dada a perspectiva de abocanhar a quantia mais polpuda; e por isso havia se esgueirado para fora de seu palácio como um ladrão na chuva, pois lhe ocorrera um outro meio de saciar seu apetite de forma barata.

"Lá longe, ao fim de uma trilha que serpenteava montanha acima (e para onde ele estava se dirigindo), entre as pedras apoiadas em pilares que havia ao longo do cume que se descortinava acima do vilarejo, ficava o eremitério, pouco mais do que uma caverna cercada de espinheiros, no qual o terceiro dos poderosos irmãos havia muito tempo se escondia do mundo. Ele, pensou o Príncipe Otto, não teria nenhuma real razão para se recusar a abrir mão do ouro. Ele conhecia a localização do ouro havia muitos anos e não investiu em encontrá-lo, mesmo antes que seu novo e ascético credo o tivesse desligado de suas propriedades ou de seus prazeres. Verdade, ele tinha sido um inimigo, mas agora professava o dever de não ter inimigos. Alguma concessão à sua causa, algum apelo aos seus princípios provavelmente obteriam dele o simples segredo do dinheiro. Otto não era nenhum covarde, apesar de sua rede de precauções militares e, de qualquer forma, sua avareza era mais forte que seus medos. E nem havia maiores motivos para medo. Uma vez que ele tinha certeza de que os cidadãos de todo o principado não portavam armas, ele tinha cem vezes mais certeza de que não havia arma alguma no pequeno eremitério *quaker* da montanha, onde o eremita vivia de ervas, com dois camponeses velhuscos, seus criados, e sem qualquer outra voz humana anos a fio. O Príncipe Otto olhou de cima, com o quê de um sorriso horripilante, para os labirintos retangulares da cidade iluminada abaixo dele. Até onde a vista alcançava, ali se moviam as espingardas de seus amigos, e nem uma pitada de pólvora para seus inimigos. Carabineiros encontravam-se a postos, tão próximos até mesmo daquele caminho pela montanha que um grito seu faria os soldados correrem morro acima, isso sem mencionar o fato de que o bosque e o cimo da montanha eram patrulhados a intervalos regulares. Na mata escura, apequenados pela distância, do outro lado do rio, os carabineiros estavam tão ao longe que não tinha como um inimigo entrar furtivamente na cidade, por nenhum lado, por nenhum caminho. E, ao redor do palácio, havia carabineiros no portão oeste e no portão leste, nos portões norte e sul e ao longo das quatro fachadas que levavam de um portão a outro. Ele estava a salvo.

"Isso ficou ainda mais claro quando chegou ao ponto mais alto do cume da montanha e descobriu o quão indefesa era a toca de seu velho inimigo. Encontrou-se em uma pequena laje de pedra abruptamente interrompida por três esquinas de precipício. Na parte de trás estava a escura e negra caverna, disfarçada por espinheiros verdejantes, tão baixinha a boca da caverna que era difícil acreditar que um homem conseguisse entrar por ali. Na parte da frente, estavam os precipícios e a vasta mas nevoenta visão do vale. Na pequena laje de pedra havia um velho púlpito ou tribuna de bronze, vergada sob uma descomunal Bíblia alemã. O bronze ou cobre da peça era puro azinhavre devido aos ares corrosivos na altitude daquele ponto, e Otto no mesmo instante pensou: "Mesmo que eles tivessem armas, por agora elas já estariam enferrujadas". A lua já havia nascido, criando uma aurora fúnebre atrás dos recortes da montanha, feitos de cimeiras e de penhascos, e tinha parado de chover.

"De pé atrás do púlpito, os olhos mirando o infinito na direção do vale, estava um velho muito velho numa túnica preta de caimento reto, tão reto quanto os penhascos ao redor dele; mas seu cabelo branco e sua voz débil pareciam oscilar ao vento. – "Alguns confiam nos seus carros de guerra...". Era óbvio que ele estava lendo algum trecho da Bíblia como parte de seus exercícios religiosos diários.

"– Senhor – disse o Príncipe de Heiligwaldenstein com uma cortesia incomum –, eu gostaria de trocar uma palavrinha consigo.

"– ...e outros, nos seus cavalos – prosseguiu, débil, o velho – mas nós confiamos no poder do Eterno, o nosso Deus!...

"Suas últimas palavras foram inaudíveis, mas ele fechou o livro com reverência e, sendo praticamente cego, fez um movimento de tatear com as mãos e agarrou a tribuna. Mais que rápido, os dois criados saíram da caverna e o sustentaram. Trajavam túnicas pretas e surradas como a sua, mas não tinham o tom austero de prata nos cabelos nem o austero refinamento das feições. Eram camponeses croatas ou húngaros, de testa larga, rosto inexpressivo, olhos piscantes. Pela primeira vez, algo perturbava o príncipe, mas sua coragem e seu senso diplomático permaneceram firmes.

"– Acho que não nos encontramos – disse ele – desde aquele horrível bombardeio quando morreu o seu irmão, coitado.

"– Todos os meus irmãos morreram – disse o velho, os olhos ainda mirando o infinito na direção do vale. Então, por um instante virando para Otto as feições flácidas e frágeis e a cabeleira branca que parecia gotejar sobre as sobrancelhas como pingentes de gelo, acrescentou:

"– Veja, eu também estou morto.

"– Espero que o senhor compreenda – disse o Príncipe, controlando-se quase a ponto de buscar uma conciliação – que não estou aqui para assustá-lo como um simples fantasma daquelas terríveis batalhas. Não vamos falar sobre quem estava certo e quem estava errado, mas pelo menos havia um ponto sobre o qual nós nunca estivemos errados, porque o senhor esteve sempre certo. Não importa o que se diga sobre a política de sua família, ninguém, em momento algum, imagina que o senhor tivesse por motivação o ouro pura e simplesmente; o senhor se mostrou acima de qualquer suspeita de...

"O velho na velha túnica negra continuava a contemplá-lo com olhos azuis aquosos e uma espécie de frágil sabedoria na expressão do rosto. Mas, quando a palavra 'ouro' foi pronunciada, ele estendeu a mão como se interrompesse algo e virou o rosto para as montanhas.

"– Ele falou de ouro – disse ele. – Falou de coisas ilegítimas. Permitam que ele pare de falar.

"Otto tinha o vício típico de seu estilo prussiano e de sua tradição, quer dizer, via o sucesso não como um incidente mas como uma qualidade. Concebia a si próprio e a seus pares como perpétuos conquistadores que ficam sendo perpetuamente conquistados. Por isso, não estava acostumado à emoção da surpresa e nem preparado para o próximo movimento que o deixou perplexo e paralisado. Já abrira a boca para responder ao eremita, quando a boca foi tapada, e sua voz, estrangulada por uma mordaça forte e macia que, de repente, se retorceu em volta de sua cabeça como um torniquete. Foram precisos quarenta segundos até ele entender que os dois criados húngaros tinham feito aquilo e que tinha feito aquilo com sua própria faixa militar.

"O velho voltou-se mais uma vez para sua imponente Bíblia apoiada em bronze, folheou as páginas com uma paciência que tinha um quê de tétrica até que chegou à Epístola de São Tiago, e então começou a ler:

"– A língua é apenas uma parte minúscula do corpo, mas...

"Algo naquela voz fez o Príncipe girar o corpo no mesmo instante e sair correndo montanha abaixo desabaladamente pelo mesmo caminho que ele subira. Estava na metade do percurso para os jardins do palácio antes de até mesmo tentar rasgar a faixa estranguladora do pescoço e queixo. Tentou e tentou, e era impossível: os homens que amarraram aquela mordaça sabiam a diferença entre o que um homem consegue fazer com as mãos na frente do corpo e o que um homem consegue fazer com as mãos atrás da cabeça. Suas pernas estavam livres para saltar como um antílope nas montanhas; seus braços estavam livres para fazer qualquer gesto e acenar qualquer mensagem, mas ele não podia falar. Havia um demônio mudo dentro dele.

"Tinha chegado perto dos bosques que faziam do castelo um forte antes de se dar conta exatamente do que significava e do que devia significar aquele seu estado de mudez. Uma vez mais, olhou de cima, com olhar horripilante, os labirintos retangulares e cintilantes da cidade iluminada logo abaixo, e não mais sorriu. Sentiu que repetia as frases de seu estado de espírito anterior com uma ironia assassina. Até onde a vista alcançava, ali se moviam as espingardas de seus amigos, e cada uma delas atiraria nele para matar se ele não respondesse à ordem de "Alto! Quem vem lá?". Carabineiros encontravam-se tão próximos que o bosque e o cimo da montanha podiam ser patrulhados a intervalos regulares; portanto, era inútil esconder-se no bosque até o amanhecer. Carabineiros encontravam-se a postos em áreas tão ao longe que não tinha como um inimigo entrar furtivamente na cidade, por nenhum lado, por nenhum caminho; portanto, seria uma tentativa vã retornar à cidade por qualquer caminho, por mais distante que fosse. Um grito seu traria seus soldados correndo montanha acima. Mas de sua boca não sairia grito algum.

"A lua havia nascido, e sua cor prata era cada vez mais forte, e o céu exibia tiras de um brilhante azul noturno entre as tiras pretas dos pinheiros que circundavam o castelo. Flores de uma espécie graúda e penugenta (pois ele nunca havia notado essas coisas antes) eram ao mesmo tempo luminosas e descoloridas à luz da lua e pareciam indescritivelmente fantásticas em seu conjunto, como se fossem seres rastejantes em volta das raízes das árvores. Talvez ele tivesse perdido o juízo de repente, dado o anormal cativeiro que carregava consigo, mas naquele bosque ele sentiu algo incomensuravelmente alemão: o conto de fadas. Parte de sua mente lhe dizia que estava chegando ao castelo de um ogro (tinha se esquecido de que o ogro era ele mesmo). Lembrou-se de que uma vez perguntara a sua mãe se tinha ursos morando no antigo parque do castelo. Ele se debruçou para colher uma flor, como se ela pudesse protegê-lo contra feitiçarias. O talo era mais forte do que imaginara, e quebrá-lo produziu um estalido. Ao tentar colocá-lo, com muito cuidado, em sua faixa, ouviu a saudação: "Quem vem lá?". Então lembrou que a faixa não estava em seu devido lugar.

"Tentou gritar e ficou silente. Veio a segunda ordem de 'Alto! Quem vem lá?', e então um tiro, que zuniu gritando com estrépito para logo ser subitamente silenciado pelo impacto. Otto de Grossenmark caiu em paz entre as árvores de contos de fadas e não mais faria mal a ninguém, nem com ouro, nem com aço; só o lápis prateado da lua iria refletir e desenhar aqui e ali o intrincado ornamento do uniforme do Príncipe, ou as antigas rugas de seu rosto. Que Deus tenha piedade de sua alma.

"O sentinela que havia disparado conforme as rígidas ordens da guarnição naturalmente correu adiante para encontrar algum vestígio de sua presa. Era um soldado raso de nome Schwartz (que depois disso ficou conhecido em sua profissão), e o que ele encontrou foi um homem calvo de uniforme, mas com o rosto envolto em uma espécie de máscara feita com sua própria faixa militar, uma bandagem tal que não permitia ver nada do rosto a não ser os olhos abertos, olhos mortos, cintilando pétreos ao luar. A bala havia atravessado a mordaça, alojando-se no queixo; por isso é que havia um furo de bala na faixa e só um tiro. Numa reação natural, mesmo que incorreta, o jovem Schwartz arrancou fora a misteriosa máscara de seda e jogou-a na grama; e então viu quem ele havia matado.

"Não podemos ter certeza da etapa seguinte. Mas estou inclinado a acreditar que houve um conto de fadas, no fim das contas, naquele pequeno bosque, mesmo na ocasião terrível de tão trágico incidente. Se a moça chamada Hedwig conhecia de antes o soldado que ela salvou e com quem acabou se casando, ou se ela acidentalmente se deparou com o acidente e a intimidade dos dois teve início naquela noite, nós provavelmente nunca vamos ficar sabendo. Mas podemos concluir, acho eu, que essa Hedwig foi uma heroína e mereceu se casar com um homem que se tornou uma espécie de herói. Ela agiu com audácia e com esperteza. Persuadiu o sentinela a voltar ao seu posto, onde não havia nada que o vinculasse ao desastre; ele era apenas um dos mais leais e metódicos dentre os cinquenta sentinelas que estavam ali por perto. Ela ficou ao lado do corpo e deu o alarme; e também não havia nada que a vinculasse ao desastre, uma vez que ela não tinha e nem poderia ter qualquer arma de fogo.

"– Bem – disse Padre Brown, levantando-se, satisfeito –, espero que estejam felizes".

– Aonde é que o senhor vai? – perguntou seu amigo.

– Vou dar mais uma olhada no retrato do tesoureiro, o Arnhold que traiu os próprios irmãos – respondeu o padre. – Eu me pergunto que parte... me pergunto se um homem é menos um traidor quando é duas vezes um traidor.

E ficou meditando por um bom tempo diante do retrato de um homem de cabelo branco, de sobrancelhas pretas e com uma espécie de sorriso amarelo, artificial, forçado, que parecia contradizer a negra advertência de seu olhar.

Coleção **L&PM** POCKET

1275. **O homem Moisés e a religião monoteísta** – Freud
1276. **Inibição, sintoma e medo** – Freud
1277. **Além do princípio de prazer** – Freud
1278. **O direito de dizer não!** – Walter Riso
1279. **A arte de ser flexível** – Walter Riso
1280. **Casados & descasados** – August Strindberg
1281. **Da Terra à Lua** – Júlio Verne
1282. **Minhas galerias e meus pintores** – Kahnweiler
1283. **A arte do romance** – Virginia Woolf
1284. **Teatro completo v. 1: As aves da noite** *seguido de* **O visitante** – Hilda Hilst
1285. **Teatro completo v. 2: O verdugo** *seguido de* **A morte da patriarca** – Hilda Hilst
1286. **Teatro completo v. 3: O rato no muro** *seguido de* **Auto da barca de Camiri** – Hilda Hilst
1287. **Teatro completo v. 4: A empresa** *seguido de* **O novo sistema** – Hilda Hilst
1289. **Fora de mim** – Martha Medeiros
1290. **Divã** – Martha Medeiros
1291. **Sobre a genealogia da moral: um escrito polêmico** – Nietzsche
1292. **A consciência de Zeno** – Italo Svevo
1293. **Células-tronco** – Jonathan Slack
1294. **O fim do ciúme e outros contos** – Proust
1295. **A jangada** – Júlio Verne
1296. **A ilha do dr. Moreau** – H.G. Wells
1297. **Ninho de fidalgos** – Ivan Turguêniev
1298. **Jane Eyre** – Charlotte Brontë
1299. **Sobre gatos** – Bukowski
1300. **Sobre o amor** – Bukowski
1301. **Escrever para não enlouquecer** – Bukowski
1302. **222 receitas** – J. A. Pinheiro Machado
1303. **Reinações de Narizinho** – Monteiro Lobato
1304. **O Saci** – Monteiro Lobato
1305. **Memórias da Emília** – Monteiro Lobato
1306. **O Picapau Amarelo** – Monteiro Lobato
1307. **A reforma da Natureza** – Monteiro Lobato
1308. **Fábulas** *seguido de* **Histórias diversas** – Monteiro Lobato
1309. **Aventuras de Hans Staden** – Monteiro Lobato
1310. **Peter Pan** – Monteiro Lobato
1311. **Dom Quixote das crianças** – Monteiro Lobato
1312. **O Minotauro** – Monteiro Lobato
1313. **Um quarto só seu** – Virginia Woolf
1314. **Sonetos** – Shakespeare
1315.(35). **Thoreau** – Marie Berthoumieu e Laura El Makki
1316. **Teoria da arte** – Cynthia Freeland
1317. **A arte da prudência** – Baltasar Gracián
1318. **O louco** *seguido de* **Areia e espuma** – Khalil Gibran
1319. **O profeta** *seguido de* **O jardim do profeta** – Khalil Gibran
1320. **Jesus, o Filho do Homem** – Khalil Gibran
1321. **A luta** – Norman Mailer
1322. **Sobre o sofrimento do mundo e outros ensaios** – Schopenhauer
1323. **Epidemiologia** – Rodolfo Sacacci
1324. **Japão moderno** – Christopher Goto-Jones
1325. **A arte da meditação** – Matthieu Ricard
1326. **O adversário secreto** – Agatha Christie
1327. **Pollyanna** – Eleanor H. Porter
1328. **Espelhos** – Eduardo Galeano
1329. **A Vênus das peles** – Sacher-Masoch
1330. **O 18 de brumário de Luís Bonaparte** – Karl Marx
1331. **Um jogo para os vivos** – Patricia Highsmith
1332. **A tristeza pode esperar** – J.J. Camargo
1333. **Vinte poemas de amor e uma canção desesperada** – Pablo Neruda
1334. **Judaísmo** – Norman Solomon
1335. **Esquizofrenia** – Christopher Frith & Eve Johnstone
1336. **Seis personagens em busca de um autor** – Luigi Pirandello
1337. **A Fazenda dos Animais** – George Orwell
1338. **1984** – George Orwell
1339. **Ubu Rei** – Alfred Jarry
1340. **Sobre bêbados e bebidas** – Bukowski
1341. **Tempestade para os vivos e para os mortos** – Bukowski
1342. **Complicado** – Natsume Ono
1343. **Sobre o livre-arbítrio** – Schopenhauer
1344. **Uma breve história da literatura** – John Sutherland
1345. **Você fica tão sozinho às vezes que até faz sentido** – Bukowski
1346. **Um apartamento em Paris** – Guillaume Musso
1347. **Receitas fáceis e saborosas** – José Antonio Pinheiro Machado
1348. **Por que engordamos** – Gary Taubes
1349. **A fabulosa história do hospital** – Jean-Noël Fabiani
1350. **Voo noturno** *seguido de* **Terra dos homens** – Antoine de Saint-Exupéry
1351. **Doutor Sax** – Jack Kerouac
1352. **O livro do Tao e da virtude** – Lao-Tsé
1353. **Pista negra** – Antonio Manzini
1354. **A chave de vidro** – Dashiell Hammett
1355. **Martin Eden** – Jack London
1356. **Já te disse adeus e agora, como me esqueço?** – Walter Riso
1357. **A viagem do descobrimento** – Eduardo Bueno
1358. **Náufragos, traficantes e degredados** – Eduardo Bueno
1359. **Retrato do Brasil** – Paulo Prado
1360. **Maravilhosamente imperfeito, escandalosamente feliz** – Walter Riso
1361. **É...** – Millôr Fernandes
1362. **Duas tábuas e uma paixão** – Millôr Fernandes
1363. **Selma e Sinatra** – Martha Medeiros
1364. **Tudo que eu queria te dizer** – Martha Medeiros
1365. **Várias histórias** – Machado de Assis

lepmeditores
www.lpm.com.br
o site que conta tudo

IMPRESSÃO:

PALLOTTI
GRÁFICA

Santa Maria - RS | Fone: (55) 3220.4500
www.graficapallotti.com.br